KB059799

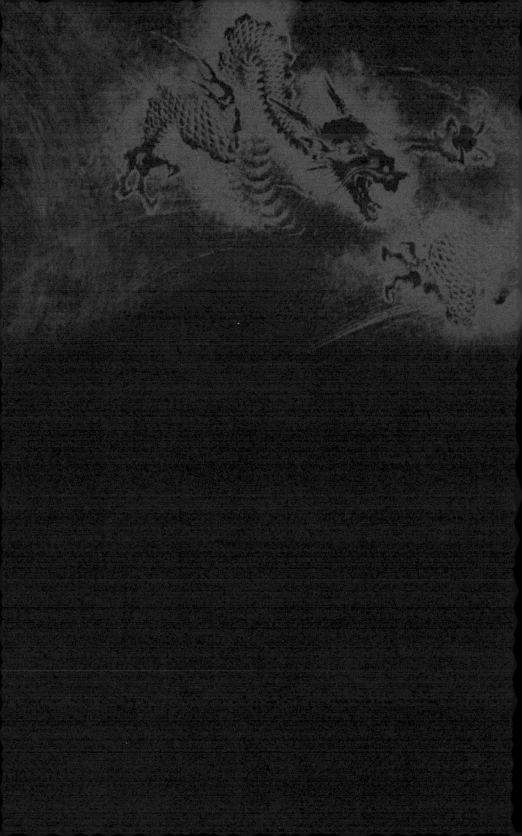

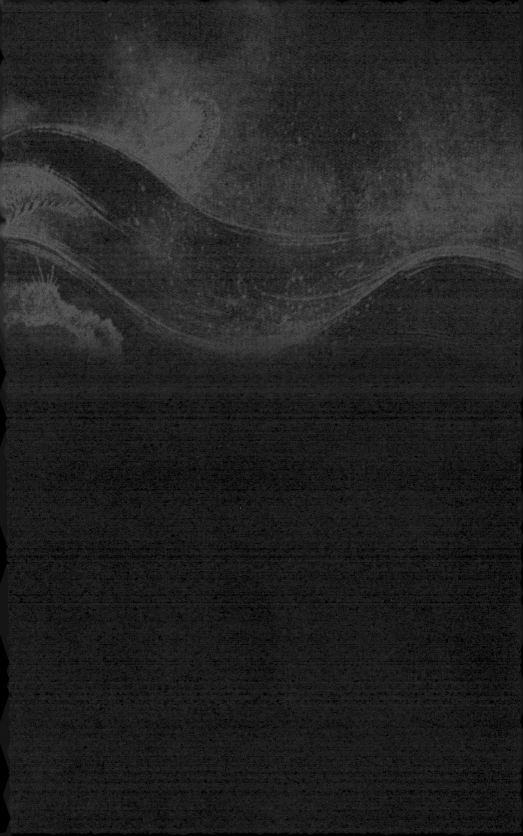

三國志
演義 삼국지 연의

10

김구용 옮김 나관중 지음

완역 결정본 《삼국지 연의》

⑩

三國志 演義

솔

三國志
演義
⑩
차례

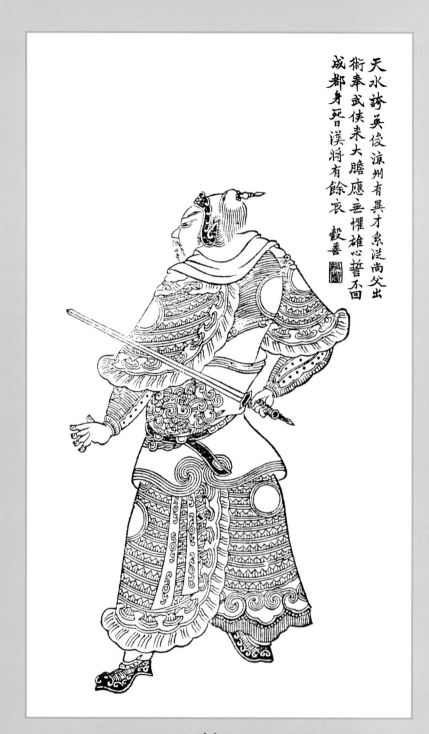

天水誇英俊涼州有異才系漿尚父出
術奉武侯來大膽應無懼雄心誓不回
成都身已死漢將有餘哀 毅善

강유姜維

壇裏陰山雪鋒
銷劍閣雲功成呼
負負顯戮報殊勳

蒼農

등애鄧艾

開言崇聖典用武若通神三國英雄士四
朝經濟臣屯兵驅罴豹養子得麒麐諸
葛常稱家能迴天地春　養痾室主

사마의司馬懿

鼠庾思鈴閣發碑汶峴岡
前牙何夏認遺事說金鐶

一浮軒主

양호羊祜

立馬云第一峰阿童真是水中龍
軍門親解降王縛官騎新悟大
將封錐鋒長汪恢箇玆幡旗玆
宅悟遺踪奇勲業浮雜擔
輕論當時恨志同
　　鐵城小隱

왕준王濬

賢王忠孝罶青史蜀中乃有
降天子不甘屈膝事他人父子
天妻同效死 陸舟居士

유심劉諶

老將推丁奉
奇勳建雪
中短兵相
接霧血
染戰
袍紅
西園

정봉丁奉

英才卓越
推元遜羊道箴
言家可思昻識保家
非令子至今遺岷岣城知
乙酉之冬平陵退息庵立頤題

제갈각諸葛恪

【삼국시대 지도】

早
特

烏丸

昌黎
瀋陽
玄
遼東
丸都
高句麗

幽州
北京
遼西 ▲碣石山
燕國
代郡
范陽
天津
平壤
樂浪
雁門
渤海
渤海
中山國
石家莊
冀州
東萊
馬韓
太原
鉅鹿
平原
弁韓
魏
鄴
魏郡
青州
齊國
北海國
濟南國
城陽
東郡
兗州
琅邪國
河內
白馬
濟陰
沛國
陳留國
官渡
鄭州
下邳
徐州
洛陽
潁川
譙
許
陳郡
淮水
新野
豫州
揚州
麗陽
汝南
(壽春)
廬江
南京
建業
吳郡
上海
東中國海
江夏
廬江
長江
杭州
荊州
武昌
南郡
武漢
江夏
赤壁
會稽
豫章
鄱陽
臨海
陽
長沙
臨川
建安
廬陵
湘東
桂陽
吳
福州

交州
廣州

香港

南中國海

⊙------ 국도
■------ 부도
○------ 주도
●------ 군도
◆------ 현재 도시
▲------ 산
✕------ 전투 지역
( )------ 기타
◇◇◇◇◇◇ 국경
■■■■■ 만리장성

0 100 200 300km

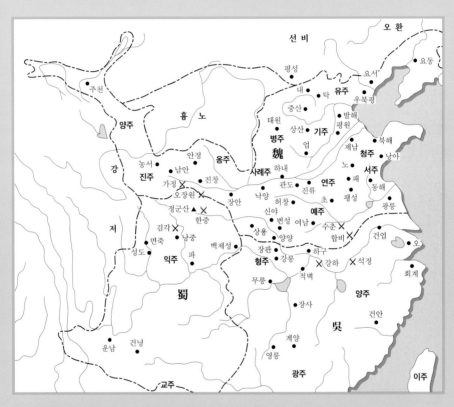

224~280년 삼국이 끝없는 공방전을 벌이던 시기의 지도

제108회

정봉은 눈 속에서 단병短兵을 이끌고 싸우며
손준은 은밀히 계책을 쓰다

강유는 한참 달아나다가, 바로 사마사가 거느린 군사들에게 저지당했다는 것은 이미 말한 바다.

원래 강유가 옹주雍州 땅을 치러 갔을 때, 곽회는 그 사태를 조정으로 급히 보고했고, 위주魏主 조방은 곧 사마의와 의논했다. 이에 사마의는 큰아들 사마사에게 군사 5만 명을 주어 옹주 땅을 돕도록 보냈던 것이다.

사마사는 오다가 곽회가 촉군蜀軍을 격퇴했다는 보고를 듣자, 촉군이 지친 것을 알고, 도중에서 맞이하여 싸우다가 바로 양평관까지 추격해 갔다.

그러나 강유는 제갈무후(제갈양)가 남긴 연노법을 쓰니, 양쪽에 연노連弩 백여 기機를 몰래 매복시키고, 한 대마다 한 번에 10개가 발사되는 살에는 낱낱이 독약이 묻어 있었다. 그런 화살들을 양쪽에서 일제히 마구 쏴댄다. 앞서 공격하던 위군魏軍은 빗발치는 살을 맞아 말과 함께 무수히 죽어 자빠지고, 사마사는 혼란한 속에서 겨우 빠져 나와 허둥지둥 달아났다.

한편, 국산성麴山城 안에 있던 촉나라 장수 구안은 구원군이 오지 않아서, 마침내 성문을 열고 위나라에 항복했다.

강유 또한 군사 수만 명을 잃자 패잔병을 거느리고 한중 땅으로 돌아오고, 사마사도 군사를 거두어 낙양으로 돌아갔다.

가평嘉平 3년(251) 가을 8월이었다.

사마의는 병이 나서 점점 위중하자, 두 아들을 병상 가까이 부른 후,

"나는 오랫동안 위魏를 섬겨 벼슬이 태부에 올랐으니 최고 지위라. 사람들은 다 내가 딴 뜻을 품고 있는 줄로 의심하고 있다. 그래서 나는 항상 불안하며 두려웠다. 내가 죽은 후에 너희들 두 형제는 나라의 정사를 잘 다스리되 조심하고 조심하여라."

하고 말을 마치자 운명했다.

장자 사마사와 차자 사마소가 상사喪事를 아뢰니, 위주 조방은 사마의를 성대히 장사지내게 하고, 또 성대히 제사하게 하며, 물품과 시호諡號(죽은 후에 주는 칭호)를 하사했다. 그리고 사마사를 대장군大將軍으로 봉하여 국가 기밀을 맡아보는 모든 상서尚書를 거느리게 하고, 사마소를 표기상장군驃騎上將軍으로 봉했다.

한편, 오주吳主 손권에겐 태자 손등孫登이 있었으니, 바로 서부인徐夫人 소생이다. 그러나 손등은 적오赤烏 4년(241)에 죽었다.

이에 다음 아들인 손화孫和가 태자로 들어섰으니, 바로 낭야瑯琊의 왕부인王夫人 소생이었다. 그러나 태자 손화는 전공주全公主(손권의 장녀니 이름은 노반魯班이며 보부인步夫人의 소생으로 좌호군左護軍 전종全琮에게 출가했다)와 사이가 나빠서, 그녀의 모략으로 태자 자리에서 쫓겨났다. 손화는 아버지 손권이 전공주의 모략만 듣고 자기를 폐해버린 데

18

대해서 고민하다가, 원한을 머금고 죽었다.

그 다음은 셋째 아들 손양孫亮이 태자가 됐으니, 바로 반부인潘夫人 소생이었다. 이때는 육손도 제갈근도 다 죽었고, 국가의 대소사는 제갈각諸葛恪이 도맡아 보고 있었다.

태화太和 원년元年(251) 가을 8월 초하룻날이었다.

홀연 큰바람이 일어나서 강물과 바다가 넘쳐 평지에도 물이 8척이나 괴고, 오주 대대로 능陵에 심었던 소나무와 잣나무들이 몽땅 뽑히고 날아가서, 건업성建業城 남문 밖에 떨어져 거꾸로 처박혔다.

이 일로 손권은 놀란 것이 병이 되어, 이듬해 4월에는 병세가 더욱 위중했다.

이에 태부太傅 제갈각과 대사마大司馬 여대呂岱를 침상 가까이 불러 뒷일을 부탁하고 세상을 떠나니, 제위에 있은 지 24년이요, 수는 71세니, 바로 촉나라 연희延熙 15년이었다.

후세 사람이 손권을 찬탄한 시가 있다.

자줏빛 수염, 푸른 눈의 영웅은
능히 신하들로 하여금 충성을 다하게 하여
24년 사이에 대업을 일으키고
강동에서 용이 서리를 틀며 범이 웅크린 듯했도다.
紫髥碧眼號英雄
能使臣僚肯盡忠
二十四年興大業
龍盤虎踞在江東

손권이 죽자, 제갈각은 손양을 황제로 세우고, 천하에 대사령大赦令을 내리며, 건흥建興 원년이라 개원했다. 그리고 손권에게 대황제大皇帝라는 시호를 드리고 장릉蔣陵에다 장사지냈다.

이러한 사실은 첩자에 의해서 낙양에 보고됐다.

사마사는 손권이 죽었다는 말을 듣고, 마침내 군사를 일으켜 오나라 칠 일을 상의한다.

상서 부하傅嘏가 말한다.

"오나라에는 험악한 장강長江이 있기 때문에, 선제先帝께서는 여러 번 쳐들어갔건만 번번이 뜻을 이루지 못하셨으니, 각기 경계를 지키는 것이 상책입니다."

사마사가 주장한다.

"하늘의 이치는 30년마다 한 번씩 변화하오. 황제가 있으면서 어찌 천하가 삼국三國으로 나뉜 꼴을 보고만 있으리요. 나는 오를 쳐야만 하겠소."

사마소가 찬동한다.

"이제 손권이 죽었고 그 아들 손양은 어리며 나약하니, 이 기회를 놓쳐서는 안 됩니다."

마침내 사마사는 정남대장군征南大將軍 왕창王昶에게 군사 10만 명을 주어 동흥東興 땅을 공격하라 명령하고, 진남도독鎭南都督 관구검毌丘儉에게 군사 10만 명을 주어 무창武昌 땅을 공격하라 명령하고, 동생 사마소를 대도독大都督으로 삼아 3로 군사를 총지휘하게 했다.

이해 겨울 10월에 사마소는 군사를 거느리고 동오 접경에 이르러 주둔하고, 왕창·호준胡遵·관구검을 장중帳中으로 불러들여 명령을 내린다.

"동오의 가장 요충지는 동흥군東興郡(유수오濡須塢)뿐이오. 이제 저들은 큰 제방을 쌓고 좌우 두 곳에 성을 쌓아, 소호巢湖 뒤쪽을 공격 못하도록 막고 있으니, 귀공들은 이 점을 깊이 유의하시오."

"왕창과 관구검은 각기 군사 만 명씩을 좌우로 늘어세우되 나아가지 마시오. 즉 동흥군이 함락된 뒤에 일제히 진군하시오."

왕창과 관구검 두 사람은 명령을 받고 갔다.

사마소가 계속 명령한다.

"호준은 선봉이 되어 3로 군사를 다 거느리고 앞서가서 먼저 부교浮橋를 가설하고, 동흥의 큰 제방을 점령하시오. 좌우 두 성까지 함락한다면 이야말로 큰 공로를 세우는 것이오."

호준은 군사를 거느리고 가서 부교 가설에 착수했다.

한편 오나라 태부 제갈각은 위군魏軍이 세 방면으로 쳐들어왔다는 것을 알자, 모든 관료를 모아 상의한다.

평북장군平北將軍 정봉丁奉이 말한다.

"동흥 땅은 우리 나라에서 가장 중요한 곳이오. 만일 그곳을 잃는 날이면 남군南郡과 무창도 위태롭소."

제갈각이 대답한다.

"그 말이 바로 내 생각과 같소. 귀하는 곧 수군水軍 3천 명을 거느리고 강물을 따라가시오. 여거呂據 · 당자唐咨 · 유찬劉纂이 각기 군사 만 명씩 거느리고 뒤따라 출발하여, 3로로 나뉘어 가서, 귀하를 후원할 것이니, 다만 연주포連珠砲 소리가 들리거든 일제히 진격하시오. 나는 몸소 대군을 거느리고 뒤를 대어 가겠소."

정봉은 명령을 받자 수군 3천 명을 배 30척에 나누어 태우고, 동흥 땅으로 나아간다.

한편, 위나라 장수 호준은 부교를 가설한 후, 건너가 제방에 군사를 주둔하고, 환가桓嘉와 한종韓綜을 보내어 두 성을 공격했다. 왼쪽 성은 오나라 장수 전역全懌이 지키고, 오른쪽 성은 오나라 장수 유약劉略이 지키고 있었다. 또 두 성은 다 높고 견고해서, 위군이 급히 공격하나 끄떡도 않는다. 전역과 유약 두 장수는 엄청난 위군의 형세에 위축되어 감히 나와서 싸우지 않고, 목숨을 걸고 지키기만 한다.

호준은 서당徐塘 땅에 영채를 세우니, 이때가 한참 추운 겨울이었다. 하늘에서 큰눈이 펑펑 내린다.

호준은 모든 장수와 함께 높이 자리를 잡고 잔치를 하는 중인데, 수하 사람이 보고한다.

"적선敵船 30척이 옵니다."

호준이 영채에서 나가 바라보니, 배들이 점점 언덕에 다가오는데, 배마다 적군이 약 백 명 가량 타고 있었다.

호준은 장중으로 돌아와서 모든 장수들에게,

"모두 합쳐야 불과 3천 명 가량의 적군이니, 뭣을 두려워하리요."

하고 부장을 시켜 살피라 하면서 계속 술을 마신다.

정봉은 배를 강변에 일자로 늘어세운 다음, 부장에게,

"남아 대장부가 공명을 세울 때는 바로 오늘이라!"

하고 마침내 명령을 내렸다.

이에 오나라 군사들은 갑옷과 투구를 벗고, 긴 창과 큰 극戟은 쓰지 않고 단도短刀만 옆구리에 찼다.

위나라 군사는 오나라 군사를 바라보며 한바탕 비웃고 더욱 준비를 않는데, 갑자기 연주포 소리가 세 번 울려 퍼지자, 정봉은 단도를 잡고 앞장서서 언덕으로 뛰어오른다. 모든 군사들도 단도를 뽑아 들고 뒤따라 상륙하여 위군의 영채로 미친 듯이 쳐들어가서 마구 무찌르니, 위군은 미처 손쓸 사이도 없다.

한종은 장전帳前의 큰 창을 급히 뽑아 싸우려는데, 어느새 정봉이 품속으로 뛰어들어와서, 단도가 한 번 번쩍하자 한종의 목이 달아났다.

환가는 왼쪽에서 달려 나오며 황망히 정봉을 창으로 찌른다. 그러나

단도를 휘두르며 위의 진영을 급습하는 정봉의 군대

정봉은 나는 듯이 몸을 비키면서 들어오는 창자루를 잡아채 옆구리에
꼈다. 환가는 창마저 버리고 달아난다. 정봉이 던진 단도는 날아가서 바
로 환가의 왼쪽 어깨에 들이박힌다. 환가가 벌렁 나자빠지자, 정봉은 단
숨에 쫓아가서, 창으로 목을 찔렀다.

　오나라 군사 3천 명이 위군의 영채 안에서 좌충우돌하니, 호준은 급
히 말에 올라타고 길을 빼앗아 달아난다.

　위나라 군사는 일제히 부교 위로 달아난다. 그러나 부교는 이미 중간
쯤에서 끊어졌고, 위나라 군사는 반수 이상이 물에 빠져 죽었으며, 눈
내린 땅 위에 전사한 자도 그 수효를 모를 지경이었다.

　이리하여 수레와 말과 무기는 다 오나라 군사의 노획품이 되고 말
았다.

사마소·왕창·관구검은 동흥 땅에서 패했다는 보고를 듣고는 곧 군사를 돌려 물러갔다.

한편, 제갈각은 군사를 거느리고 동흥 땅에 와서 이번 싸움에 승리한 군사를 거두고 상을 내리고 위로한 후, 모든 장수에게,

"사마소가 패하고 북쪽으로 돌아가니, 이 기회에 중원中原으로 쳐들어가야 한다!"

하고 마침내 서신을 촉나라로 보내어 강유에게 북쪽을 치기만 하면 천하를 반씩 나누기로 약속하고, 군사 20만 명을 일으켜 중원으로 쳐들어가는 중이었다.

홀연 한 가닥 흰 기운이 땅에서 일어나 삼군의 앞을 가로막으니, 군사들은 서로 얼굴을 못 알아볼 정도로 안개 속에 파묻혔다.

장연蔣延이 말한다.

"이 기운은 흰 무지개올시다. 군사를 잃을 징조니, 태부(제갈각)는 조정으로 돌아갑시다. 지금은 위를 칠 때가 아니오."

제갈각이 버럭 화를 낸다.

"네가 어찌 감히 불길한 말을 하여 우리 군사의 사기를 꺾느냐!"

제갈각이 무사를 꾸짖어 장연을 참하라 하니, 모두가 애원해서 겨우 면했다. 이에 제갈각은 장연을 서인庶人으로 강등시키고, 군사를 재촉하여 전진하는데, 정봉이 말한다.

"위魏는 신성新城을 각 방면의 입구로서 방비하고 있으니, 신성만 점령하면 사마사는 간담이 서늘할 것이오."

제갈각은 매우 기분이 좋아 곧장 군사를 전진시켜 신성으로 육박한다.

성을 지키는 아문장군牙門將軍 장특張特은 오나라의 대군이 오는 것을 보자 성문을 닫고 굳게 지키는데, 제갈각의 군사는 성을 사방으로 에워쌌다.

이 사실은 벌써 파발꾼이 말을 달려가서 낙양에 보고됐다.

주부主簿 우송虞松이 사마사에게 고한다.

"이제 제갈각이 신성을 포위했지만, 즉시 싸우면 안 됩니다. 오나라 군사는 먼길을 왔기 때문에 사람은 많고 곡식은 적을 것이니, 곡식이 떨어지면 저절로 달아날 것인즉, 그때 추격하면 완전히 승리할 수 있습니다. 그러나 촉군이 우리 경계로 쳐들어온다면 즉시 막지 않을 수 없습니다."

사마사는 머리를 끄덕이고, 드디어 동생 사마소에게 1군을 주며 가서 곽회를 돕되, 강유가 쳐들어오거든 함께 막도록 떠나 보내고, 관구검과 호준에게 오나라 군사를 막게 했다.

한편 제갈각은 신성을 공격했으나 여러 달이 지나도록 함락하지 못하고 다시 명령을 내린다.

"모든 장수는 힘을 합쳐 성을 공격하라! 게으름을 피는 자가 있으면 즉시 참할 것이다."

제갈각의 명령에 모든 장수는 힘을 분발하고 공격하니, 성 동북쪽 모퉁이가 장차 무너지려 한다. 이에 장특은 성안에서 한 가지 꾀를 냈다. 장특은 말 잘하는 선비 한 사람에게 책적冊籍(문서)을 주어 오군 영채로 보냈다.

그 선비가 제갈각을 뵙고 고한다.

"우리 위나라 국법은 적군에게 성을 포위당했을 때, 그 성을 지키는 장수가 백일 동안 굳게 지켜도 구원군이 오지 않아서 할 수 없이 성문을 열고 나와 적에게 항복하는 경우에는, 그 장수의 가족들을 처벌하지 않기로 되어 있습니다. 이제 장군은 우리 신성을 포위한 지도 벌써 90여 일이 지났으니, 바라건대 며칠 동안만 참아주시면, 백일째 되는 날에 우리 주장主將은 모든 군사와 백성을 거느리고 성에서 나와 항복하기로 작정했습니다. 그래서 우선 항복하는 문서부터 바치나이다."

제갈각은 그 말을 곧이 믿고 일단 군사를 거두어 성을 공격하지 않았다.

장특은 원래 시일을 끌기 위해 속임수를 써서 일단 오군을 물러서게 하고, 마침내 성안의 집과 방을 부수어 성벽이 무너지려는 곳을 완전히 보수했다.

그리고 성 위에 올라가서 굽어보며 큰소리로 욕한다.

"우리 성안에 아직도 반년 먹을 곡식이 있는데, 어찌 동오의 개놈들에게 항복하리요! 자 덤빌 테면 몽땅 덤벼보아라."

제갈각은 몹시 노하여 군사를 재촉해 공격하니, 성 위에서 화살이 빗발치듯 날아온다. 그 중 화살 한 대가 제갈각의 이마에 맞자, 몸을 뒤집으며 말에서 떨어진다.

모든 장수가 급히 부축하여 영채로 돌아오니 제갈각은 상처가 곪고, 모든 군사는 싸울 뜻이 없고, 또 날씨가 찌는 듯해서 병드는 군사들이 속출했다.

제갈각은 상처가 좀 아물자, 즉시 군사를 독촉하여 성을 공격하려 하니, 영리營吏가 고한다.

"군사들이 다 병들다시피 앓고 있는데, 어찌 싸운단 말입니까."

제갈각이 버럭 화를 낸다.

"다시 병을 말하는 자가 있으면 즉시 참하리라!"

군사들 중엔 이 말을 듣고 도망하는 자가 무수했다.

때마침 수하 사람이 들어와서 고한다.

"도독 채임蔡林이 본부 군사를 거느리고 위에 투항했습니다."

제갈각은 깜짝 놀라, 그제야 말을 타고 모든 영채를 두루 살펴보니, 과연 군사들은 얼굴이 누렇게 부어 각기 병색이라, 마침내 명령을 내리고 오나라로 돌아간다.

이 사실은 첩자에 의해 즉시 관구검에게 보고됐다. 이에 관구검은 대군을 모조리 일으켜 그 뒤를 엄습하며 마구 죽이니, 오나라 군사는 대패하여 돌아갔다.

제갈각은 패하여 돌아온 것이 부끄러워서, 병이 났다 핑계하고 조정에도 나가지 않았다. 오주 손양은 친히 제갈각의 집에 가서 문병하고, 문무 관료들도 다 가서 절하고 뵈었다.

제갈각은 세상 여론이 자기를 비난할까 두려워서, 먼저 모든 관리와 장수의 허물을 캐내어, 가벼우면 변방으로 보내고 중한 자는 목을 베니, 이에 안팎 관료들은 공포에 떨지 않는 자가 없었다. 그리고 그는 심복 장수인 장약張約과 주은朱恩에게 어림군을 거느리게 하고 앞잡이로 삼았다.

원래 손준孫峻의 자字는 원원遠으로, 그는 바로 손견孫堅의 동생이요, 손정孫靜의 증손曾孫이요, 손공孫恭의 아들이었다. 손권은 살았을 때 손준을 매우 사랑해서 어림군을 맡겼기 때문에, 그때까지 손준이 거느려왔다. 그런데 제갈각의 명령으로 어림군을 장약과 주은에게 빼앗긴 손준은 발끈 화가 치밀었다.

이때 태상경太常卿 등윤呻胤은 원래부터 제갈각과 사이가 좋지 않았다. 등윤은 이 일을 기회로 삼아 손준에게 속삭인다.

"제갈각은 모든 권력을 휘두르며 잔인한 짓을 마음대로 하여 공경대부公卿大夫들을 죽이고, 이미 신하 노릇을 할 생각이 없는 자인데, 귀공은 종친으로서 왜 속히 없애버릴 생각을 않으시오?"

손준이 대답한다.

"나도 그런 생각을 한 지 오래요. 이제 마땅히 천자께 아뢰어 분부를 내리시도록 청하고, 그놈을 죽이겠소!"

이에 손준과 등윤은 궁으로 들어가서 오주 손양을 뵙고 은밀히 이 일을 아뢰었다.

손양이 말한다.

"짐은 그 사람만 보면 무서워서 늘 없애버리고 싶었으나 여태껏 기회가 없었다. 이제 경들이 과연 충의지심忠義之心이 있거든 비밀리에 도모해보라."

등윤이 아뢴다.

"폐하는 잔치 자리를 베풀어 제갈각을 초청하십시오. 그리고 방장房帳 뒤에 몰래 무사武士들을 매복시켜뒀다가, 술잔을 던져 신호하시면 그 자리에서 놈을 죽이고 후환을 끊겠습니다."

손양은 그렇게 하기로 머리를 끄덕인다.

한편, 제갈각은 전쟁에서 패하여 돌아온 후로 병이 났다 핑계하고 집안에 있었으나 정신이 개운치 않았다.

어느 날, 우연히 중당中堂으로 나갔는데, 마침 어떤 자가 삼베로 지은 상복喪服을 입고 들어온다.

제갈각이 꾸짖는다.

"너는 웬 놈이냐!"

그 사람은 너무 놀라 어쩔 줄을 모른다. 제갈각은 아랫것들을 시켜 그 사람을 잡아 꿇어앉히고 고문한다.

그 사람이 고한다.

"소인은 이번에 부친상을 당하고 성안으로 들어왔습니다. 스님네를 모시고 가서 부친의 명복을 빌 작정으로 왔는데 이 집이 절[寺]인 줄 잘못 알고 들어왔을 뿐, 참으로 태부 대감의 부중府中인 줄은 몰랐습니다. 그렇지 않고야 소인이 어찌 감히 들어올 생각인들 했겠습니까."

제갈각은 노하여 문을 지키는 군사들을 불러들여 물었다.

군사들이 고한다.

"저희들 수십 명은 창을 짚고 문을 지키며 잠시도 떠난 일이 없습니다. 그러나 아무도 들어오는 자를 보지 못했습니다."

제갈각은 노기 등등하여 그 상주喪主와 수십 명의 문지기를 다 죽여버렸다.

그날 밤에 제갈각은 잠이 오지 않아서 몸을 이리저리 뒤집는데, 문득 벼락치는 듯한 소리가 났다. 나가보니 정당正堂의 대들보가 두 동강이 나서 내려앉아 있었다.

제갈각은 놀라 침실로 돌아오니, 홀연 한 줄기 음습한 바람이 일어나는 곳에서 상복을 입은 상주와 문을 지키던 군사 수십 명이 나타나, 각기 손에 자기 머리를 들고 '내 목숨을 돌려달라!'며 외친다. 어찌나 놀랐던지, 제갈각은 정신을 잃고 쓰러졌다가 한참 후에야 깨어났다.

이튿날, 아침에 세수를 하는데 물에서 피비린내가 콱 숨을 막는다. 제갈각은 시비들을 꾸짖어 세숫물 수십 대야를 연방 갈아들였으나 다 피비린내가 난다. 놀라고 의심하는데, 홀연 천자가 보낸 칙사가 왔다.

"궁중 잔치에 듭시라는 분부십니다."

수레와 의장儀仗을 대령하라 하고 부중을 나가는데, 누런 개가 옷자락을 물고늘어지다가 내리 짖는다. 그 소리가 마치 곡성哭聲 같았다.

제갈각은 노하여,

"이놈의 개가 나를 희롱하는도다."

하고 좌우 사람을 꾸짖어 개를 쫓아버리게 하고, 마침내 수레에 탔다.

부중을 떠나 얼마 가지 않았을 때였다. 수레 앞에서 한 가닥 흰 무지개가 땅에서 솟아나 마치 흰 비단[白練]이 하늘을 찌르듯 올라간다.

제갈각은 매우 놀라며 괴이하게 생각하는데, 심복 장수 장약이 군사를 거느리고 수레 앞에 와서 가만히 고한다.

"오늘 궁중 잔치가 왠지 불길한 예감이 드니, 주공은 경솔히 가지 마십시오."

제갈각은 머리를 끄덕이며 수레를 돌리라 분부하고 부중으로 도로 돌아가는데, 손준과 등윤이 말을 달려와서 묻는다.

"태부는 어째서 도로 돌아가시오?"

"나는 갑자기 배가 아파서 천자를 뵐 수 없소."

등윤이 말한다.

"태부가 군사를 거느리고 돌아온 후로 조정에서는 아직 위로를 해드리지 못했기 때문에, 특별히 잔치를 베풀고 부르시는 것이며, 겸하여 큰일을 상의하기로 되어 있으니, 비록 편치 않을지라도 꼭 참석하셔야 합니다."

제갈각은 그 말을 좇아 마침내 손준·등윤과 함께 궁으로 들어가니, 장약도 또한 따라 들어갔다.

제갈각은 오주 손양에게 절하고 자리에 나아가 앉았다.

손양이 주안상을 들이라 하니, 제갈각은 의심이 나서 사양한다.

"병이 나서 요즘은 술을 들지 못합니다."

곁에서 손준이 묻는다.

"태부가 부중에서 늘 드는 약술은 마실 수 있겠지요?"

"그건 마시오."

마침내 사람을 부중으로 보내어 조제한 약술을 가지고 오라 하여 권한다. 그제야 제갈각은 안심하고 마신다.

술이 몇 순배 돌았을 때였다.

오주 손양은 잠깐 볼일이 있다며 나가고, 손준이 궁전에서 내려와 거추장스런 관복을 벗어버리자, 짧은 옷 속에 갑옷이 번쩍 빛나고, 어느새 날카로운 칼을 잡고서 전상殿上으로 뛰어오르며 목청껏 외친다.

"천자께서 어명을 내렸으니, 이 역적 놈을 죽여라!"

제갈각은 소스라치게 놀라, 술잔을 던지며 벌떡 일어나 칼을 뽑아 들었으나, 어찌하리요. 순간 목이 달아났다.

장약은 손준이 제갈각을 참하는 것을 보자 칼을 뽑아 휘두르며 달려든다. 손준은 급히 몸을 비켜 피했으나, 순간 장약의 칼에 왼쪽 손가락을 다쳤다. 몸을 돌려 내려치는 손준의 한칼에 장약의 오른팔이 뚝 떨어진다. 이때 무사들이 일제히 뛰어나와 장약을 쳐 쓰러뜨리고, 마구 난도질하여 육회肉膾를 만들었다.

손준은 무사들에게 명령하여 제갈각의 집안 식구들을 잡아오라 하고, 한편으론 장약과 제갈각의 시체를 거적에 싸서 조그만 수레에 실어 성 남문 바깥 석자 강총石子崗塚 구덩이 속에 내버렸다.

한편, 제갈각의 아내는 그날따라 공연히 심란하더니, 홀연 한 여자 종이 방으로 들어온다.

제갈각의 아내가 묻는다.

"네 몸에서 웬 피비린내가 나느냐?"

그 여자 종이 갑자기 눈을 부릅뜨고 이를 빠드득 갈며 한 번에 뛰어 머리를 들보에 짓찧으면서 날카롭게 외친다.

"나는 제갈각이다. 간특한 손준의 모략에 걸려들어 죽었다!"

제갈각의 온 집안 식구들은 놀라 벌벌 떨며 방성통곡하는데, 일시에 병사들이 몰려와서 부중을 에워쌌다.

이날 제갈각의 식구는 남녀노소 할 것 없이 몽땅 붙들려 거리로 끌려나가 죽음을 당했으니, 이때가 건흥 2년 겨울 10월이었다.

옛날에 제갈근諸葛瑾(제갈양의 형)이 살았을 때였다. 그는 아들인 제갈각이 지나치게 총명한 것을 보고 탄식했다.

제갈각을 모살하는 손준(왼쪽)

"내 아들은 집안을 보전할 사람이 못 된다."

또 위나라 광록대부光祿大夫 장집張緝은 일찍이 사마사에게 이렇게 말했다.

"제갈각은 머지않아 죽을 것입니다."

사마사가 그 까닭을 묻자, 장집은 대답했다.

"그의 위엄이 주인을 벌벌 떨게 하니, 어찌 오래가겠습니까."

그 말이 오늘에 이르러 과연 들어맞았다. 결국 손준이 제갈각을 죽인 것이다.

이리하여 오주 손양은 손준을 승상丞相 대장군大將軍 부춘후富春侯로 봉하여 안팎의 모든 군사를 총지휘하게 하니, 이때부터 모든 권력은 손준에게 돌아갔다.

한편, 강유는 성도成都에 있으면서, 제갈각의 서신을 받자 오와 함께 위를 쳐서 서로 돕기로 결심하고, 드디어 궁에 들어가서 후주後主께 아뢰어 윤허를 받고, 다시 대군을 일으켜 북쪽 중원으로 쳐들어가니,

　　　첫 번째는 군사를 일으켰으나 공로를 세우지 못하고
　　　두 번째로 역적을 쳐서 성공을 바란다.
　　　一度興師未奏績
　　　兩番討賊欲成功

　　승부가 어찌 날까.

제109회

사마사가 곤경에 빠지자 한나라 장수는 기이한 꾀를 쓰고
조방은 폐위당하고 위나라 집안은 인과응보를 받다

촉한蜀漢 연희 16년(253) 가을에 장군 강유는 군사 20만 명을 일으켜 요화廖化와 장익張翼을 선봉으로, 하후패夏侯覇를 참모로 삼고, 장의張嶷에게 곡식을 운반하는 책임을 맡기고 대거 양평관을 나와 위魏로 나아간다.

강유가 하후패에게 상의한다.

"전번은 옹주를 치려다가 능히 극복하지 못하고 돌아왔으니, 이번에 다시 가면 적군이 반드시 더욱 방비할 것이오. 귀공은 무슨 좋은 의견이라도 없소?"

"농상隴上 일대의 모든 고을 중에 남안南安 땅이 재물과 곡식이 가장 많으니, 그곳을 차지하면 충분히 기반을 삼을 수 있습니다. 지난날 이기지 못하고 돌아온 것은 강병羌兵(오랑캐 군사)이 오지 않았기 때문이니, 이번은 먼저 사람을 보내어 강병과 농우隴右 땅에서 서로 만나기로 하고, 그런 후에 석영石營으로 나아가 동정董亭 땅에서 일제히 남안 땅을 점령하도록 하십시오."

강유는 무릎을 치며,

"귀공의 말이 참 묘안이오."

하고 마침내 극정郤正에게 황금과 구슬, 촉금蜀錦(촉의 유명한 비단)을 주어 강왕羌王(오랑캐 왕)과 우호를 맺도록 보냈다.

강왕 미당迷當은 황금 등의 예물을 받고 즉시 군사 5만 명을 일으켜, 오랑캐 대장 아하소과俄何燒戈를 대선봉大先鋒으로 삼아 군사를 거느리고 남안 땅으로 온다.

이에 위나라 좌장군 곽회는 이 사실을 탐지하고, 급히 낙양으로 사람을 보내어 보고했다.

사마사가 모든 장수들에게 묻는다.

"누가 감히 가서 촉군을 대적하겠소?"

보국장군輔國將軍 서질徐質이 나선다.

"바라건대 제가 가겠소이다."

사마사는 서질의 용맹이 원래 월등한 것을 알기 때문에 마음속으로 매우 반기고, 즉시 영을 내려 서질을 선봉으로, 사마소를 대도독으로 삼았다. 그들은 군사를 거느리고 일제히 농서隴西 땅으로 나아간다.

그들 위군은 동정 땅에 이르자 바로 강유와 대치, 두 나라 군사는 각기 진영을 벌였다.

서질이 개산대부開山大斧를 휘두르며 말을 달려 나와 싸움을 거니, 촉군의 진영에서는 요화가 달려 나온다. 서로 어우러져 싸운 지 불과 수합에 요화가 칼을 내리고 패하여 돌아오자, 그 대신 장익이 창을 잡고 말을 달려 나가 맞이하여 싸운 지 불과 수합에 또 패하여 돌아온다. 이에 서질이 군사를 휘몰아 습격하니, 촉군은 마침내 크게 패하여 30여 리를 물러가고, 사마소도 또한 군사를 거두어 돌아가 각기 영채를 세웠다.

강유가 하후패와 상의한다.

"서질의 용맹이 대단하니, 무슨 계책을 써야 사로잡을 수 있을지 걱정이오."

하후패가 대답한다.

"내일 거짓 패한 체하고 매복계埋伏計로써 이기도록 합시다."

"사마소는 중달仲達의 아들이니 병법을 모를 리 있겠소. 지세가 고르지 못한 것을 보면 반드시 깊이 쫓아오지 않을 것이오. 나는 위군이 우리의 곡식 운반해오는 길을 끊는 것을 여러 번 봤으니, 이번엔 이것을 역이용해서 유인하면 가히 서질을 참할 수 있을 것이오."

하고, 강유는 마침내 요화를 불러 이러이러히 하라 지시하고, 또 장익을 불러 이러이러히 하라 분부한다. 두 사람은 군사를 거느리고 가면서 길에다 많은 철질려鐵丁藜(쇳덩어리에 가시가 돋은 것)를 흩어놓고, 또 많은 녹각鹿角(방책으로 오늘날 철조망 같은 역할을 한다)을 늘어세워 장기전에 대비하려는 뜻을 보였다.

서질은 날마다 군사를 거느리고 와서 싸움을 걸었으나 촉군은 나오지 않았다.

하루는 척후병이 돌아와서 사마소에게 보고한다.

"촉군은 철롱산鐵籠山 뒤에 있으면서, 나무로 만든 소와 말을 부려 곡식과 마초馬草를 운반하며 장기전에 대비하는 듯하고, 또 강병이 오기만 기다리고 있습니다."

사마소가 서질을 불러 분부한다.

"옛날에 촉군에게 이긴 것은 그들이 곡식을 운반해오는 길을 우리가 끊었기 때문이다. 이제 촉군이 철롱산 뒤에서 곡식을 운반하니, 그대는 오늘 밤에 군사 5천 명을 거느리고 가서 그 길을 끊어라. 그러면 촉군이 자연 물러가리라."

서질은 분부를 받고, 초경 때쯤 군사를 거느리고 철롱산으로 가는데,

과연 촉군 2백여 명이 나무로 만든 소와 말 백여 마리를 몰고 수레로 곡식과 마초를 운반한다.

위군은 일제히 함성을 지르고, 서질이 앞장서서 앞을 막으니, 촉군은 곡식과 마초를 다 버리고 달아난다. 서질은 군사를 두 패로 나누어, 한 패는 곡식과 마초를 압송하여 영채로 돌아가고, 자기 자신은 남은 군사를 거느리고 달아나는 촉군을 뒤쫓아간다.

뒤쫓아간 지 10리도 못 가서이다. 앞에서 수레들이 길을 막고 있다. 서질과 군사들은 말에서 내려 수레를 길가로 치우는데, 문득 양쪽에서 불이 치솟는다. 위군은 적의 계책에 말려들지 않았나 하고 급히 돌아가는데, 좁은 산 골짜기에 또한 수레들이 가득 쌓여 길을 막았고 일시에 불이 일어난다. 서질과 군사들은 연기를 무릅쓰며 불을 뚫고 말을 달려나가는데, 난데없는 포 소리가 탕! 나더니 양쪽에서 촉군이 쳐들어온다.

왼쪽에서 요화가, 오른쪽에서 장익이 달려 나오며 위군을 한바탕 무찔러 죽인다.

위군은 크게 패하고, 서질은 죽을힘을 다 내어 혼자서 달아나는데 사람과 말이 지칠 대로 지쳤다.

서질이 허둥지둥 달아나다 보니, 앞에서 일지군이 쳐들어오는데, 앞장선 장수는 바로 강유가 아닌가. 서질은 너무나 놀라 어쩔 바를 모른다.

강유가 단번에 창으로 서질이 탄 말을 찔렀다. 촉군은 개미 떼처럼 몰려들어 말에서 떨어진 서질을 난도질해 죽였다.

한편, 곡식과 마초를 약탈하여 본채로 돌아가던 위군도, 도중에서 하후패의 습격을 받아 사로잡히고 다 항복했다.

하후패는 위군의 옷과 갑옷을 다 촉군에게 입혀서 말에 태우고, 위의 기旗를 앞세우고, 좁은 사잇길을 달려 위군의 영채로 간다.

위군 영채에 있는 군사들을 본부 군사들이 돌아오는 것을 보자, 곧 문을 열고 영접해 들였다. 이에 촉군은 준비 없는 적의 영채 안에 들어가서 좌충우돌 마구 무찌르니, 사마소는 대경 실색하여 황망히 말에 올라타는데, 앞에서 요화가 쳐들어온다. 능히 나아가지 못하고 급히 후퇴하는데, 이번에는 앞에서 강유가 군사를 거느리고 지름길로 쳐들어온다.

사마소는 사방을 둘러봐도 달아날 길이 없자, 군사를 몰아 철롱산 위로 올라가서 버텼다.

원래 철롱산은 길이 단 한 가닥밖에 없고, 그 외는 사방이 다 깎아지른 절벽이어서 올라갈 수가 없으며, 산 위에는 샘물이 단 하나 있어 겨우 백 명 가량이 마실 수 있었다.

이때 사마소의 수하 군사 6천 명은 그 단 하나 있는 길의 입구를 강유에게 끊겼고, 산 위 샘물은 워낙 부족해서 사람과 말이 갈증에 허덕인다.

사마소는 하늘을 우러러 탄식한다.

"내가 여기서 죽을 줄은 몰랐다!"

후세 사람이 그 당시를 읊은 시가 있다.

　　강유의 묘한 계책은 비범해서
　　위군이 철롱산에서 위기에 놓였도다.
　　방연이 마릉도의 죽음의 길로 들어선 듯
　　항우의 최후인 구리산 포위와도 같더라.
　　妙算姜維不等閑
　　魏師受困鐵籠間
　　龐涓始入馬陵道
　　項羽初圍九里山

철룡산에서 사마소(왼쪽 위)를 포위하는 강유와 하후패(오른쪽)

주부主簿 왕도王濤가 권한다.

"옛날에 경공耿恭은 포위당했을 때 우물에 절하여 시원한 물을 얻었다고 합니다(제89회 주 참조). 장군은 왜 그렇게 해보지 않습니까?"

사마소는 그 말을 좇아 마침내 산꼭대기 샘 가에 올라가서 거듭 절하고 축원한다.

"천자의 칙명을 받들어 촉군을 물리치러 왔으나, 내가 죽어야 마땅하다면 이 샘물을 말려버리십시오. 그러면 사마소는 마땅히 자결하고 모든 군사에게 항복하라 하겠습니다. 만일 수명과 복록이 다하지 않았으면, 바라건대 하늘은 속히 달디단 샘물을 주시어 많은 목숨을 살리소서."

축원이 끝나자, 보라! 샘물이 솟아오른다. 암만 떠서 써도 물이 줄지 않는다. 이에 군사와 말들은 목숨을 유지했다.

한편, 강유는 철롱산을 포위한 다음 산 위쪽의 위군을 위기에 몰아넣고, 모든 장수에게,

"옛날에 승상(제갈양)께서 상방곡上方谷에 주둔하며 일찍이 사마의를 사로잡지 못하는 것을, 내 매우 안타깝게 생각했더니, 이젠 사마소를 반드시 사로잡으리라."

하고 단호히 말한다.

이런 한편 곽회는 사마소가 철롱산에서 곤경에 빠져 있다는 보고를 듣자, 곧 군사를 거느리고 가서 구원하려 하는데, 진태가 만류한다.

"강유는 강병과 합류한 다음, 먼저 우리 남안 땅을 손아귀에 넣을 작정을 하고 있습니다. 이제 오랑캐 군사들은 왔는데, 장군이 군사를 거느리고 도독(사마소)을 구원하러 떠나면, 오랑캐 군사들은 반드시 빈틈을 타서 우리의 뒤를 습격해올 것입니다. 그러니 장군은 먼저 사람을 보내어 오랑캐 군사들에게 거짓 항복하고, 그런 뒤에 일을 꾸며야만 비로소 오랑캐 군사는 물러갈 것이며, 따라서 철롱산 포위도 저절로 풀릴 것입니다."

곽회는 연방 머리를 끄덕였다.

이에 진태는 군사 5천 명을 거느리고 바로 오랑캐 군사의 영채로 가서 무장을 해제하고, 들어가 울며 절한다.

"곽회는 돼먹지 못한 것이 자기가 제일인 척하고 이 진태를 죽이려 하기에, 그래서 항복해왔습니다. 곽회의 군중 허실을 제가 잘 아니, 바라건대 오늘 밤에 1군을 거느리고 가서 치면 곧 성공할 수 있습니다. 대왕의 군사가 가기만 하면, 영채 안의 위군이 내응內應하기로 되어 있습니다."

오랑캐 왕 미당은 미소 지으며 고개를 끄덕이고 마침내 장수 아하소

과에게 진태와 함께 가서 위군의 영채를 습격하라 명령했다. 아하소과는 항복해온 진태의 군사에게 뒤따라오라 하고, 진태에게 오랑캐 군사를 주어 앞장세우고, 이날 밤 2경에 위군 영채로 들이닥쳤다.

그런데 위군 영채의 문이 활짝 열려 있지 않은가!

진태는 혼자 말을 달려 먼저 들어가고, 아하소과가 창을 잡고 말을 달려 뒤따라 위군 영채로 들어서는 순간! 하늘의 별이 일제히 쏟아지고, 저도 모르게 외마디소리를 지르며 시꺼먼 함정 속으로 말과 함께 굴러떨어졌다.

어느새 진태는 뒤에서 쳐들어오고 곽회는 왼쪽에서 쳐들어오니, 오랑캐 군사들은 크게 혼란하여 저희들끼리 서로 짓밟아 죽은 자만도 무수하고, 나머지 살아난 자는 다 항복하고 아하소과는 칼로 자기 목을 치고 자결했다.

이에 곽회와 진태는 군사를 거느리고 가서 바로 오랑캐 영채로 쳐들어가니, 오랑캐 왕 미당은 몹시 놀라 급히 장중에서 나와 말에 올라타다가 위군에게 사로잡혔다.

위군이 미당을 끌고 오자, 곽회는 황망히 말에서 내려 그 결박을 풀어주고 좋은 말로 위로한다.

"조정에서는 원래 귀공이 충성과 의리가 대단한 줄로 알고 있는데, 이번에 귀공이 촉군을 돕다니 웬일이오?"

미당은 부끄러워하며 무릎을 꿇고 사죄한다.

곽회가 타이른다.

"귀공이 이제부터라도 앞장서서 철롱산 포위를 풀게 하고 촉군을 물리친다면, 내 천자께 아뢰어 많은 상을 내리시도록 하겠소."

미당은 그러기로 하고, 마침내 오랑캐 군사를 거느리고 앞장서고, 위군은 그 뒤를 따라 바로 철롱산으로 달려가니, 이때가 밤 3경이었다.

미당이 먼저 사람을 보내어 강유에게 자기가 온 것을 알리니, 강유는 매우 기뻐하며 어서 안내해 들이라 한다. 이리하여 오랑캐 군사들 속에 실은 위군이 반수 이상이나 섞여 촉의 영채 앞까지 들어갔다.

강유는 영을 내려 대군을 영채 밖에 나열시키고, 미당은 백여 명을 거느리고, 다시 중군 장막 앞까지 들어갔다. 강유와 하후패가 나와 영접하는데, 미당이 미처 말을 꺼내기도 전에 뒤에서 위나라 장수가 군사를 몰고 일제히 쳐들어온다.

강유는 급변한 사태에 깜짝 놀라 급히 말을 타고 달아나고, 오랑캐 군사와 위군이 쳐들어와 마구 쳐죽이니 촉군은 사분오열하여 각기 달아난다.

이때, 강유는 손에 아무 무기도 없고 활과 화살만 있었는데, 황망히 달아나다 보니 그만 화살을 도중에 다 떨어뜨리고 화살통이 비어 있는지라, 허둥지둥 산속으로 달아난다.

곽회는 군사를 거느리고 뒤쫓아가다가, 강유에게 무기가 없는 것을 보고 혼자서 더욱 급히 말을 달려 창을 고쳐 잡고 바짝 다가가는데, 강유는 화살 없는 활을 연방 잡아당겨 10여 번이나 시울 소리를 낸다.

곽회는 몇 번씩이나 몸을 피했지만 화살이 오지 않는지라, 그제야 강유에게 화살이 없음을 알고, 창을 말 안장에 걸고 활에 화살을 먹여 힘껏 쐈다.

순간, 강유는 급히 몸을 비키며 팔을 뻗어 날아온 화살을 움켜잡고, 곽회가 가까이 오기를 기다려 그 얼굴을 향해 힘껏 쐈다.

시울 소리가 끝나기도 전에, 곽회가 말에서 굴러 떨어진다. 강유는 급히 달려와서 곽회를 죽이려 하는데, 위군이 몰려오는지라, 미처 손을 쓰지 못하고 곽회의 창만 뽑아가지고 달아난다.

위군은 감히 뒤쫓지 못하고, 급히 곽회를 부축하여 영채로 돌아가서 머리에 꽂힌 화살을 뽑았다. 피가 쉴새없이 흘러, 마침내 곽회는 죽었다.

한편 사마소는 포위가 풀리자, 철롱산에서 내려와 군사를 거느리고 촉군을 뒤쫓아가다가, 도중에서 돌아왔다.

하후패도 뒤따라 도망쳐가서, 강유와 함께 일제히 달아났으나, 허다한 군사와 말을 잃었기 때문에, 다시 주둔하지 못하고, 곧바로 한중 땅으로 돌아갔다.

이번 싸움에서 강유는 패했지만, 곽회를 쏴 죽였고 서질을 죽여 위나라 위세를 꺾었기 때문에, 그 공으로 패전한 죄를 면했다.

한편 사마소는 오랑캐 군사들을 위로하여 그들의 나라로 돌려보내고, 군사를 거느리고 낙양으로 돌아가서, 그 형 사마사와 함께 조정 권세를 잡고 마음대로 휘두르니, 모든 신하는 감히 복종하지 않을 수 없었다.

위주魏主 조방曹芳은 사마사가 조정에 들어오기만 하면, 무서워서 벌벌 떨며 마치 바늘방석에 앉아 있는 것 같았다.

하루는 조방이 조회에 임석했는데, 사마사가 허리에 칼을 차고 정전으로 올라오는 것을 보고 황망히 용상에서 내려와 영접한다.

사마사가 웃는다.

"임금이 어찌 신하를 영접합니까. 청컨대 폐하는 가만히 앉아 계십시오."

모든 신하가 정사政事를 아뢰니, 사마사는 혼자서 일일이 결재하고 지시하며, 위주 조방에겐 아뢰지도 않는다.

조회가 끝나자 사마사는 양연히 정전에서 내려와 수레를 타고 나가는데, 앞뒤로 호위하는 자가 수천 명이었다.

위주 조방은 후궁으로 물러가며 좌우를 돌아보니, 따르는 자가 겨우 세 사람뿐이었다. 그 세 사람이란 바로 태상太常 하후현夏侯玄과 중서령中書令 이풍李豊과 광록대부 장집이었다. 장집은 바로 장황후張皇后의 친정 아버지요, 조방의 장인이다.

조방은 가까이 있는 신하들을 물러가라 하고, 세 사람과 함께 밀실에 들어가서 상의한다.

조방이 장집의 손을 잡고서,

"사마사가 짐을 어린아이 취급하며 문무 백관을 헌신짝처럼 여기니, 조만간에 이 나라 사직이 그의 것이 되리라."

하고 큰소리로 운다.

이풍이 아뢴다.

"폐하는 근심 마소서. 신이 비록 재주는 없으나, 바라건대 폐하께서 조서만 내리시면, 사방의 호걸들을 모아 그 역적 놈을 소탕하겠습니다."

하후현이 아뢴다.

"신의 형님 하후패(실은 하후현의 숙부뻘이다)가 촉에 항복한 것도 실은 사마사 형제들이 죽이려고 갖은 꾀를 부렸기 때문이니, 이제 그 역적 놈들만 없애버리면 신의 형도 반드시 돌아올 것입니다. 신은 바로 국가의 옛 인척간으로서 간특한 역적들이 나라를 어지럽히는 걸 어찌 앉아서 보고만 있으리요. 바라건대 함께 칙명을 받들고 그들을 치겠습니다."

조방이 대답한다.

"다만 실수할까 무섭도다."

세 사람이 울며 아뢴다.

"신들은 맹세코 한마음 한뜻으로 역적을 무찌르고 폐하께 보답하리다."

이윽고 조방은 손가락을 깨물고, 용龍과 봉鳳을 수놓은 한삼汗衫을 벗어, 거기에다 피로 조서를 써서 장집에게 주며 부탁한다.

"짐의 조상 무황제武皇帝(조조)께서 동승董承을 죽이신 것은, 동승 등

44

의 비밀 공작이 사전에 누설됐기 때문이라(제23, 24회 참조). 경들은 모름지기 은밀히 일을 추진하고, 바깥에 누설되지 않도록 극력 조심하여라."

이풍이 대답한다.

"폐하는 어찌하여 그런 상서롭지 못한 말씀을 하시나이까. 신들은 동승의 무리가 아니며, 사마사 따위를 어찌 무조武祖(조조)와 비교하리요. 폐하는 의심 마소서."

세 사람이 절하고 물러나 동화문東華門 왼쪽까지 갔을 때, 바로 사마사가 허리에 칼을 차고 들어오는데, 호위하는 자 수백 명이 다 무기를 가지고 있었다.

세 사람이 길 옆으로 비켜서는데, 사마사가 묻는다.

"너희들 세 사람은 어째서 이리도 늦게 퇴궐하느냐."

이풍이 대답한다.

"성상이 내정內庭에서 책을 읽으실 때, 우리 세 사람은 시독侍讀하고 나오는 길입니다."

"무슨 책을 읽었느냐."

이풍이 계속 대답한다.

"하夏 · 상商 · 주周, 삼대三代를 강독했습니다."

"그래 상감이 뭘 물으시더냐."

역시 이풍이 대답한다.

"천자께서는 이윤伊尹이 상나라를 돕고, 주공이 섭정한 일을 물으셨습니다. 그래서 우리 세 사람은 '사마대장군司馬大將軍(사마사)이 바로 이윤과 주공 같은 분이라'고 아뢰었습니다."

사마사가 싸늘하게 비웃는다.

"너희들이 어찌 나를 이윤과 주공 같다 했으리요. 실은 나를 왕망王莽

과 동탁董卓 같다고 생각하겠지!"

세 사람은 일제히 변명한다.

"저희들은 다 장군 문하에 있는 사람인데, 어찌 감히 그럴 수 있겠습니까."

사마사가 갑자기 격분한다.

"네 놈들은 아첨만 일삼는구나. 조금 전에는 천자와 함께 밀실에서 왜 울었느냐!"

세 사람이 대답한다.

"실로 그런 일은 없었소이다."

사마사가 꾸짖는다.

"너희들 세 사람의 눈이 아직도 붉은데, 그래도 변명이냐!"

하후현은 일이 누설된 것을 알고 돌연 대든다.

"오냐! 네가 천자를 윽박지르고 역적 모의를 하기에, 그래서 울었다."

사마사가 노기 충천하여 무사들에게,

"저놈을 잡아라!"

하니, 하후현은 소매를 걷어붙이고 맨주먹으로 사마사를 치려다가 붙들리고 말았다.

사마사가 세 사람 몸을 뒤지게 하니, 이윽고 장집의 몸에서 용과 봉을 수놓은 한삼 조각이 나오는데, 혈서가 씌어 있었다. 좌우 사람이 바치는 걸 사마사가 받아보니 바로 비밀 조서였다.

사마사 형제는 대권을 잡고 장차 역적할 생각이다. 지금까지 내린 칙명은 다 짐의 뜻이 아니며 그들이 멋대로 지어낸 것이니, 각 부의 모든 관리와 군사와 장수는 함께 충성과 의리를 다하여 역적을 쳐 없애고, 이 나라의 사직을 바로잡아라. 성공하는 날에는 많은 벼슬과 상을 내리리라.

사마사는 버럭 화를 내며,

"너희들이 우리 형제를 모략하고 죽이려 드니, 그냥 둘 수 없다."

하고, 세 사람을 거리로 끌어내어 허리를 베어 죽이고, 그 삼족을 멸하라는 영을 내렸다.

세 사람은 끝까지 사마사를 저주하면서 동시東市에 이르는 동안에 얻어맞아 이가 죄다 부러지고 빠졌건만, 그래도 잘 알아들을 수 없는 말로 꾸짖으면서 죽음을 당했다.

사마사는 바로 후궁으로 들어간다.

이때, 위주 조방은 장황후와 함께 이 일을 상의하는 중이었다.

장황후가 걱정한다.

"궁중은 보고 듣는 자들이 매우 많으니, 만일 이 일이 누설되는 날이면 필시 첩도 벗어나지 못하리다."

이렇게 말하는데 사마사가 불쑥 들어온다.

장황후는 소스라치게 놀라는데, 사마사가 칼을 짚고 노려본다.

"신의 부친이 폐하를 세워 임금으로 삼았으니, 그 공로는 옛 주공만 못하지 않고, 신이 폐하를 섬긴 것도 또한 옛 이윤과 다를 것이 뭣입니까. 그런데 이제 은혜를 원수로 삼고 공로를 허물로 삼아, 보잘것없는 신하 두세 사람과 함께 짜고서 우리 형제를 죽이려 드니, 웬일입니까?"

조방이 대답한다.

"짐은 그런 일이 없노라."

사마사는 소매 속에서 한삼 조각을 꺼내어 동댕이친다.

"이건 누가 쓴 글인가요!"

조방은 정신이 아찔해서 벌벌 떤다.

"그건 다른 자들에게 강요당하다 못해서 쓴 것이다. 짐이 어찌 감히 그런 생각을 하였으리요."

"망령되이 대신大臣을 모략한 죄는 무슨 벌을 받아야 마땅합니까."

조방이 무릎을 꿇고 애걸한다.

"짐이 잘못했으니, 바라건대 대장군은 용서하오."

"폐하는 청컨대 일어나십시오. 국법을 폐할 수는 없습니다."

하고, 사마사는 손가락으로 장황후를 가리킨다.

"저건 바로 장집의 딸년이니, 마땅히 없애버려야 합니다."

조방은 대성 통곡하며 용서하라 빌었으나, 사마사는 듣지 않고 좌우 장수들에게 장황후를 끌어내라 호령한다.

이날 장황후는 잡혀 나가 동화문 안에서 흰 비단에 목이 졸려 죽음을 당했다.

후세 사람이 이 일을 탄식한 시가 있다.

그 당시 조조에게 복후가 궁문 밖으로 쫓겨날 때
맨발로 슬피 울며 천자와 이별했도다.
오늘날 사마(사마사)가 그짓을 되풀이하니
조조의 자손이 당하는 꼴은 하늘의 보답인가.
當年伏后出宮門
跣足哀號別至尊
司馬今朝依此例
天敎還報在兒孫

이튿날, 사마사는 모든 신하를 모으고 말한다.

"오늘날 주상은 황음 무도하여 창우倡優(여악女樂)들을 가까이하고,

중상모략하는 말이나 믿고, 어진 사람들이 나아갈 길을 막으니, 그 죄가 한나라 옛 창읍昌邑(전한前漢 무제武帝의 서자로 즉위한 지 한 달도 못되어 3천여 가지의 못된 짓을 했기 때문에 곽광霍光에게 쫓겨났다)보다 심하다. 능히 천하의 주인 될 자격이 없으므로, 나는 옛 이윤과 곽광이 쓴 법을 써서, 새로이 임금을 세워 사직을 보존하고 천하를 안정할까 하노니, 여러분 뜻에 어떠하오?"

모두가 다 응한다.

"대장군께서 옛 이윤과 곽광이 한 일을 본받으려 하시니, 이는 하늘에 복종하고 민심에 순종함이라 누가 감히 반대하리요."

마침내 사마사는 많은 관원과 함께 영녕궁으로 들어가서, 이 일을 태후太后에게 아뢰었다.

태후가 묻는다.

"그렇다면, 누구를 임금으로 세울 작정이오?"

사마사가 고한다.

"신이 보건대 팽성왕彭城王 조거曹據가 총명하고 인자하며, 효성이 대단하니, 가히 천하의 주인이 될 만합니다."

태후가 말한다.

"팽성왕은 늙은 이 몸의 시숙뻘이니(팽성왕 조거는 조조의 아들이며 문제 조비의 동생이다) 그분을 임금으로 세우면, 내가 어떻게 대우해야 한단 말이오. 오늘날 고귀향공高貴鄕公 조모曹髦는 문황제文皇帝(조비)의 손자로, 그 사람은 천성이 인자하고 공손한지라 가히 임금 자리에 앉힐 만하오. 그러니 경들은 잘 의논해보시오."

한 사람이 말한다.

"태후의 말씀이 옳으니, 그분을 모시기로 합시다."

모든 사람이 보니, 그는 바로 사마사의 종숙宗叔인 사마부司馬孚였다.

조방을 폐위하는 사마사(중앙 우측)

이에 사마사는 마침내 사람을 원성元城 땅으로 보내고, 한편 태후께 태극전太極殿에 오르사 조방을 꾸짖도록 청했다.

태후는 조방을 불러들였다.

"너는 황음 무도하고 여자 악공樂工들을 가까이하니 가히 천하를 계승할 만한 자격이 없다. 마땅히 옥새를 바쳐라. 제왕齊王의 벼슬을 줄 테니 오늘 안으로 떠나거라. 그리고 조정에서 부르지 않는 한, 다시는 도성 안으로 돌아오지 마라."

조방은 울며 태후에게 절하고, 옥새를 바치고 수레를 타고 방성통곡하며 떠나간다. 충의 있는 신하 겨우 몇 사람이 눈물을 머금고 전송한다.

후세 사람이 이 일을 탄식한 시가 있다.

옛날에 조조가 한나라 정승이었을 때

황실의 과부와 고아를 속였도다.

뉘 알았으리요, 40여 년이 지난 뒤에

과부와 고아가 또한 사마사에게 속아넘어갔도다.

昔日曹瞞相漢時

欺他寡婦與孤兒

誰知四十餘年後

寡婦孤兒亦被欺

한편, 고귀향공 조모의 자는 언사彦士로, 그는 바로 문제(조비)의 손자며, 동해東海의 정왕定王 조임曹霖의 아들이다.

사마사는 태후의 분부로 사람을 보내어 조모를 도성으로 불러 올렸다. 문무 백관이 어련御輦을 갖추고 남액문南掖門 밖에 나가서 일제히 절하며 영접하니, 조모가 황망히 답례한다.

태위太尉 왕숙王肅이 고한다.

"주상은 답례하는 법이 아닙니다."

"나도 또한 신하의 몸인데, 어찌 답례하지 않을 수 있소."

문무 관원들은 부축하여 어련 위에 올려 모시고 궁으로 들어가려 하는데, 조모가 사양한다.

"태후께서 부르신 뜻이 뭣인지 모르는데, 내 어찌 감히 황제의 가마를 타고 들어갈 수 있으리요."

하고, 마침내 걸어서 태극전 동당東堂으로 들어가니, 사마사가 나와서 영접한다.

조모가 먼저 절하니, 사마사는 급히 부축해 일으키며 정중히 안부를 묻고, 태후가 있는 곳으로 안내했다.

태후가 말한다.

"네가 어렸을 때 제왕의 상이 있더니 이제 천하의 주인이 됐은즉, 모름지기 공손하고 검소하고 절도 있게 하며 덕을 펴고 인자함을 펴서, 선제께 욕됨이 없게 하라."

조모는 거듭 사양한다.

사마사는 문무 관원들에게 명령하여 조모를 태극전으로 모시라 하고, 그날로 새로운 임금으로 세워 가평 6년(254)을 정원正元 원년으로 고치고, 천하에 대사령을 내렸다.

이리하여 대장군 사마사에게 황월黃鉞을 하사하고, 아울러 어전御前에서 허리를 굽히며 급히 걷지 않아도 되고, 천자께 아뢸 때 이름을 말하지 않아도 되고, 칼을 차고 어전에 올라와도 괜찮다는 특혜가 내려졌다. 문무 백관에게도 각기 벼슬을 높이거나 상을 내렸다.

다음해, 정원 2년 봄 정월이었다.

첩자가 급히 말을 달려와서 보고한다.

"진동장군鎭東將軍 관구검과 양주楊州 자사刺史 문흠文欽은 조정이 전임금을 폐위한 데 대해서 항거하는 명분을 내세우고, 군사를 일으켜 오는 중입니다."

사마사가 이 소식에 깜짝 놀라니,

한나라 신하는 일찍이 충성하는 뜻이 있었고
위나라 장수는 도리어 도둑의 군사를 친다.
漢臣曾有勤王志
魏將還興討賊師

사마사는 어떻게 싸울 것인가.

52

제110회

문앙은 필마단기로 씩씩한 군사를 물리치고
강유는 강물을 등지고 대군을 격파하다

위의 정원 2년 정월이었다.

양주 도독 진동장군 영회남군마領淮南軍馬 관구검은 자가 중문仲聞이며, 하남군河南郡 문희聞喜 땅 출신이었다.

그는 사마사가 제 마음대로 천자를 내쫓고 새 임금을 세웠다는 소문을 듣고, 속으로 분을 삭이고 있었다.

큰아들인 관구전毋丘甸이 말한다.

"부친은 나라의 한 부분을 수비하는 벼슬에 계시면서, 사마사가 천자를 몰아내고 전권을 잡아 국가가 위기에 처했는데도 어찌 편안히 이러고 계십니까?"

"네 말이 옳다!"

하고, 관구검은 마침내 자사 문흠을 초청하여 상의하기로 했다.

문흠은 지난날 조상曹爽의 문하에 드나들던 사람으로, 그날 관구검의 초청을 받고 즉시 와서 배알했다.

관구검은 그를 후당으로 데리고 들어가서 인사를 마치자, 이런 얘기

저런 얘기를 하는데 끊임없이 눈물이 흐른다.

문흠은 이상한 생각이 들어서 우는 까닭을 묻는다.

관구검이 대답한다.

"사마사가 전권을 잡고 임금을 몰아내어 하늘과 땅이 뒤집혔으니, 어찌 마음이 상하지 않겠소."

"도독은 국가의 한 부분을 지키는 터이니, 대의명분을 세워 역적을 친다면, 바라건대 나도 목숨을 내놓고 서로 돕겠습니다. 더구나 나의 둘째 아들 문앙文鴦은 만 명도 대적할 수 있는 용맹이 있어, 늘 사마사 형제를 죽여 조상의 원수를 갚고자 하고 있습니다. 그러니 내 아들 문앙을 선봉으로 삼으십시오."

관구검은 매우 기뻐하며, 즉시 술을 땅에 뿌려 맹세하고, 문흠과 함께 태후의 비밀 조서를 받았다고 거짓 선전하고, 회남淮南 일대의 대소 관원과 군사와 장수를 다 수춘성壽春城 안으로 소집하고, 서쪽에 한 단壇을 쌓고, 흰말을 잡아 그 피를 입술에 바르며 일제히 맹세하고, 사마사를 대역무도한 역적 놈으로 선포했다.

이제 태후의 비밀 조서를 받들어 회남 군사를 모조리 일으켜 대의명분에 의해 역적을 치노라고 엄숙히 선언하니, 모두가 기꺼이 복종한다.

이에 관구검은 군사 6만 명을 거느리고 항성項城에 주둔하고, 문흠은 군사 2만 명을 거느리고 외방의 유격대遊擊隊로서 왕래하며 연락을 취했다. 마침내 관구검의 격문이 모든 군郡에 나붙는데, 그 내용은 각기 군사를 일으켜 서로 도우라는 지시였다.

한편, 사마사는 왼쪽 눈에 혹이 생겨 아프고 가려웠다. 의관醫官을 불러 수술을 받고 약을 발라 봉하고, 부중에서 날마다 요양하는 중이었다.

때마침 회남 땅에서 온 급한 소식을 받자, 이에 태위 왕숙을 불러 상의한다.

왕숙이 말한다.

"옛날에 관운장關雲長은 그 위엄이 천하에 떨쳤건만, 손권은 여몽呂蒙을 시켜 형주荊州를 쳐서 손아귀에 넣고 그곳 출신 군사와 장수들의 가족을 극진히 대우했기 때문에, 관운장의 군사들은 감격한 나머지 저절로 무너졌습니다. 지금 회남 땅에 있는 군사와 장수들의 가족은 다 중원에 있으니 속히 그들의 가족을 극진히 대접하는 한편, 군사를 보내어 그들이 물러갈 길을 끊으십시오. 그러면 그들은 저절로 무너지리다."

"그대 말이 매우 좋으나, 내가 눈 위 혹을 수술받아서 친히 갈 수 없소. 그렇다고 다른 사람을 보내자니 안심할 수가 없구려."

중서시랑中書侍郎 종회鍾會가 곁에서 말한다.

"그곳 회남 땅 군사는 매우 강합니다. 딴사람이 군사를 거느리고 가서 물리친대도 우리에게 이롭지 않으며, 또 실수하는 날이면 큰일을 망치고 맙니다."

사마사가 벌떡 일어선다.

"내가 가지 않으면 그놈들을 격파할 수 없다!"

이에 동생 사마소는 낙양에 남아서 조정 일을 도맡아 살피기로 하고, 사마사는 성하지 않은 몸으로 부드러운 가마를 타고 동쪽을 향하여 가며, 명령을 내린다.

"진남장군鎭南將軍 제갈탄諸葛誕은 예주豫州 일대의 모든 군사를 거느리고 안풍安風 땅으로부터 수춘壽春 땅을 공격하라. 정동장군征東將軍 호준은 청주靑州 일대의 모든 군사를 거느리고 초初와 송宋 땅으로 나가서 그들이 돌아갈 길을 끊어라. 예주 자사 감군監軍 왕기王基는 전부前部 군사를 거느리고 먼저 진남鎭南 땅을 점령하라."

그러고 나서 사마사는 대군을 거느리고 양양襄陽 땅에 주둔하고, 문무 직속들을 불러 상의한다.

광록훈光祿勳 정포鄭褒가 말한다.

"관구검은 꾀는 있으나 결단력이 없고, 문흠은 용기는 있으나 지혜가 없습니다. 지금 우리가 일제히 그들을 친다 해도, 회남 땅 군사들은 사기가 날카로우니 가벼이 대적할 수 없습니다. 그러니 깊이 구렁을 파고 높이 보루堡壘를 쌓아 그들의 날카로운 기상을 꺾도록 하십시오. 이는 주아부周亞父가 곧잘 쓰던 계책입니다." 주아부의 이름은 주훈周勳이다. 전한前漢 문제文帝 · 경제景帝 때 대장으로, 장기전을 써서 오吳 · 초楚의 군사들을 격파했다.

감군 왕기가 반대한다.

"그래선 안 되오. 회남 땅의 반역은 군사와 백성들이 반란을 일으킨 것이 아니라 관구검의 우격다짐에 하는 수 없이 일어난 것이오. 그러니 우리 대군이 일제히 쳐들어가면, 그들은 반드시 무너질 것이오."

"그 말이 지당하오."

하고, 사마사는 마침내 군사들에게 출발을 명령, 은수濦水에 주둔시키고, 중군中軍은 은교濦橋에 주둔했다.

왕기가 고한다.

"남돈南頓 땅은 군사를 주둔시키기에 가장 좋은 곳이니, 속히 군사를 보내어 취하십시오. 만일 늦으면 관구검이 먼저 와서 차지할 것입니다."

사마사는 드디어 왕기에게 전부前部 군사를 거느리고 가서 남돈성을 공격하도록 명령했다.

한편, 관구검은 항성에 있으면서, 사마사가 군사를 거느리고 온다는 보고를 받자 모든 직속 부하들과 함께 상의한다.

선봉 갈옹葛雍이 말한다.

"남돈성은 산을 의지하고 강가에 있어서, 군사를 주둔시키기에 매우 좋은 곳입니다. 만일 위군이 먼저 점령하면 몰아내기 어려우니, 속히 차지하도록 하십시오."

관구검은 그 말대로 군사를 일으켜 남돈 땅으로 가는데, 파발꾼이 달려와서 보고한다.

"남돈 땅엔 이미 위군이 와서 영채를 세웠습니다."

관구검은 믿어지지 않아서, 몸소 군사를 거느리고 가서 보았다. 과연 정기旌旗가 온 들에 두루 서 있고, 영채가 정비되어 있었다.

관구검은 자기 군중으로 돌아가서 어쩔 바를 몰라 하는데, 마침 파발꾼이 말을 달려와서 보고한다.

"동오의 손준이 군사를 거느리고 강을 건너와, 수춘성으로 쳐들어가는 중입니다."

관구검이 소스라치게 놀라,

"수춘 땅을 잃으면 나는 돌아갈 곳이 없다!"

하고, 그날 밤 항성으로 물러간다.

사마사는 관구검의 군사가 후퇴하는 것을 보고, 모든 관리와 함께 상의한다.

상서尙書 부하傅嘏가 말한다.

"지금 관구검의 군사가 후퇴하는 것은, 오나라 사람이 수춘 땅을 습격할까 두려워서입니다. 그는 항성으로 돌아가서는 반드시 군사를 나누어 막을 테니, 장군은 1군을 보내어 낙가성樂嘉城을 치고, 또 1군을 보내어 항성을 치고, 또 1군을 보내어 수춘 땅을 치십시오. 그러면 회남 군사는 반드시 후퇴할 것입니다. 더구나 연주兗州 자사 등애鄧艾는 지혜와 꾀가 출중하니, 만일 그가 군사를 거느리고 낙가성을 공격하고 다시 많은 군사를 투입하면, 도둑을 쉽사리 격파할 수 있습니다."

사마사는 그 말대로 급히 수하 부하에게 격문을 주어 보내고, 등애에게 연주 일대의 군사를 일으켜 낙가성을 격파하도록 지시하며, 친히 군사를 거느리고 뒤를 이어 출발했다.

한편, 관구검은 항성에 있으면서 사람을 낙가성으로 보내어 정탐하게 하고, 혹 적군이 쳐들어올까 두려워서 문흠을 영채로 불러 함께 의논한다.

문흠이 말한다.

"도독은 걱정 마십시오. 나는 아들 문앙과 함께 군사 5천 명만 있으면 낙가성을 튼튼히 지킬 수 있습니다."

관구검은 반색하며 허락하니, 문흠 부자는 군사 5천 명을 거느리고 낙가성으로 간다.

앞서간 군사가 와서 보고한다.

"낙가성 서쪽은 약 만여 명의 위군이 주둔해 있고, 바라보니 그들 중군에는 백모白旄와 황월黃鉞과 검은 덮개와 붉은 번幡이 빽빽히 섰고, 호장虎帳 안에는 비단에 온통 수를 놓은 수帥 자字 기旗가 우뚝 섰으니, 필시 사마사가 와 있는 모양인데, 모든 영채를 세우는 중이라 아직 완전한 방비를 못하고 있습니다."

문앙이 강철로 만든 매[鞭]를 들고 부친 곁에서 이 말을 듣고 고한다.

"그들이 영채를 완전히 세우기 전에 군사를 두 방면으로 나누어 좌우에서 일제히 쳐들어가면, 크게 이길 수 있습니다."

문흠이 묻는다.

"그럼 언제 출발할꼬?"

"오늘 밤에 군사 2천5백 명을 거느리고 성 남쪽에서 쳐들어가십시오. 소자는 군사 2천5백 명을 거느리고 성 북쪽에서 쳐들어가겠으니, 3경 때 위군 진지 안에서 합치도록 하소서."

문흠은 머리를 끄덕이고, 그날 밤에 군사를 두 방면으로 나눴다.

이때, 문앙은 나이 18세로 키가 8척이었다. 그는 온몸을 투구와 갑옷으로 무장하고, 허리에 강철로 만든 매를 차고 창을 말 옆구리에 끼우고 말에 올라 아득히 위군의 영채를 바라보며 나아간다.

이날 밤에 사마사는 군사를 거느리고 낙가 땅에 이르러 영채를 세우고서 연주 자사 등애가 오기를 기다리며, 수술받은 눈 위의 혹이 곪아서 장중에 누워 있는데, 무장한 군사 수백 명이 바깥에서 호위하고 있었다.

밤 3경 무렵이었다.

갑자기 영채 안에서 함성이 크게 진동하며 사람들과 말들이 크게 혼란한다.

사마사가 급히 물으니, 한 사람이 뛰어들어와 고한다.

"난데없는 한 무리의 군사가 영채 북쪽에서 바로 쳐들어왔습니다. 앞장선 장수는 어찌나 용맹한지 대적할 수가 없습니다."

사마사가 깜짝 놀라는 순간, 동시에 분노가 불처럼 치솟아 혹을 떼어낸 곪은 상처에서 눈알이 툭 튀어나왔다. 대번에 피가 흘러 주변을 벌겋게 물들인다. 그는 쑤시고 아파서 견딜 수 없으나, 혼란에 빠진 군사들이 변심할까 두려워서 이불을 악물고 몸부림치니 이불이 산산조각이 난다.

문앙이 군사를 거느리고 먼저 이르러 일제히 영채 안으로 쳐들어와서 좌충우돌하니 내닫는 곳마다 대적하는 자가 없다. 항거하는 자는 창에 찔리거나 그 무서운 강철로 만든 매에 두들겨 맞아 죽지 않는 자가 없다.

문앙은 번개처럼 싸우면서 부친이 당도하기를 기다리는데, 웬일인지 오지 않는다. 문앙은 몇 번씩 중군으로 마구 쳐들어갔으나, 그럴 때마다 빗발처럼 날아오는 화살과 쇠뇌 때문에 더 나아가지 못하고 물러서서 덤벼드는 군사들을 마구 죽인다. 그러는 동안에 어느새 날이 새는데, 저편 북쪽에서 북소리와 징소리가 진동한다.

문앙은 뒤따르는 자에게,

"부친이 남쪽에서 오시지 않고 도리어 북쪽에서 오시니 웬일인고!"

하고, 급히 말을 달려 가보니, 한 떼의 군사가 맹렬한 바람처럼 오는데, 맨 앞장선 장수는 바로 등애였다.

등애가 칼을 비껴 들며 찌를 듯이 외친다.

"반란한 도둑놈은 꼼짝 말고 게 섰거라!"

문앙은 노기 등등하여 창을 고쳐 잡고 등애를 맞이하여 싸운 지 50합에 승부가 나지 않는다.

계속 한참을 싸우는데, 위군이 대거 진출하여 앞뒤에서 협공하니, 문앙의 수하 군사들은 각기 흩어져 달아난다. 이에 문앙도 필마단기로 위군을 마구 무찔러 길을 열고, 남쪽을 바라보며 달아난다.

그 뒤로 수백 명의 군사와 장수가 필사적으로 뒤쫓아가 낙가교樂嘉橋 근방에서 바짝 따라붙었을 때였다. 문앙은 홀연 말을 돌려 세우며 소리를 버럭 지르고, 위군과 장수 속으로 뛰어들어와 철편鐵鞭을 마구 휘둘러 치니, 맞은 자는 분분히 말에서 떨어지고 나머지는 다 달아난다.

문앙은 다시 천천히 떠나간다. 위의 장수들은 한데 모여 한편으론 놀라며 의아해한다.

"저 젊은 녀석이 우리를 물리쳤단 말인가. 힘을 합쳐 다시 추격하자."

이에 위의 장수 백 명이 다시 뒤쫓으니, 문앙이 돌아보고 버럭 화를 내며,

"쥐새끼 같은 놈들아! 어째서 목숨을 아끼지 않느냐!"

하고 말을 달려 위의 장수들 속으로 달려들어가 철편으로 순식간에 장수 몇 명을 쳐죽이고, 다시 말고삐를 돌리더니 천천히 떠나간다.

위의 장수들은 연달아 4, 5차례 추격하다가, 결국 문앙 한 사람에게

필마단기로 위군을 물리치는 문앙(오른쪽)

번번이 죽음을 당하고, 살아 남은 자는 도망쳐 돌아갔다.

　후세 사람이 문앙을 찬탄한 시가 있다.

　　당시 장판교長板橋에서 혼자 조조에 항거하고
　　그때부터 조자룡은 영용한 명성을 드날렸도다.
　　낙가성 안에서 칼들이 서로 불꽃을 튀기는데
　　문앙이 그 담력을 높이 드날렸도다.

　　長板當年獨拒曹
　　子龍從此顯英豪
　　樂嘉城內爭鋒處
　　又見文鴦膽氣高

문흠은 험한 산골에서 길을 잃고 방황하다가, 한밤중에야 다시 길을 찾아 나아가니 어느새 날은 새고, 아들 문앙과 그 군사는 간 곳이 없고, 위군이 대승하여 날뛰는 광경만 바라보였다.

문흠은 싸울 생각도 못하고 후퇴하니, 위군이 기회를 놓치지 않고 뒤쫓는다. 문흠은 군사를 거느리고 수춘 땅을 향하여 달아난다.

한편, 위의 전중교위殿中校尉 윤대목尹大目은 원래가 조상의 심복 부하였다. 조상이 사마의에게 죽음을 당했기 때문에, 윤대목은 사마사를 섬기고는 있지만 늘 마음속으로는 사마사를 죽여 조상의 원수를 갚을 생각이었다. 뿐만 아니라 윤대목은 원래 문흠과 친한 사이였다.

윤대목은 이제 사마사가 한 쪽 눈알이 빠져 꼼짝못하는 것을 알자, 장막으로 들어가서 고한다.

"문흠은 본시 배반할 뜻이 없었는데, 관구검의 협박에 못 이겨 이처럼 됐으니, 내가 가서 타이르면 그는 반드시 따라와서 항복할 것입니다."

사마사가 허락하니, 윤대목은 즉시 갑옷과 투구를 입고 말을 달려 쫓아가, 문흠의 뒤를 따라붙어 큰소리로 외친다.

"문흠은 날 좀 보시오!"

문흠이 돌아보니, 윤대목이 투구와 갑옷을 벗어 말 안장에 걸쳐놓고 채찍을 들어 가리킨다.

"문흠은 어째서 며칠 동안을 참지 못하오."

이는 윤대목이 사마사가 죽을 것을 미리 알고, 문흠을 머물게 하려는 수작이었다. 그러나 문흠은 그 뜻을 알아차리지 못하고, 소리를 질러 꾸짖으며 활로 쏘려 한다. 이에 윤대목은 대성 통곡하고 돌아간다.

문흠이 다시 군사들을 수습하고 수춘 땅으로 달려갔을 때는, 제갈탄이 먼저 와서 수춘성을 점령하고 있었다.

다시 항성으로 돌아가려는데, 호준·왕기·등애의 군사가 세 방면에서 다 몰려온다. 문흠은 형세가 위급함을 알고 마침내 동오의 손준에게 투항했다.

한편, 관구검은 항성에 있으면서, 수춘 땅은 이미 잃었고 문흠 또한 패했다는 소식을 듣자 깊은 시름에 잠겼는데, 성밖 세 방면에서 위군이 들이닥친다.

마침내 관구검은 성안의 군사를 모조리 거느리고 나가서 싸우다가, 바로 등애와 서로 만났다. 관구검은 갈옹을 내보내어 싸우게 했으나, 등애는 1합도 싸우기 전에 한칼에 갈홍을 베어 죽이고, 군사를 휘몰아 일제히 쳐들어온다.

관구검은 전력을 다하여 싸웠으나, 강회江淮 군사들은 크게 혼란에 빠지고, 호준과 왕기는 군사를 거느리고 사방에서 협공한다. 결국 관구검은 대적할 수가 없어, 기병 10여 명을 거느리고 길을 빼앗아 달아나 신현성愼縣城 아래에 이르렀다.

현령縣令 송백宋白이 성문을 열어 영접하고 잔치를 베풀어 대접하니, 관구검은 술에 크게 취했다. 송백은 수하 사람들을 시켜 관구검을 죽이고 그 머리를 베어 위군에게 갖다 바치니, 이에 회남 일대는 평정됐다.

한편, 사마사는 병석에 누워 일어나지 못하자, 제갈탄을 장막 안으로 불러들여 인印을 내주며 그를 정동대장군征東大將軍으로 삼아 양주 일대의 모든 군사를 총지휘하게 하는 한편, 군사를 돌려 허도許都로 돌아간다.

돌아가는 도중 사마사는 눈이 아파서 낮이면 신음하고, 밤이면 밤마다 지난날 죽인 이풍·장집·하후현 세 사람이 나타나서 목숨을 돌려달라며 저주한다.

사마사는 심신이 극도로 어지러워, 스스로 회복하지 못할 것을 알고 사람을 낙양으로 보내어 사마소를 불러왔다.

사마소가 병상 아래 엎드려 절하고 운다.

사마사는 동생을 굽어보며 유언한다.

"나는 이제 권력이 무거워서 좀 내려놓고 싶으나 그럴 수도 없게 됐다. 너는 뒤를 이어 노력하되, 이 큰일을 결코 남에게 부탁하지 마라. 그러는 날이면 우리 집안은 멸족을 당할 것이다."

말을 마치자 사마사는 인수印綬를 전하고, 눈물만 가득히 흘린다.

사마소가 앞일을 물으려고 하는데, 사마사는 외마디소리를 지르며, 남은 눈알마저 튀어나오더니 그 자리에서 죽었다. 때는 정원 2년 2월이었다.

이에 사마소는 초상 준비를 하고, 사람을 보내어 위주 조모에게 형의 죽음을 아뢰었다. 조모는 사신에게 조서를 주어 허도로 보냈다. 그 조서 내용은, 사마소에게 허도에다 군사를 주둔하고, 동오에 대한 방비를 하라는 명령이었다.

사마소는 조서를 받고 오히려 결단을 내리지 못하는데, 종회가 고한다.

"대장군(사마사)이 이번에 세상을 떠나시고 천하 인심은 정해지지 않았는데, 장군이 이런 곳에 머물러 있다가, 만일 조정에서 어떤 변이라도 일어나는 날이면 그땐 후회해도 이미 늦습니다."

사마소는 머리를 끄덕이며 즉시 군사를 거느리고 떠나, 낙수 남쪽으로 돌아와서 주둔했다.

이 보고를 듣고 조모는 깜짝 놀란다.

태위 왕숙이 아뢴다.

"사마소는 그 형이 잡았던 큰 권력을 이어받았으니, 폐하는 그에게 벼슬을 봉하고 안심시키십시오."

조모는 마침내 왕숙에게 조서를 주어 사마소를 대장군大將軍 겸 녹상서사錄尚書事로 봉했다. 이에 사마소는 조정으로 돌아와서, 조모에게 사은하는 절을 했다. 이때부터 사마소는 안팎의 크고 작은 권력을 모두 잡게 됐다.

한편, 서촉西蜀의 첩자는 즉시 위의 사태를 성도로 보고했다.

강유가 후주에게 아뢴다.

"사마사는 이번에 죽고, 사마소가 새로이 모든 권력을 잡았으니, 함부로 낙양을 떠나지는 못할 것입니다. 그러니 신은 이 기회에 위를 쳐서 중원을 회복하겠습니다."

후주는 그 말을 좇아 마침내 강유에게 위를 치라는 명령을 내렸다.

이에 강유는 한중 땅의 군사와 말을 일으키는데, 정서대장군征西大將軍 장익이 고한다.

"우리 촉은 땅이 협소하고 재정이 넉넉지 못하니, 멀리 가서 정벌하기엔 마땅치 않습니다. 그러니 험한 지대를 이용하여 방비에 힘쓰고, 군사와 백성을 아끼는 것이 바로 국가의 목표가 되어야 합니다."

"그렇지 않다. 옛날에 승상(제갈양)은 초려草廬에서 나오기 전에 천하가 셋으로 나뉠 것을 이미 알고 있었다. 그러나 승상은 여섯 번씩이나 기산祁山으로 나가서 중원을 회복하려다가, 불행히도 도중에 세상을 떠나 성공하지 못하셨다. 나는 이미 승상의 분부를 받았으니, 마땅히 충성을 다하고 국가에 보답함으로써 그 뜻을 계승해야만 비록 죽는대도 여한이 없을 것이다. 이제 저들 위에 틈이 생겼으니, 이 기회에 치지 않는다면 다시 어느 때를 기다리리요."

하후패가 말한다.

"장군의 말씀이 옳소. 민첩한 기병들을 동원하여, 먼저 포한抱罕 땅으로 나아가 조서와 남안 땅만 얻는다면, 모든 군郡에 결정적인 영향을 줄 수 있습니다."

장익도 그제야 수긍한다.

"지난날 우리가 이기지 못하고 돌아온 이유는 군사들이 나아가는 속도가 늦었기 때문입니다. 그러기에 병법에 말하기를, '방비 없는 적을 쳐야 하고, 적이 상상도 못하는 일을 이쪽에서 해야 한다'고 했습니다. 이제 우리 군사들이 비바람처럼 급히 나아가서 위군에게 방비할 여가도 주지 않는다면, 완전히 이길 것이오."

드디어 강유는 군사 5만 명을 거느리고 포한 땅으로 나아가서 조수에 이르자, 그제야 경계를 지키던 위의 군사는 옹주雍州 자사 왕경王經과 부장군副將軍 진태에게 촉군이 쳐들어온다는 보고를 보냈다.

이에 왕경은 보병과 기병 7만 명을 일으켜 촉군을 막으러 온다. 강유가 장익에게 이러이러히 하라 분부하고, 또 하후패에게 이러이러히 하라 분부하니, 두 장수는 계책대로 떠나갔다.

그런 뒤에 강유는 친히 대군을 거느리고 조수를 등지고 진영을 벌이니, 왕경이 아장牙將들을 거느리고 나와서 외친다.

"우리 위·촉·오는 솥발처럼 각기 기반을 마련했는데, 너는 어째서 침략만 하느냐?"

강유가 대답한다.

"사마사가 무고히 주인을 몰아냈으니 이웃 나라로서 그 죄를 따지는 것도 마땅하거늘, 더구나 원수의 나라니 더 말할 것이 있겠느냐!"

왕경이 장명張明·화영花永·유달劉達·주방朱芳 네 장수를 돌아보며 분부한다.

"촉군이 강물을 뒤에 두고 진을 벌였으니, 그들은 패하면 다 물에 빠져 죽게 마련이다. 그러나 강유는 용맹하다. 너희들 네 장수는 싸우되,

조수 서안에서 위군을 대파하는 강유(왼쪽)

강유가 후퇴하거든 즉시 추격하라."

이에 네 장수는 좌우로 나뉘어 가서 강유와 싸움을 벌였다.

강유는 수합을 싸우는 체하다가 말을 돌려 자기 진영으로 달아나니, 왕경은 군사를 휘몰아 일제히 뒤쫓아간다.

강유는 다시 군사를 거느리고 조수 서쪽으로 달아나다가, 점점 강물이 가까워지자 모든 장수에게 외친다.

"사태가 위급한데, 모든 장수는 어째서 힘을 분발하지 않느냐!"

이에 모든 장수는 일제히 힘을 분발하고 돌아서서 쫓아오는 적군 속으로 마구 쳐들어가 활을 쏘고 칼로 베니, 위군은 크게 패한다. 더구나 장익과 하후패가 두 방면에서 달려와 위군의 뒤를 치며 첩첩이 포위한다.

이에 강유는 용기 백배하여 적군 속으로 마구 쳐들어가서 좌충우돌하니, 위군은 우왕좌왕하며 혼란하여 저희들끼리 짓밟혀 죽는 자가 태반이고, 쫓겨서 강물 속에 뛰어든 자가 무수하며, 목이 달아난 자가 만여 명이어서 시체가 몇 리 사이에 쌓였다.

왕경은 싸움에 패한 기병 백여 명을 거느리고 죽기를 각오하고 싸워겨우 탈출하자 바로 적도성狄道城으로 도망쳐서, 성안으로 들어가는 즉시로 성문을 굳게 닫고 지킨다.

강유는 싸움에 크게 이기자 군사를 일단 위로한 뒤, 적도성을 치려고 다시 나아가려 하는데 장익이 간한다.

"장군은 혁혁한 공을 이루어 위엄을 크게 떨쳤으니 일단 중지하십시오. 이제 만일 나아갔다가 뜻대로 되지 않는 날이면, 그야말로 뱀을 그려놓고 발까지 그리는 결과가 됩니다."

"그렇지 않다. 전에는 싸워서 패해도 오히려 나아가 취하고 중원을 종횡으로 달렸는데, 위군은 이번 조수의 한 번 싸움에서 정신을 잃었으니, 가기만 하면 적도성을 점령할 수 있다. 그러니 그대는 스스로 자신을 버리지 말라."

장익은 거듭거듭 말렸으나, 강유는 끝내 듣지 않고 군사를 거느리고 적도성을 치러 떠나간다.

한편, 옹주의 정서장군征西將軍 진태는 군사를 일으켜 왕경과 함께 싸움에 패한 원수를 갚을 생각인데, 마침 연주 자사 등애가 군사를 거느리고 왔다.

서로 인사가 끝나자, 등애는 온 뜻을 말한다.

"이번에 대장군(사마소)의 분부를 받고, 특히 장군을 도와 적군을 격파하러 왔소."

진태가 촉군을 칠 계책을 물으니, 등애는 대답한다.

"조수에서 승리한 강유가 만일 많은 오랑캐 군사를 불러들이고 동쪽 농서에서 우리와 싸움을 벌이며 네 군(농서·남안·천수天水·약양略陽)에 격문을 돌린다면, 우리는 큰 낭패요. 그런데 이제 강유는 그런 생각을 못하고 도리어 적도성을 노리니, 그 성벽은 원래 견고해서 급히 친대도 좀체 함락하지 못할 것이오. 그들은 쓸데없이 힘만 낭비할 테니, 우리는 지금이라도 항령項嶺으로 군사를 옮기고, 그런 뒤에 나아가서 치면, 촉군은 반드시 패할 것이오."

"거, 참 좋은 계책이오."

진태는 찬동하고 먼저 군사 20대隊를 떠나 보내며 분부한다.

"1대를 50명씩으로 하고, 각기 정기, 북, 태징 등을 가지고 낮이면 숨고 밤이면 행군하여, 적도성 동남쪽 높은 산 깊은 골짜기에 매복하고 있다가 우리가 가거든 일제히 북과 징을 치며 응원하되, 밤에는 불을 올리고 포麾(포砲와 같다)를 쏘아 적군을 놀라게 하여라."

일단 배치를 끝내자, 진태와 등애는 각기 군사 2만 명씩을 거느리고 계속 나아간다.

한편, 강유는 적도성을 포위하고 사면팔방에서 날마다 공격했다. 그래도 함락하지 못하는지라 매우 고민하나, 별 뾰족한 수가 없었다.

이날 황혼 무렵에 홀연 파발꾼이 4, 5차례 계속 달려와서 보고한다.

"두 방면에서 위군이 옵니다. 한 방면의 기에는 분명히 '정서장군 진태征西將軍陳泰'라 씌었고, 다른 방면의 기에는 '연주 자사 등애徠州刺史鄧艾'라 씌어 있습니다."

강유는 깜짝 놀라 하후패를 불러 상의한다.

하후패가 말한다.

"전에도 장군에게 말했습니다만, 등애는 어려서부터 병법에 능통하고 지리에도 밝은 사람입니다. 이제 그가 군사를 거느리고 온다니, 이는 결코 만만한 적수가 아닙니다."

"그들의 군사는 먼 길을 왔으니, 그들에게 쉴 여가도 주지 말고 바로 쳐부수리라."

강유는 장익에겐 남아서 적도성을 계속 공격하도록 분부하고, 하후패에겐 군사를 거느리고 진태와 싸우도록 지시한 후, 몸소 군사를 거느리고 직접 등애와 싸우러 떠났다.

강유가 행군한 지 5리도 못 가서였다. 홀연 동남쪽에서 포 소리가 한 방 나더니, 북소리와 징소리가 땅을 진동하고 불빛이 하늘로 치솟는다.

강유가 말을 달리면서 보니, 사방이 다 위군의 기들이라 깜짝 놀라,

"등애의 계책에 걸려들었구나!"

하고 하후패와 장익에게 사람을 급히 보내어 후퇴 명령을 내리니, 촉군은 각기 적도를 버리고 일제히 한중 땅으로 후퇴한다.

강유는 뒤로 빠져 길을 끊으면서 후퇴하는데 뒤에서 연방 북소리와 징소리가 그치지 않아서 쫓기다시피 검각劍閣 땅의 잔도棧道로 들어선 뒤에야, 그 북소리가 나고 불길이 충천하던 20여 개소가, 실은 몇 명 안 되는 위군이 많은 군사가 매복하고 있는 것처럼 의병계疑兵計를 썼다는 사실을 알았다. 강유는 군사를 거두고 물러가서, 종제鍾提 땅에 주둔했다.

한편, 후주는 강유가 이번에 조수 서쪽 언덕에서 공로를 세우고 왔다 하여, 조서를 내려 대장군으로 봉했다.

강유는 대장군의 직을 받자 표문을 올려 은혜에 감사하고, 다시 위나라 칠 일을 의논하니,

성공하면 뱀 발까지 그려 넣을 필요가 없건만

역적을 치고자 오히려 범 같은 위엄을 생각한다.

成功不必添蛇足

討賊猶思奮虎威

다음 북벌北伐의 결과는 어떻게 될지.

제111회

등애는 지혜로 강유를 격파하고
제갈탄은 의리로 사마소를 치다

강유는 물러가서 종제 땅에 군사를 주둔했다. 한편 위군은 적도성 밖에 주둔했다.

왕경은 적도성에서 나와 진태와 등애를 성안으로 영접해 들이고, 포위를 풀어준 데 대해 감사하고, 잔치를 베풀어 대접하며 삼군에게 푸짐하게 상을 줬다.

진태는 등애의 이번 공로를 표문으로 써서 위주 조모에게 보냈다.

조모는 등애를 안서장군安西將軍으로 봉하고 호동강교위護東羌校尉로 임명하며, 진태와 함께 옹주와 양주凉州 두 곳을 지키게 했다.

등애가 표문을 보내어 사은하고 나자, 진태는 잔치를 베풀어 절하며 축하한다.

"강유가 야반 도주를 했으니 그 힘이 다한지라. 다시는 감히 쳐들어오지 않을 것입니다."

등애가 웃는다.

"내 생각으로는 촉군이 반드시 쳐들어올 만한 이유가 다섯 가지나 있소."

진태가 그 이유를 물으니, 등애는 대답한다.

"촉군은 비록 물러갔으나 한참 이기던 세력이 남아 있고, 우리 군사는 마침내 패하여 쇠약한 것이 사실이니, 이것이 그들이 쳐들어올 수 있는 첫 번째 이유요. 또 촉군은 제갈공명이 훈련시킨 정예 부대라 즉시 출동할 수 있지만, 우리는 대장이 여러 번 바뀌고 훈련도 미숙하니 그들이 반드시 쳐들어올 수 있는 두 번째 이유요. 촉군은 자주 배를 타고 다니나, 우리 군사는 늘 육지를 걷는지라 피차간에 느끼는 피곤이 같지 않으니, 그들이 반드시 쳐들어올 수 있는 세 번째 이유요. 또 적도·농서·남안·기산 네 곳은 다 지키기에 적당한 지대라. 촉군이 혹 동쪽을 칠 듯이 하다가 서쪽을 치며, 남쪽을 노리는 체하다가 실은 북쪽을 치기 때문에, 우리 군사는 여러 방면으로 나뉘어 지켜야만 하오. 촉군이 한곳으로 몰려와서 공격할 수 있는 데 비하여 우리는 군사의 4분의 1만으로 막아야 하니, 그들이 반드시 쳐들어올 수 있는 네 번째 이유요. 만일 촉군이 남안·농서 방면으로 나오면 오랑캐의 곡식을 빼앗아 먹을 수 있고, 만일 기산 방면으로 나오면 보리를 빼앗아 먹을 수 있으니, 그들이 반드시 쳐들어올 수 있는 다섯 번째 이유요."

진태가 탄복한다.

"귀공이 적군에 대해 신神처럼 아시니, 무슨 염려할 것 있으리요."

이때부터 진태와 등애는 망년지교忘年之交(나이를 따지지 않는 친교)를 맺었다.

등애는 마침내 옹주와 양주 방면 군사를 날마다 조련하며, 모든 요충지마다 영채를 세우고 뜻하지 않은 공격에도 방비할 수 있도록 조처했다.

한편, 강유는 종제 땅에서 큰 잔치를 베풀고 모든 장수를 모아 북위를 칠 일을 상의하는데, 영사令史 번건樊建이 간한다.

"여러 번 나아갔으나 완전한 승리를 거두지 못하다가, 전번 조수 서쪽 싸움에서 장군의 위엄에 위군이 이미 항복했는데, 어째서 또 출정하려 합니까? 이번에 가서 패하면 전번의 공로도 허사가 됩니다."

강유가 대답한다.

"너희들은 위나라가 크고 인구가 많아서 쉽사리 얻을 수 없다고만 생각할 뿐, 위나라를 공격하면 이길 수 있는 다섯 가지 조건은 도리어 모르는구나."

모두가 물으니, 강유는 대답한다.

"전번에 그들은 조수 서쪽에서 크게 패하여 모든 사기가 꺾였고, 우리 군사는 비록 후퇴했으나 잃은 군사가 없으니, 다시 쳐들어가면 이길 수 있는 것이 그 첫 번째 조건이며, 또 우리 군사는 배를 타고 나아가기 때문에 피곤하지 않으나 그들은 육로로 와야만 하니, 이것이 우리가 이길 수 있는 두 번째 조건이며, 또 우리 군사는 오래도록 훈련을 했고 그들은 법도가 없는 오합지졸이니, 이것이 우리가 이길 수 있는 세 번째 조건이며, 또 우리 군사가 기산으로 나가면 잘 익은 곡식을 약탈해 먹을 수 있으니, 이것이 우리가 이길 수 있는 네 번째 조건이며, 그들은 각 방면을 수비하기 위해 군사를 분산해야만 하나 우리는 한곳으로 일제히 진격할 수 있으니, 그들이 어찌 대적하리요. 이것이 우리가 이길 수 있는 다섯 번째 조건이다. 이런 때에 위를 치지 않으면, 언제까지 기다리란 말이냐."

하후패가 나선다.

"등애는 비록 젊으나 지혜와 계략이 깊고, 또 요즘 안서장군의 직위에 올랐다 하니, 필시 각처에 만반의 준비를 다했을 것인즉, 지난날과는 같지 않을 것이오."

강유가 버럭 소리를 지른다.

"내 어찌 그따위 등애를 두려워하리요. 그대들은 남의 장점을 말함으로써, 자기 위신을 손상하지 말라. 내 이미 결심했으니, 먼저 농서를 점령할 것이로다."

모든 장수는 더 이상 간하지 못한다.

이에 강유는 친히 전부前部의 군대를 거느리고 모든 장수를 뒤따르게 하고 나아가니, 촉군은 모두 다 종제 땅을 출발, 살기 등등하여 기산으로 쇄도한다.

먼저 갔던 정탐꾼이 말을 달려와서 보고한다.

"기산에는 위군이 이미 와서 아홉 개의 영채를 배치하고 있습니다."

강유는 그 말이 믿어지지가 않아서, 먼저 기병 몇 사람을 거느리고 높은 곳에 올라가 바라본다. 과연 기산에 영채 아홉 개가 뱀처럼 늘어서 있어, 머리와 꼬리가 서로 돌아보고 있었다.

강유는 좌우 사람에게,

"하후패의 말이 사실이구나. 저 영채들을 보니 형세가 절묘해서 나의 스승 제갈승상이라야 능히 할 수 있었는데, 등애가 했으니 나의 스승만 못하지 않다."

감탄하고, 마침내 본채로 돌아와서, 모든 장수를 불러,

"위군은 우리가 오는 것을 미리 알아 준비를 했으니, 반드시 그곳에 등애가 있을 것이다. 그대들은 나의 기호旗號를 내세우고 산골짜기 입구에 영채를 세우되, 날마다 기병 백여 명이 나가서 한 바퀴씩 정탐하라. 그리고 정탐하러 나갈 때마다 옷과 갑옷과 기호를 오방五方의 기치旗幟 빛깔인 푸른빛·노란빛·붉은빛·흰빛·검은빛으로 바꾸어라. 나는 대군을 거느리고 몰래 동정 땅으로 나가서 바로 남안 땅을 습격할 작정이다."

분부하고, 마침내 포소鮑素에게 기산 골짜기 입구에 주둔하도록 지시하고, 친히 대군을 거느리고 남안 땅으로 떠나갔다.

한편, 등애는 촉군이 기산으로 올 줄 알고 미리 진태와 함께 영채를 세운 후 기다리는데, 촉군은 연일 싸움은 걸어오지 않고, 하루에 다섯 번씩 정탐꾼만 말을 타고 영채에서 나와 10리 또는 15리 간격을 돌아다니며 정탐하곤 돌아간다.

등애는 높은 곳에서 바라보다가, 황망히 장중으로 들어가서 진태에게 말한다.

"강유는 저곳에 있지 않고 필시 동정 땅을 취하고 남안 땅을 습격하러 갔을 것이오. 영채에서 나와서 정탐하며 돌아다니는 축들은 불과 몇 명 안 되는 놈들이 공연히 빛깔이 다른 옷과 갑옷을 연방 바꿔 입고, 저희들 수효가 많은 척 우리의 눈을 속이려 드는 것이니, 그 말들도 지쳤을 것이며 그 주장인 자도 필시 무능한 놈일 것이오. 장군은 가히 삼군을 거느리고 공격하면 그들의 영채를 격파하리니, 격파하거든 즉시 군사를 거느리고 동정 땅으로 뻗은 길로 나아가서 강유의 뒤를 끊으시오. 나는 먼저 1군을 거느리고 가서 남안 땅을 구출하고, 바로 무성산武城山을 차지하겠소. 내가 무성산을 먼저 점령하면, 강유는 반드시 상규上巫 땅을 치러 갈 것이오. 그 상규 땅에 산골짜기가 있으니, 이름이 단곡段谷이라. 땅은 좁고 산은 험해서 군사를 매복시키기에 가장 좋은 곳이오. 그가 무성산을 빼앗으러 왔을 때, 내가 먼저 단곡에다 좌우로 군사를 매복시킬 수만 있다면, 자신 있게 강유를 격파할 수 있소."

진태가 감탄한다.

"나는 농서 땅을 지킨 지 2, 30년이건만 이처럼 지리를 분명히 살피지 못했는데, 귀공의 말을 들으니 참으로 신인 같은 계책이오. 귀공은 속히 떠나시오. 나는 이곳의 적군 영채를 공격하겠소."

이에 등애는 군사를 거느리고 밤낮없이 길을 곱절로 걸어 바로 무성산에 이르러 영채를 세우니, 아직 촉군이 오기 전이었다.

등애는 자기 아들인 등충鄧忠과 장전교위帳前校尉 사찬師纂에게 각기 군사 5천 명을 주어, 먼저 단곡 입구에 가서 매복하되 이러이러히 하라고 분부했다. 두 사람이 계책을 받고 떠나가자, 등애는 기를 내리고 북을 감추며 촉군이 오기만 기다린다.

한편, 강유는 동정을 경유, 남안으로 오다가 무성산 가까이 이르러 하후패에게 말한다.

"남안 근처인 저 산은 이름이 무성산이라. 저 산을 먼저 얻기만 하면 남안을 일거에 무찌를 수 있으나, 등애는 워낙 꾀가 많은지라 저곳에도 미리 선수를 써서 방비하고 있지나 않을까 걱정이오."

이러고 한참 의심하는데, 아니나다를까 홀연 산 위에서 한 방 포 소리가 터지더니 큰 함성이 진동하며 북소리와 징소리가 일제히 일어나고, 수많은 기가 두루 나타나니, 모두가 다 위군이요 바람에 펄펄 나부끼는 중앙의 제일 큰 노란 기에는 큰 글씨로 '등애' 두 자가 뚜렷했다.

촉군은 놀라서 당황하는데, 산 위에서 위군이 쳐내려오니 대적할 수가 없었다.

강유는 전군前軍이 크게 패하는 걸 보자 급히 중군을 거느리고 도우러 가니, 어느새 위군은 물러가고 없다. 무성산 바로 밑까지 가서 등애에게 싸움을 걸었으나, 산 위의 위군은 내려오지 않는다.

강유는 군사들을 시켜 갖은 욕설을 퍼붓다가 황혼 무렵에야 물러가려 하는데, 그제야 산 위에서 북소리와 징소리가 일제히 진동한다. 그러면서도 위군은 내려오지 않는다.

부아가 치민 강유는 바로 산 위로 쳐 올라가는데, 포석砲石이 마구 날아와 떨어진다. 더 올라가지 못하고 밤 3경까지 지키다가 돌아가려 하는데, 또 산 위에서 북소리와 징소리가 일제히 일어난다.

강유는 군사를 산 아래로 옮겨 주둔시키고 나무와 돌을 운반해서 바야흐로 영채를 세우는데, 또 산 위에서 북소리와 징소리가 나며 위군이 들이닥친다. 이에 촉군은 큰 혼란에 빠져 서로 짓밟으며 본채로 후퇴했다.

이튿날, 강유는 군사들을 시켜 곡식과 마초와 모든 기구를 무성산으로 옮겨 그것을 늘어놓고 영채를 세워 장기간 주둔할 계책을 쓰는데, 그날 밤 3경에 등애의 군사 5백 명이 각기 횃불을 잡고 산에서 두 방면으로 내려와, 모든 기구에 불을 질렀다. 양쪽이 밤새도록 일대 혼전을 벌인 때문에 촉군은 영채를 세우지 못했다.

강유는 군사를 거느리고 다시 후퇴하고, 또다시 하후패와 상의한다.

"남안 땅을 차지할 수 없다면, 차라리 먼저 상규 땅을 치는 수밖에 없소. 상규 땅은 바로 남안 일대의 곡식을 저장한 곳이니, 그곳을 점령하면 남안은 저절로 위태해지오."

드디어 하후패는 무성산 아래에 주둔하고, 강유는 씩씩한 군사와 용맹한 장수를 모조리 거느리고, 바로 상규 땅으로 향했다.

도중에 하룻밤을 자고, 날이 새자 둘러보니 산은 험하고 좁아 길이 매우 험준했다.

강유가 향도관嚮都官(길 안내관)에게 묻는다.

"이곳을 뭐라 하느냐?"

"단곡이라 합니다."

강유는 깜짝 놀라며,

"그 이름이 좋지 못하구나. 단곡段谷은 단곡斷谷과 음이 같으니, 만일 누가 이 산골짜기의 입구를 끊는다면 어찌할 것인가?"

단곡에서 패주하는 강유(오른쪽). 왼쪽 위는 등애

하고 한참 주저하는데, 홀연 전군에서 기별이 왔다.

"산 뒤에서 티끌이 크게 일어나니, 반드시 복병이 있나 봅니다."

강유는 군사들에게 급히 후퇴하도록 지시하는데, 사찬과 등충이 두 방면에서 쳐들어온다.

강유는 한편 싸우며 한편 달아나는데, 앞쪽에서 함성이 크게 진동하며 등애가 군사를 거느리고 또한 쳐들어와, 세 방면에서 협공한다.

촉군은 크게 패하여 어쩔 줄을 모르는데, 다행히도 마침 하후패가 군사를 거느리고 와서, 비로소 위군을 쳐 물리치고 강유를 구출했다.

강유는 다시 기산으로 가려고 한다.

하후패가 말한다.

"기산 영채는 이미 진태에게 격파당하여 포소는 전사했고, 모든 군사는 한중 땅으로 후퇴했소이다."

일이 이 지경에 이르자 강유는 감히 동정 땅도 지키지 못하고 급히 궁벽한 산골의 작은 길을 따라 돌아가는데, 뒤에서 등애가 급히 추격해 온다.

강유는 모든 군사를 앞서 보내고 친히 뒤를 끊으며 가는 도중, 갑자기 산속에서 1군이 튀어나오니, 앞장선 위나라 장수는 바로 진태였다. 위군이 일제히 함성을 지르자, 강유는 속절없이 포위를 당했다. 강유는 좌충우돌하며 싸웠지만 군사와 말이 피곤해서 능히 벗어나지 못한다.

이때 마침 탕구장군蕩寇將軍 장의는 강유가 곤경에 빠졌다는 보고를 듣자, 기병 수백 명을 거느리고 와서 겹겹이 에워싼 포위를 뚫고 쳐들어 간다. 강유는 그 기회에 포위를 무찌르며 벗어나오고, 장의는 위군이 마구 쏘는 수많은 화살에 맞아 마침내 죽었다.

포위에서 벗어난 강유는 다시 한중 땅으로 돌아와, 나랏일을 위해 충성과 용맹을 다하고 죽은 장의의 행동에 감격한 나머지, 후주에게 표문을 올려 그 자손에게 벼슬을 내리도록 했다.

그러나 촉나라 장수와 군사가 이번에 많이 전사했기 때문에, 그 허물은 다 강유에게로 돌아갔다. 강유는 옛날에 제갈무후(제갈양)가 가정街亭 전투에 대한 책임을 졌던 일(제96회 참조)을 본받아 표문을 바친 다음, 자기 지위를 후장군後將軍으로 깎아내리고, 역시 대장군의 일을 했다.

한편, 등애는 촉군이 다 물러간 것을 보고, 진태와 함께 잔치를 베풀어 서로 축하하며, 삼군에게 크게 상을 내렸다.

진태가 등애의 이번 공로를 아뢰니, 사마소는 사신에게 절과 인수를 주어서 보내어 등애의 벼슬을 높이고, 아울러 그의 아들 등충도 정후亭侯로 봉했다.

이때 위주 조모는 정원 3년(256)을 감로甘露 원년이라 개원하고, 사마소는 스스로 천하의 병마兵馬를 통솔하는 대도독이 되어, 출입할 때면 늘 완전 무장한 씩씩한 장수 3천 명이 앞뒤로 호위했다. 그는 일체의 모든 정사를 조정에 아뢰지 않고 상부相府에서 마음대로 결재하니, 이때부터 반역할 뜻을 늘 품게 되었다.

사마소에게 한 심복 부하가 있으니, 그의 성명은 가충賈充이요, 자는 공려公閭였다. 바로 고故 건위장군建威將軍 가규賈逵의 아들로 상부의 장사長史였다.

가충이 사마소에게 말한다.

"이제 주공께서 대권을 잡아 사방 인심이 불평할 테니 몰래 민심을 둘러보고, 그런 뒤에 천천히 큰일을 도모하소서."

"나도 바로 그러고 싶던 차이니, 너는 나를 위해 동쪽 방면을 돌아보되, 출정한 군사들을 위로하러 왔다는 명목을 내세우고 민심부터 살펴보아라."

가충은 분부를 받고 바로 회남 땅으로 가서 진동대장군鎭東大將軍 제갈탄을 찾아뵈었다.

제갈탄의 자는 공휴公休로 바로 낭야군琅琊郡 남양南陽 땅 사람으로, 즉 제갈무후의 종제從弟였다. 전부터 그는 위에서 벼슬을 살았지만, 종제 제갈무후가 촉의 승상이었기 때문에, 그는 높은 지위에 기용되지 못하다가, 제갈무후가 세상을 떠나자 비로소 모든 중요한 직위를 두루 거치고, 고평후高平侯라는 작위까지 받고서, 이때 양회兩淮(회남淮南과 회북淮北) 일대의 군사와 말을 통솔하고 있었다.

이날 가충이 군사를 위문한다는 명목을 내세우고 회남 땅에 당도하니, 제갈탄은 잔치를 베풀어 대접한다.

좌중이 얼근히 취했을 때였다.

가충이 수작을 건다.

"요즘 낙양에서는 모든 현명한 분들이 '오늘날 주상(조모)은 너무 나약하여 임금 노릇을 하기에 부족한 반면에 사마소 장군은 3대를 내려오며 나라에 대한 공로가 하늘에 가득하니, 가히 위나라 대통을 대신 이어받아야 한다'고 말하고들 있습니다. 귀공은 이에 대해 어떻게 생각하는지요?"

제갈탄이 버럭 화를 낸다.

"너는 바로 건위장군 가규의 아들로서, 대대로 위나라의 국록을 먹고 살아왔거늘, 어찌 감히 이런 되지못한 말을 하느냐!"

가충이 사죄한다.

"저는 세상 사람들의 여론을 귀공께 말한 것뿐입니다."

"조정에 일이 일어나면, 나는 목숨을 걸고 보답하리라."

가충은 아무 말도 하지 않고, 이튿날 하직하고 낙양으로 돌아와 사마소에게 결과를 보고했다.

사마소가 발끈한다.

"쥐새끼 같은 놈이 어찌 감히 이럴 수 있을꼬!"

"제갈탄은 회남 땅에 있으면서 인심을 깊이 얻고 있습니다. 그냥 뒀다가는 반드시 큰 우환 거리가 될 것이니, 일찌감치 없애버리십시오."

마침내 사마소는 몰래 밀서를 양주 자사 악침樂綝에게 보내는 한편, 사신에게 조서를 주고 회남 땅으로 보내어, 제갈탄을 사공司空 벼슬로 소환했다.

제갈탄은 조서를 받아보자, 가충이 다녀가서 고변告變한 것을 알고 사신을 잡아들여 고문한다.

사신이 입을 연다.

"이 일은 악침이 잘 알고 있습니다."

제갈탄이 문초한다.

"악침이 이 일을 어찌 안단 말이냐?"

"사마장군(사마소)은 이미 사람을 양주로 보내어 악침에게 밀서를 내렸습니다."

화가 치민 제갈탄은 좌우 무사에게 추상 같은 명령을 내려 사자를 참하고, 마침내 수하 군사 천 명을 거느리고서 살기등등하여 양주 땅으로 달려간다. 양주성 남쪽 성문에 이르렀을 때였다. 성문은 이미 닫혔고, 조교는 올려져 있었다.

제갈탄은 성 아래서 문을 열라 외치니, 성 위에서 대답하는 자가 한 명도 없다.

제갈탄은 노기 충천하여,

"되지못한 악침이 어찌 감히 이럴 수 있으리요."

하고 마침내 명령을 내려 양주성을 공격하니, 수하의 씩씩한 기병 10여 명이 말에서 내려 호濠를 건너가, 몸을 날려 성 위로 올라가서 군사를 마구 죽여 흩어버리고 성문을 활짝 연다.

이에 제갈탄은 군사를 거느리고 성안으로 들어가서, 부는 바람을 따라 불을 지르며 악침이 있는 관가로 쳐들어갔다.

악침은 황망히 누각 위로 피해 올라간다.

제갈탄은 칼을 잡고 누각 위로 올라가서 큰소리로 꾸짖는다.

"너의 부친 악진樂進은 옛날에 위나라의 큰 은혜를 입었는데, 너는 그 근본에 보답할 생각은 않고, 도리어 역적 사마소에게 순종하느냐."

악침은 미처 대답하기도 전에 제갈탄의 칼을 맞고 쓰러져 죽었다.

제갈탄은 사마소의 죄목을 낱낱이 따진 표문을 써서 낙양으로 보내는 한편 회남과 회북 땅의 둔전병屯田兵(농사를 짓고 살면서 주둔하는 군사) 10여만 명과 이번에 양주에서 항복해온 군사 4만여 명을 모두 합치고, 마초와 곡식을 쌓고 장차 진군할 만반의 준비를 했다.

그리고 장사 오강吳綱에게,

"내 아들 제갈정諸葛亢을 데리고 동오에 가서 볼모로 맡기고 구원을 청하되, 서로 군사를 연합하여 사마소를 쳐죽이자고 교섭하여라."

분부하고 떠나 보냈다.

이때 동오의 승상 손준은 병으로 죽고, 그의 종제뻘인 손침孫綝이 나랏일을 보고 있었다.

손침의 자는 자통子通으로, 위인이 강하고 모질어서 대사마大司馬 등윤과 장군인 여거·왕돈王惇 등을 죽이고 오나라 정권을 잡았다. 오주 손양은 비록 총명하나 어쩔 수가 없어서, 손침이 하는 대로 보고만 있었다.

이런 때에 오강이 제갈탄의 아들 제갈정을 데리고 석두성石頭城에 와서 손침에게 절한다.

손침이 온 뜻을 물으니, 오강이 대답한다.

"제갈탄은 바로 촉한蜀漢 땅 제갈무후의 종제뻘 되는 분이십니다. 그분은 일찍부터 위나라를 섬겨왔는데, 이번에 사마소가 기군망상欺君罔上하여 임금을 폐위하고 권세를 농락하는 것을 보고 군사를 일으켜 칠 생각이나, 힘이 부족해서 원조를 청하옵는바, 성의를 보일 길이 없어서 그 아들 제갈정을 볼모로 보내온 것입니다. 엎드려 바라나니 군사를 보내어 도와주십시오."

손침은 그 청을 수락하고, 대장인 전역全懌과 전단全端을 주장으로, 우전于詮을 뒤따르는 책임자로 삼았다. 또한 주이朱異와 당자唐咨를 선봉으로, 문흠을 안내관으로 삼고 군사 7만 명을 일으켜 세 방면으로 나누어 출발시켰다.

오강이 수춘 땅으로 먼저 돌아가서 보고하니, 제갈탄은 매우 기뻐하며, 마침내 군사를 늘어세우고 만반의 준비를 서둘렀다.

한편, 제갈탄이 보낸 표문은 낙양에 이르렀다. 사마소는 그 표문을 읽자 발끈하여, 친히 가서 제갈탄을 치고 싶었다.

가충이 간한다.

"주공은 부친과 형님의 업적을 이어받았기 때문에, 은덕을 천하에 고루 펴지 못했습니다. 그런데 이제 천자를 놔두고 갔다가, 하루아침에 변이라도 일어나는 날이면, 그때는 후회해도 소용없습니다. 그러니 차라리 태후와 천자께 아뢰고 함께 가시면 아무 염려가 없으리다."

사마소는 기뻐하며,

"그 말이 바로 나의 뜻에 맞도다."

하고, 마침내 궁으로 들어가서 태후에게 아뢴다.

"제갈탄이 역적질을 하려 합니다. 신은 모든 문무 관료와 상의한 결과를 말씀 드립니다. 청컨대 태후는 천자와 함께 어가를 타고 친히 가셔서 역적을 쳐 선제가 남기신 뜻을 계승하소서."

태후는 겁이 나서 가겠노라고 순종했다.

이튿날, 사마소는 위주 조모에게 출발하도록 청한다.

조모가 대답한다.

"대장군이 천하의 모든 군사를 통솔하고 임의로 조종하는 터인데, 하필이면 짐이 갈 것 있으리요."

"그렇지 않습니다. 옛날에 무조武祖(조조)께서는 천하를 종횡으로 달리셨고, 문제文帝(조비)와 명제明帝(조예)께서도 우주를 포섭하시려는 뜻과 온 세상을 잡으려는 마음이 있어, 무릇 큰 적이 나타나기만 하면 반드시 친히 가셔서 싸웠습니다. 폐하는 마땅히 선군先君이 남기신 뜻을 계승하여 불측한 놈들을 쳐야만 하실 텐데, 어째서 스스로 두려워합니까."

조모는 사마소의 위엄과 권력에 눌려, 더 이상 말하지 못하고 가기로 했다.

제갈탄의 군대를 격파하는 사마소

이리하여 사마소는 조서를 내리고, 낙양과 장안長安 두 도성의 군사 26만 명을 모조리 일으켜, 정남장군征南將軍 왕기王基를 정선봉正先鋒으로, 안동장군安東將軍 진건陳騫을 부선봉副先鋒으로 삼고, 감군監軍 석포石苞를 좌군左軍으로, 연주 자사 주태州泰를 우군右軍으로 삼고, 태후와 천자의 어가를 호위하며 호호탕탕히 회남 땅으로 쳐들어간다.

이에 동오의 선봉 주이가 군사를 거느리고서 사마소의 군사를 가로막자, 양쪽이 다 둥글게 진영을 세웠다.

위군 속에서 왕기가 말을 달려 나가니, 주이가 또한 달려 나와서 싸운 지 불과 3합에 주이는 패하여 달아난다. 그 뒤를 이어 동오의 장수 당자가 말을 달려 나와서 싸운 지 불과 3합에 또한 크게 패하여 달아난다.

왕기는 이긴 김에 군사를 휘몰아 추격하며 시살하니, 오나라 군사는 크게 패하여 50리를 후퇴하고서야 겨우 영채를 세우고, 수춘성에 알렸다.

마침내 제갈탄은 수하의 씩씩한 군사를 거느리고 문흠과 회합하고, 문흠의 아들 문앙·문호文虎와 함께 수만 명의 군사를 휘몰아 사마소와 싸우러 나오니,

오나라 군사의 날카로운 기상이 꺾이니
또 용맹한 장수가 씩씩한 군사를 몰고 온다.
方見吳兵銳氣墮
又看銳將勁兵來

승부가 어찌 날지.

제112회

우전은 수춘 땅을 돕다가 절개에 죽고
백약은 장성을 포위하고 등충과 겨루다

사마소는 제갈탄이 오나라 군사와 연합하여 싸우러 온다는 보고를
받자, 산기장사散騎長史 배수裵秀와 황문시랑黃門侍郞 종회를 불러 대책
을 상의한다.

종회가 말한다.

"오나라가 제갈탄을 돕는 것은 실은 이익을 얻자는 것이니, 우리도
이익으로써 그들을 유혹하면 반드시 이길 수 있습니다."

이에 사마소는

"석포石苞와 주태는 먼저 각기 군사를 거느리고 가서 석두성에 매복
하고, 왕기와 진건은 씩씩한 군사를 거느리고 그 뒤에서 때를 기다려라.
편장偏將 성수成肬는 군사 수만 명을 거느리고 먼저 가서 적군을 유인하
고, 진준陳俊은 수레와 마차와 달구지와 우차牛車에 좋은 물건을 잔뜩 싣
고 사방에서 성수의 진영 속으로 모여들었다가, 적군이 오거든 버리고
달아나라."

하고 명령을 내렸다.

이날 제갈탄은 오나라 장수 주이를 왼쪽에, 문흠을 오른쪽에 두고, 위나라 진영의 군사들과 말들이 질서가 없는 것을 보자 대군을 몰아 쳐들어가니 성수는 즉시 후퇴한다.

제갈탄이 뒤쫓아가며 무찌르다가 보니, 우차·마차·수레·달구지가 들에 가득히 버려져 있고, 오나라 군사들은 그 물건들을 다투어 갖느라고 싸움엔 뜻이 없었다.

그때 마침 포 소리가 한 방 터지자, 양쪽에서 군사들이 쳐들어오는데, 왼쪽은 위나라 장수 석포요, 오른쪽은 주태였다. 제갈탄은 깜짝 놀라 급히 후퇴하는데, 또 왕기와 진건의 씩씩한 군사가 쳐들어온다. 제갈탄의 군사는 참패하는데, 게다가 사마소마저 군사를 거느리고 들이닥친다.

드디어 제갈탄은 패잔병을 거느리고 달아나 수춘성으로 들어가서 성문을 굳게 닫고 지키니, 사마소가 군사를 거느리고 뒤쫓아와서 성을 사방으로 에워싸며 총공격한다.

이때 오나라 군사는 후퇴하여 안풍安豊 땅에 주둔하고 있었고, 위주 조모의 어가는 항성項城 땅에 와 있었다.

종회가 사마소에게 말한다.

"이번에 제갈탄은 비록 패했으나, 수춘성 안엔 곡식과 마초가 아직 많으며 더구나 오군은 안풍 땅에 주둔하고 있어 기각지세犄角之勢를 이루었습니다. 지금 우리가 사방에서 포위하여 공격하고 있지만, 천천히 치면 그들은 굳게 지킬 것이고, 급히 치면 죽음을 각오하고 나와서 싸울 것입니다. 이런 때에 오군이 와서 우리를 협공하는 날이면, 결국은 아무 이익도 얻지 못합니다. 그러니 삼면만 공격하고, 성 남쪽 문 큰길은 터주어 그들을 달아나도록 하십시오. 달아나는 적을 치면 온전히 이길 수 있습니다. 또 오군은 먼 길을 왔으므로 곡식이 계속 오지 못하리니, 우리가 날쌘 기병을 거느리고 그들의 뒤를 끊으면, 싸우지 않고도 저절로 이길 수 있습니다."

사마소는 종회의 등을 쓰다듬으며,

"그대는 참으로 나의 장자방張子房(한 고조의 모신 장양張良)이로다."

칭찬하고 마침내 영을 내리니, 이에 왕기는 남쪽 성문을 공격하던 군사를 거두었다.

한편, 오나라 군사는 안풍 땅에 주둔하고 있는데, 손침이 주이를 불러 책망한다.

"수춘성 하나 돕지 못하고서 장차 중원을 어찌 정복하겠느냐. 만일 다시 이기지 못하는 날에는 반드시 너를 참하리라."

주이는 본채로 돌아와서 상의한다.

우전이 말한다.

"이제 적군이 수춘성 남쪽 문을 공격하지 않으니, 바라건대 제가 1군을 거느리고 남쪽 문으로 들어가서 제갈탄을 도와 성을 지키겠습니다. 장군은 위군에게 싸움을 거십시오. 그러면 성안에서 우리도 일제히 쏟아져 나와 나와 위군을 협공하겠습니다. 그래야만 이길 수 있습니다."

주이가 허락하니, 전역·전단·문흠 등이 다 수춘성으로 들어가겠다며 자원한다.

이에 우전은 그들과 함께 군사 만 명을 거느리고 수춘성 남문으로 들어가는데, 위군은 장수의 명령을 받지 못한지라 오군이 성안으로 들어가는 걸 바라보고, 사마소에게 이 사실만 보고했다.

사마소는 보고를 듣자,

"그들이 성으로 들어간 것은, 본부의 주이와 서로 짜고 우리를 안팎으로 협공할 속셈이다."

하고 왕기와 진등을 불러 분부한다.

"그대들은 군사 5천 명을 거느리고 가서 주이가 오는 길을 끊되, 그들의 뒤로 돌아가서 쳐라."

왕기와 진등은 분부를 받고 떠나갔다.

한편 주이는 군사를 거느리고 오는데, 갑자기 뒤에서 함성이 크게 진동하기에 놀라 돌아보니, 왼쪽에선 왕기가, 오른쪽에선 진등이 일제히 쳐들어와서 마구 무찌른다. 오군은 크게 패하고, 주이는 달아나듯 돌아가서 손침을 뵈었다.

손침은 노기 등등하여,

"싸우기만 하면 지는 장수야! 너 같은 걸 뭣에 쓰겠느냐!"

꾸짖고, 무사들에게 호령하여 주이를 끌어내어 참했다.

손침은 전단의 아들 전의全蟬를 불러들여,

"만일 위군을 물리치지 못하는 날에는, 너희 부자는 다시 나를 만날 생각도 말아라!"

호령하고, 동오의 건업建業 땅으로 돌아갔다.

한편, 종회가 사마소에게 권한다.

"이제 손침은 동오로 돌아가버렸고 성밖에는 구원군이 없으니, 이제야 수춘성을 다시 포위할 때가 왔나 봅니다."

사마소는 그 말을 좇아 군사를 독촉하여 성을 공격한다.

이때 전의는 군사를 거느리고 수춘성으로 들어가려다가, 위군이 가득 에워싸고 있는 걸 바라보자 당황했다. 나아가서 위군과 싸우자니 이길 자신이 없고, 본국으로 물러갔다가는 손침의 손에 죽는 것이 십중팔구였다.

전의는 생각다 못해 마침내 사마소에게 항복했다. 사마소가 편장군에 임명하니, 전의는 감격하고 이에 아버지 전단과 아저씨 전역에게 보내는 쪽지를 썼다.

손침은 잔인한 사람이니, 차라리 위나라에 항복하고 살길을 찾으십시오.

그런 뒤에, 그 쪽지를 화살에 끼워 수춘성 안으로 쏘아 보냈다.

전역은 그 서신을 보자, 마침내 전단과 함께 직속 군사 수천 명을 거느리고 성문을 열고 나와 위군에게 항복했다.

이 지경이 되자 성안의 제갈탄은 너무나 고민스러웠다. 이때 모사謀士인 장반蔣班과 초이焦彛가 들어와서 권한다.

"지금 우리 성안에 곡식은 적고 군사는 많아서 오래 지킬 수 없으니, 모든 군사를 거느리고 나가서 위군과 사생결단을 내십시오."

제갈탄이 버럭 화를 낸다.

"나는 끝까지 지킬 생각인데, 너희들은 나가서 싸우자 하니 딴생각을 품고 있는 모양이구나! 다시 그런 말을 하면 너희들을 참하리라!"

장반과 초이는 물러나오자 하늘을 우러러 길이 탄식한다.

"제갈탄은 머지않아 망할 것이니 우리는 속히 항복하고 죽음이나 면합시다."

그날 밤, 2경 때쯤 장반과 초이는 성을 넘어가 위군에게 항복하니, 사마소는 그들에게 높은 계급을 주고 기용했다.

이런 일이 있은 후로 수춘성 안에서는 위군과 싸우고 싶은 사람들이 있어도 오해를 살까 봐 감히 싸우자는 말을 못했다.

제갈탄이 성 위에서 바라보니, 위군이 사방에 토성을 쌓아 올리고 회수의 범람에 대비하고 있었다. 제갈탄은 회수가 범람하여 토성을 밀어 무너뜨리면, 그 기회에 군사를 몰고 나가서 위군을 치기로 작정했다.

그런데 웬일인지 가을이 지나고 겨울에 이르도록 장맛비는커녕 맑은 날씨만 계속됐다. 회수는 끝내 범람하지 않았고, 그 대신 수춘성 안의 곡식만 나날이 줄어들었다.

문흠은 조그만 성루에서 두 아들과 함께 굳게 지키고 있다가, 군사들이 배가 고파 점점 쓰러지는 것을 보다못해 제갈탄에게 가서 말한다.

　"군량미는 떨어지고 군사는 배가 고파 죽는 자가 속출하니, 이럴 바에야 차라리 북방 군사들을 모조리 성밖으로 내보내어 각기 주린 배나 채우라 하십시오."

　제갈탄은 노기 충천하여,

　"네가 나에게 북방 군사를 다 내보내라 하니, 실은 나를 없앨 생각이구나!"

하고 무사들에게 명령하여 문흠을 끌어내어 참했다.

　문앙과 문호 두 아들은 부친이 죽음을 당하는 것을 보자, 각기 단도短刀를 뽑아 들고 그 당장에서 수십 명을 죽인 후 몸을 날려 성 위로 올라가 한 번에 뛰어내리더니, 호를 건너 위군 영채에 투항했다.

　한편, 사마소는 지난날 문앙이 필마단기로 위군을 물리쳤던 일을 기억하고 복수하고자 참하려는데, 종회가 간한다.

　"그 당시의 죄는 문흠에게 있습니다. 그러나 이젠 문흠도 죽었고, 두 아들은 형세가 다급해서 항복해온 것입니다. 항복해온 장수를 죽인다면 성안의 인심을 더욱 단결시키는 결과가 됩니다."

　사마소는 그 말을 옳게 여겨, 마침내 문앙과 문호 형제를 장막으로 불러들여 좋은 말로 위로하고, 준마와 비단 옷을 하사하며, 편장군을 삼아 관내후關內侯로 봉했다.

　두 형제는 사마소에게 절하며 감사하고, 말에 올라타고 수춘성 주위를 한바퀴 돌며 큰소리로 외친다.

　"우리 두 사람은 대장군(사마소)에게 용서받고, 더구나 벼슬까지 받았다. 그런데 너희들은 어째서 속히 항복하지 않느냐!"

성안의 사람들은 이 말을 듣자 서로 모여 의논한다.

"문앙은 사마소의 원수인데도 벼슬을 얻었다. 그러니 우리가 항복하면 융숭한 대접을 받을 것이다."

이에 모두 다 투항하려 하니, 제갈탄은 격노하여, 캄캄한 밤중에 친히 성을 순찰하며 마구 죽이고, 위세를 부렸다.

한편, 종회는 성안의 인심이 이미 변한 것을 알고, 장막으로 들어가서 사마소에게 고한다.

"바로 이 기회에 성을 공격해야 합니다."

사마소는 매우 기뻐하며 삼군을 격려하고, 사방에서 구름떼처럼 몰려들어 일제히 수춘성을 공격하니, 성을 지키던 장수 증선曾宣이 북쪽 성문을 바치고 위군을 성안으로 끌어들였다.

제갈탄은 위군이 성안에 들어온 것을 알자, 황망히 수하 기병 수백 명을 거느리고 성안의 작은 길을 달려 조교 가로 나왔다. 이때였다. 바로 적장 호준과 만나 서로 마구 달려든다. 그러나 호준의 칼이 한 번 번쩍하자, 제갈탄은 목을 잃고 말 아래로 떨어지고, 기병 수백 명도 모두 결박당했다.

한편, 왕기는 군사를 거느리고 성 서쪽 문으로 쳐들어가다가 바로 동오의 장수 우전과 만났다.

왕기가 대갈일성한다.

"네 어찌 빨리 항복하지 않느냐!"

우전은 분노하여,

"명령을 받고 와서 남의 어려운 고비를 구출하지는 못할망정 적에게 항복한다는 것은 의리가 아니다."

하고 투구를 벗어 땅에 던지며,

"사람이 이 세상에 나서 전장에서 죽는 것만도 다행이다."

죽음으로써 절개를 지킨 우전

목청껏 외치고, 급히 칼을 휘둘러 싸운 지 30여 합에 말과 함께 지칠 대로 지쳐 혼전 속에서 죽었다.

후세 사람이 우전을 찬탄한 시가 있다.

　　그 당시 사마소가 수춘성을 포위했을 때
　　항복한 수많은 군사들이 지나가는 수레에 절했도다.
　　동오에서 온 영웅들도 없지 않았지만
　　누가 감히 우전처럼 죽을 수 있더냐.

　　司馬當年圍壽春
　　降兵無數拜車塵
　　東吳雖有英雄士

誰及于詮肯殺身

수춘성으로 들어간 사마소는 제갈탄의 가족을 남녀노소 할 것 없이 모조리 목을 베어 백성들에게 구경시키고 그 삼족을 멸했다.

무사들은 제갈탄의 직속 군사 수백 명을 잡아들였다.

사마소가 묻는다.

"너희들은 항복할 테냐?"

모두가 크게 외친다.

"제갈탄 어른을 따라 죽고 싶다! 결코 너에게 항복하지는 않으리라."

사마소는 화가 치밀어, 그들을 모조리 결박지어 성밖으로 끌어내고 일일이 묻는다.

"항복하면 살려주겠다."

하나씩 하나씩 죽음을 당하건만, 끝내 아무도 항복하지 않았다. 사마소는 한참을 탄식하며, 시체들을 다 묻어주라고 했다.

후세 사람이 그들을 찬탄한 시가 있다.

충신은 뜻을 맹세할 뿐 구차스레 살고자 하지 않나니
제갈탄의 직속 군사들도 장했음이라.
해로의 노랫소리는[1] 오늘도 그치지 않고
남긴 자취는 바로 옛 전횡[2]을 계승했도다.
忠臣矢志不偸生
諸葛公休帳下兵
薤露歌聲應未斷

1 「해로가薤露歌」는 인생의 허무를 노래한 고대의 만가挽歌이다.
2 한 고조에게 항복하지 않고 자살한 제왕齊王으로, 그 부하들도 해로의 노래를 부르며 모두 자결한 고사가 있다.

이때, 오나라 군사는 태반이나 위나라 군사에게 항복했다.

배수가 사마소에게 고한다.

"오군은 그 가족이 다 동오에 있으니, 그들을 그냥 두면 오랜 시간이 지난 후에 반드시 변란을 일으킬 것입니다. 그러니 차라리 산 채로 몽땅 끌어다 묻어 죽이십시오."

종회가 반대한다.

"그래선 안 됩니다. 옛날에 군사를 쓰던 장수는 국가의 안전을 목표로 삼았기 때문에 그 원흉元凶만 죽였습니다. 동오의 군사를 생매장한다면 이는 어질지 못한 짓이니, 차라리 그들을 강남으로 다 돌려보내어 우리 중국의 관대한 도량을 나타내십시오."

사마소는 머리를 끄덕이며,

"그 말이 참 묘하도다."

하고 마침내 오군을 다 본국으로 돌려보냈다.

그러나 오나라 장수 당자는 손침이 무서워서 본국으로 돌아가지 못하고, 위나라에 있게 해달라고 간청했다. 사마소는 그런 사람들을 다 높이 등용하여 삼하三河(하동河東·하내河內·하남河南)의 땅에 골고루 배치하니, 이리하여 회남 일대는 평정됐다.

사마소는 장차 군사를 거느리고 돌아가려는데, 파발꾼이 달려와서 보고한다.

"서촉의 강유가 군사를 거느리고 장성長城을 습격하여, 마초와 군량미를 빼앗으려 합니다."

사마소는 즉시 많은 관리와 함께 촉군을 물리칠 일을 상의한다.

이때는 촉한 연희 20년인 것을 경요景耀 원년으로 개원한 해였다.

강유는 한중 땅에 있으면서, 서천 장수 두 명을 뽑아 매일 군사와 말을 훈련시키게 하니, 한 장수의 이름은 장서蔣舒요, 또 한 장수의 이름은 부첨傅僉이었다. 두 장수는 매우 용맹했기 때문에 강유가 매우 사랑했다.

이런 때에 첩자가 돌아와서 보고한다.

"회남 땅 제갈탄이 군사를 일으켜 사마소를 성토하자, 동오의 손침은 군사를 보내어 돕기로 했습니다. 이에 사마소는 양도兩都(낙양과 장안)의 군사를 일으켜 태후와 위주까지 데리고서 제갈탄을 치러 떠났습니다."

강유는 무릎을 치며,

"내 이번에야 큰일을 완수하리로다."

하고 후주에게 군사를 일으켜 위를 치겠다는 내용의 표문을 올렸다.

중산대부中散大夫 초주初周는 이 사실을 알고는,

"요즘 천자는 주색酒色에 빠져 환관宦官(고자대감) 황호黃皓만 신임하고 나랏일은 다스리지 않고 그저 환락하는가 하면, 백약伯約(강유)은 전쟁만 일삼으며 군사들을 사랑하지 않으니, 장차 나라가 위태롭겠구나!"

탄식하고,「구국론仇國論」한 편을 지어 강유에게 보냈다.

강유가 뜯어보니,

어떤 사람이, 자고로 약한 자가 강한 자를 이기기 위해서는 어떤 방법을 썼습니까, 하고 묻는다면 이렇게 대답하리라. 큰 나라는 걱정이 없으면 늘 태만하고, 조그만 나라는 걱정이 있으면 늘 착한 일을 생각한다. 지나치게 태만하면 변란이 일어나고, 착한 일만 생각하면 잘 다스려지는 것은 당연한 이치다. 주나라 문왕은 백성을 잘 길렀기 때문에 조그만 땅에서 일어나 많은 땅을 차지했고, 전국시대 구천句踐은 백성을 극진히 아껴 마침내 약한 처지로 강한 자를 거꾸러뜨렸으니, 이것이 바로 그 방법이니라.

어떤 사람이 또 묻기를, 옛날에 항우項羽는 강하고 한 고조는 약해서 하는 수 없이 홍구鴻溝 땅을 경계로 삼자고 약속했으나, 장양張良은 민심이 일단 안정되면 다시 움직이기 어렵다고 주장하여 군사를 거느리고 추격하여 마침내 항우를 쓰러뜨렸으니, 이런 점으로 볼 때 반드시 주나라 문왕이나 전국 시대 구천을 본받아야 할 필요가 없지 않습니까, 한다면 이렇게 대답하리라. 상商나라나 주周나라 때는 대대로 왕후를 존중했고 임금과 신하의 분수가 오랫동안 굳어졌으니, 만일 그 당시에 한 고조가 났더라면 칼을 잡고 어찌 천하를 차지할 수 있었겠느냐. 그 후 진秦나라가 제후諸侯를 없애고, 36군마다 지키는 자들을 둔 후로, 백성들은 고역에 지칠대로 지치고 천하는 무너져, 이에 호걸들이 들고일어나 서로 다투는 판국이 벌어졌음이라. 그러나 지금은 나라가 대대로 전해져 진나라 말기처럼 서로 다투는 시대가 아니고, 실로 6국(제齊·초楚·연燕·한韓·조趙·위魏)이 병립하던 때와 같으니, 주나라 문왕처럼 될 수는 있으나 한 고조처럼 되기는 어려운 시국이다. 매사는 때를 기다려 움직여야 하고 기회에 맞추어 일을 일으켜야 하나니, 그러기에 은殷나라 탕왕湯王과 주나라 무왕武王은 한 번 싸워서 하夏나라 걸왕桀王과 은나라 주왕紂王을 단번에 이겼음이라. 이는 진실로 백성들의 수고를 소중히 아끼고, 시국을 신중히 살폈기 때문이라. 만일 무기만 극도로 믿고 전쟁만 일삼다가 불행하여 일단 실패하는 날이면, 제아무리 지혜가 출중한 자라도 능히 걷잡지 못하고 파멸하리라.

강유는 다 읽고서,

"이건 썩은 선비들의 논설이다!"

하고 노기 등등하여 땅바닥에 내던진 후, 서천 군사를 일으켜 중원을 치고자 다시 부첨에게 묻는다.

"귀공의 생각으론 우리가 어느 지방으로 나아가면 좋겠소?"

부첨이 대답한다.

"위의 군량미와 마초가 다 장성 땅에 있으니 우리는 바로 낙곡駱谷을 치고 침령沈嶺을 넘어가서, 바로 장성 땅에 이르러 적의 군량미와 마초를 다 태워버리고, 그러고 나서 곧바로 진천秦川을 둘러빠지면 중원을 차지하는 것은 쉬운 일이오."

"귀공의 생각이 바로 나의 계책과 같도다."

강유는 즉시 군사를 거느리고 출발하여 낙곡을 함락하고, 침령을 넘어 장성 땅을 향하여 나아간다.

한편, 장성 땅을 지키는 장군 사마망司馬望은 사마소의 종형從兄이었다. 성안에 군량과 마초는 매우 많으나 군사와 말은 적었다. 사마망은 촉군이 쳐들어온다는 보고를 받자, 급히 왕진王眞과 이붕李鵬 두 장수와 함께 군사를 거느리고 성에서 20리 떨어진 곳에 나아가 영채를 세웠다.

이튿날 촉군이 오니, 사마망은 두 장수를 거느리고 출진했다.

강유는 말을 달려 나와서 사마망을 손가락으로 가리킨다.

"이번에 사마소가 너희들의 주인(조모)을 군중으로 옮겨둔 것은 이각李杆과 곽사郭解 같은 도둑놈의 뜻을 품었기 때문이다. 내 이제 조정의 칙명을 받들고 너희들의 죄를 물으러 왔으니, 너는 어서 속히 항복하여라. 어리석게 우물쭈물하는 날이면 너의 온 가족을 죽여 없애리라."

사마망이 큰소리로 대꾸한다.

"네 놈들이 무례하여 자주 큰 나라를 침범함이로다. 속히 물러가지 않으면 살아서 돌아갈 놈이 없을 줄 알아라."

말이 끝나자마자 사마망의 등뒤에서 왕진이 창을 잡고 말을 달려 나오니, 촉진에서 부첨이 나와 맞이하여 싸운 지 10합도 못 되어서였다.

부첨이 일부러 지는 체하니 왕진은 창으로 냅다 찌른다. 순간 부첨은 비키면서 왕진을 냉큼 잡아, 자기 말 위로 끌어올리더니 본진으로 돌아간다. 이 광경을 보던 이붕은 노기 충천하여 칼을 휘두르며 왕진을 구하러 말을 달려온다.

부첨은 일부러 모르는 체하고 가다가, 이붕이 가까이 뒤쫓아오자, 왕진을 땅바닥에 메어다꽂고, 몰래 네모난 철간鐵簡을 내어 잡았다. 이붕이 바짝 뒤따라와서 칼로 내려치는 순간, 부첨은 몸을 피하면서 돌아보고 이붕의 얼굴을 철간으로 후려갈겼다. 이붕은 두 눈알이 빠져 달아나고 얼굴이 부서져 말 아래로 굴러 떨어지고, 촉군은 벌떼처럼 달려들어 창으로 왕진을 어지러이 찔러 죽였다.

이에 강유는 군사를 휘몰아 대거 나아가니, 사마망은 영채를 버리고 장성으로 들어가서 성문을 굳게 닫고 나오지 않는다.

강유가 군사들에게 분부한다.

"오늘 밤은 편히 쉬어 사기를 기르고, 내일은 꼭 성안으로 들어가도록 하자."

이튿날, 날이 밝자 촉군은 앞을 다투듯 크게 나아가서 성을 에워싸며, 화전火箭과 화포火砲를 성안으로 마구 쏘았다.

이윽고 성안의 초가집들은 걷잡을 새도 없이 불타고, 위군은 어쩔 줄을 모른다.

강유는 또 명령을 내려 성 아래에 마른 장작을 가득 쌓고 일제히 불을 지르니, 맹렬한 화염이 충천하며 성은 장차 무너지려고 한다. 성안에서 위군의 울부짖는 소리가 사방 들에까지 번진다.

촉군은 여유를 주지 않고 더욱 급히 공격하는데, 느닷없이 등뒤에서

장성에서 등충(오른쪽)과 싸우는 강유. 오른쪽 위는 등애

함성이 크게 진동한다. 강유가 말을 돌려 바라보니, 위군이 요란스레 북을 치고 기를 휘두르며 호호탕탕히 오고 있었다.

이에 강유는 명령을 내려 후방 부대를 전방 부대로 삼고 친히 문기門旗 아래 서서 기다리는데, 위군의 진영에서 한 장수가 완전 무장하고 창을 잡고 말을 달려 나오니, 나이는 약 20여 세쯤 되어 보이는데 얼굴은 분을 바른 듯 입술은 주사朱砂를 바른 듯이 분명했다.

그 젊은 장수가 크게 소리를 지른다.

"너희들은 등장군鄧將軍을 못 알아보느냐!"

강유는 생각한다.

'오오라, 저 어린것이 바로 등애로구나!'

그는 창을 바로잡고 말을 달려가서 서로 어우러져 3, 40합을 싸웠으나, 승부가 나지 않는다.

그런데도 그 젊은 장수의 창 쓰는 법은 조금도 빈틈이 없다.

강유는 생각하기를,

'이럴 때 계책을 쓰지 않고서 어찌 이기리요.'

하고 문득 말 머리를 돌려 왼쪽 산길로 달아난다.

그 젊은 장수가 말을 달려 쫓아오는지라, 강유는 창을 말에 걸고 몰래 활을 잡아 획 돌아보며 냅다 쏘았다. 그 젊은 장수는 눈이 밝아 앞으로 폭 엎드리자 화살은 등 위로 날아 지나간다.

강유가 다시 돌아볼 때 어느새 그 젊은 장수는 바로 눈앞에 이르러 창으로 찌르거늘, 강유는 잽싸게 몸을 피하며 바로 옆구리로 지나가는 창을 껴안자, 그 젊은 장수는 창을 버리고 본진으로 달아난다.

"놓치다니, 아깝다!"

강유는 다시 말을 달려 그 젊은 장수를 뒤쫓아가 위진 앞까지 이르렀을 때였다.

위진 속에서 한 장수가 칼을 잡고 나오며 꾸짖는다.

"되지못한 강유야! 더 이상 내 아들을 추격하지 마라! 내가 바로 등애니라."

강유는 그 말을 듣고 깜짝 놀랐다. 원래 그 젊은 장수는 등애의 아들 등충이었던 것이다.

강유는 속으로 감탄하고, 등애와 직접 싸우고 싶으나 말이 지칠 대로 지친지라 손가락으로 등애를 가리키며 허세를 부린다.

"내 오늘은 너희들 부자를 알았으니 각기 군사를 거두고 내일 다시 싸워서 판가름을 내리라."

등애도 싸움이 불리한 것을 알고 또한 말을 멈추며 대답한다.

"이미 이러하니 각기 군사를 거두자. 이러고서도 비겁한 짓을 한다면,

그건 남아 대장부가 아니니라."

이에 양쪽 군사는 각기 물러가 등애는 위수 가에 영채를 세우고, 강유
는 두 산에 걸쳐 진영을 벌였다.

등애는 촉군의 진영이 있는 지세를 바라보고, 서신을 써서 장성의 사
마망에게로 보냈다.

우리는 싸우지 않고 굳게 지키며, 관중關中에서 군사가 오기만
기다리겠소. 그때가 되면 촉군도 곡식과 마초가 다 떨어질 것이니,
삼면에서 공격하면 반드시 이길 수 있소. 지금 큰아들 등충을 성으
로 보내니, 힘을 합쳐 굳게 지키시오.

그리고 다른 한편 사람을 사마소에게로 보내어 구원을 청했다.

한편 강유는 내일 결전을 치르자는 글을 등애의 영채로 보냈다. 등애
는 전서戰書를 가지고 온 사람에게 거짓말로 수락했다.

이튿날, 5경 때에 촉군은 밥을 지어 먹고, 날이 새자 진영을 펴고서 기
다리나, 등애의 영채는 기를 눕히고 북도 치지 않고 마치 사람 하나 없
는 것 같았다. 강유는 해가 저물자 그냥 돌아갔다.

이튿날, 강유는 또 싸움을 거는 글을 보내고 약속을 지키지 않는 등애
를 책망했다.

등애는 글을 가지고 온 사람에게 술과 음식을 대접하며 말한다.

"어제는 몸이 좀 불편해서 싸우지 못했으니, 내일은 싸우리라."

그래서 이튿날 강유는 또 군사를 거느리고 갔으나, 등애는 여전히 나
오지 않는다.

이러기를 대여섯 번이나 했다.

부첨이 강유에게 말한다.

"그들이 반드시 무슨 꾀를 쓰는 모양이니, 우리는 마땅히 막아야 합니다."

"그들은 필시 관중에서 군사가 오기를 기다려 삼면에서 우리를 공격할 모양이니, 나는 곧 동오의 손침에게 서신을 보내어, 동시에 공격해주기를 청하리라."

이때 홀연 파발꾼이 말을 달려와서 고한다.

"그간 사마소는 수춘성을 공격하여 제갈탄을 죽였고, 동오의 군사들도 다 항복해버렸습니다. 사마소는 군사를 거느리고 낙양으로 돌아와서, 장성을 구원하러 이리로 오는 중입니다."

강유는 몹시 놀라며,

"이번에도 위를 치는 일이 허사로 돌아갔구나! 차라리 돌아가느니만 못하다."

하고 탄식하니,

　　이미 네 번이나 실패한 것을 탄식하더니
　　다섯 번째에도 또 성공 못한 것을 탄식한다.
　　已嘆四番難奏績
　　又嗟五度未成功

촉군이 어떻게 후퇴할 것인가.

제113회

정봉은 계책을 세워 손침을 참하고
강유는 진을 벌이고 싸워 등애를 격파하다

강유는 적의 구원군이 오는 것을 두려워하여, 무기와 수레와 모든 군수품과 보병부터 먼저 후퇴시킨 뒤에, 기병을 거느리고 뒤를 끊었다.

첩자가 돌아가서 이 사실을 보고하니, 등애는 웃으며,

"강유는 우리 대장군(사마소)이 오는 것을 알고 먼저 물러가는 것이니, 절대 뒤쫓지 말라. 뒤쫓아가면 그의 계책에 걸려든다."

하고 정탐꾼을 보내어 알아오도록 분부했다.

그 정탐꾼이 돌아와서 보고한다.

"과연 낙곡 좁은 곳에 시초柴草를 잔뜩 쌓아놓고, 추격해오는 군사가 있으면 태워 죽이려고 만반의 준비를 하였습니다."

모두가 등애를 칭찬한다.

"장군은 참으로 신인神人처럼 매사를 환히 아시나이다."

이에 등애는 사자에게 표문을 주고 낙양으로 보내어 결과를 아뢰니, 사마소는 매우 기뻐하며, 등애에게 많은 상을 내리도록 천자께 아뢰었다.

한편, 동오의 대장군 손침은 전단과 당자 등이 위군에 항복했다는 소식을 듣자 노기 충천하여, 그들의 온 가족을 잡아들여 모조리 참했다.

이때 오주 손양은 나이 17세였는데, 손침이 사람을 너무 많이 죽이는 것을 보고 매우 못마땅하게 생각했다.

어느 날, 손양은 서원西苑에서 놀다가 매실梅實을 먹으려고 황문黃門(환관)에게 분부하여 꿀을 가져오라 했다. 가지고 온 꿀을 보니, 그 속에 쥐똥이 몇 개 들어 있었다.

책임자를 불러오라 하여 꾸짖으니, 장리藏吏가 머리를 조아리며 아뢴다.

"신이 빈틈없이 봉해뒀는데, 어찌 쥐똥이 들어 있단 말씀입니까."

"황문이 전에도 네게서 꿀을 가져간 일이 있느냐?"

"황문이 며칠 전에 꿀을 달라고 한 일은 있습니다만 신이 어찌 감히 줬을 리 있겠습니까."

손양이 손가락으로 황문을 가리킨다.

"너는 지난날 장리가 꿀을 주지 않은 데 분노한 나머지 일부러 꿀 속에 쥐똥을 넣어 모함하려 한 것이구나!"

황문은 끝내 아니라고 버틴다.

손양은 더 따지지 않고,

"그래, 그러나 이런 일은 쉽게 알 수 있다. 쥐똥이 꿀 속에 오랫동안 들어 있었다면, 그 속까지 젖어들었을 것이다. 그러나 꿀 속에 넣은 지가 얼마 안 된다면, 겉만 젖고 속은 건조할 것이다."

가까이 모시는 신하에게 명하여 쥐똥을 쪼개보니, 과연 속은 건조했다. 그제야 황문이 자기 죄를 인정하니, 손양의 총명함은 대저 이러했다.

하지만 이처럼 총명한 손양도 손침에게 억눌려 꼼짝을 못했던 것이다. 손침의 동생인 위원장군威遠將軍 손거孫據는 창용문蒼龍門에서 숙직하며 감시하였다. 무장군武將軍 손은孫恩과 편장군偏將軍 손간孫幹, 장수교위長水校尉 손개孫愷는 모든 군영에 나뉘어 주둔하고 있었다.

어느 날, 손양이 고민하는데, 황문시랑黃門侍郞 전기全紀가 곁에서 모셨다. 전기는 바로 국구國舅였다(전기는 임금의 장인인 전상全尙의 아들이다).

손양이 울며 말한다.

"손침이 권세를 휘둘러 제 맘대로 사람을 죽이며, 짐을 너무 속이니, 이대로 뒀다가는 반드시 큰 불행이 닥쳐올 것이다."

전기가 응한다.

"폐하께서 신을 쓰실 곳이 있다면, 신은 만번 죽는대도 충성을 다하겠습니다."

"경은 즉시 금내禁內의 군사를 일으켜 장군 유승劉丞과 함께 각 성문을 빼앗아라. 짐은 친히 나가서 손침을 죽이리라. 그러나 이 일을 결코 경의 어머니에게 알리지 말라. 경의 어머니는 바로 손침의 누이가 아니냐. 사전에 누설되면 짐은 망하는 것이다."

"바라건대 폐하는 신에게 조서를 내리소서. 일을 일으킬 때 신은 모든 사람에게 조서를 보임으로써 손침의 부하들까지도 함부로 날뛰지 못하게 하리다."

손양은 머리를 끄덕이며, 비밀리에 조서를 써서 전기에게 줬다.

전기는 조서를 받고 집으로 돌아가서, 그 아버지 전상(손양의 장인)에게 이 일을 몰래 고했다.

전상은 그 아내(손침의 누이)에게 말한다.

"3일 안에 손침을 죽이리라."

"죽여야 옳지요."

아내는 입으로만 대답하고, 그날로 서신을 보내어 이 일을 친정 동생인 손침에게 알렸다.

　손침은 분노하여, 그날 밤으로 동생 넷을 불러들이고 지시하여, 먼저 씩씩한 군사들을 일으켜 대내大內(궁중)부터 포위한 다음, 전상과 유승과 그 가족을 잡아들였다.

　이튿날, 날이 밝았을 때였다. 오주 손양은 궁문 밖에서 징소리와 북소리가 크게 진동하는 것을 듣고 의심하는데, 내시가 황망히 들어와서 아뢴다.

　"손침이 군사를 거느리고 내원內苑을 포위했습니다."

　손양은 노기 충천하여 전황후全皇后를 손가락질하며,

　"너의 친정 아비와 오라비가 나의 큰일을 망쳤구나!"

　저주하고, 이에 칼을 뽑아 들며 나가려 한다. 전황후와 가까이 모시는 신하들이 손양의 옷깃을 붙들고 방성통곡하며 놓지 않는다.

　이때 손침은 벌써 전상과 유승 등을 다 죽인 뒤에 문무 백관을 조정으로 불러들이고 하령한다.

　"주상이 음탕해서 오랫동안 병을 앓다가 이젠 정신까지 혼란하여 분별을 잃었으니, 이러고야 종묘를 받들 수 없음이라. 당장에 폐위하노니, 너희들 문무 백관 중에서 감히 반대하는 자가 있으면 역적으로 처치하리라."

　모두가 겁을 먹고 응한다.

　"바라건대 장군의 명령대로 따르겠소."

　상서尙書 환이桓彝가 화가 치밀어 반열 가운데에서 썩 나서서 손침을 손가락질하며 꾸짖는다.

　"금상 폐하는 총명한 어른이신데, 네가 어찌 감히 불충한 말을 하느냐. 나는 죽을지언정 너 같은 역적 놈의 말은 따르지 않겠다!"

　손침은 펄펄 뛰며 칼을 뽑아 환의를 참하고, 바로 내전으로 들어가서

오주 손양(왼쪽 끝)을 폐위시키는 손침(오른쪽에서 두 번째)

오주 손양에게 주먹을 들이대며,

"무도하고 어리석은 임금을 죽여 마땅히 천하에 사죄케 할 것이로되, 내 선제의 체면을 생각해서 너를 폐위하고 회계왕會稽王으로 삼는다. 내 스스로 덕 있는 분을 모셔다가 나라를 바로잡으리라."

저주하고, 중서랑中書郞 이숭李崇을 시켜 손양의 인수를 빼앗고, 이 일을 등정鄧程에게 맡겼다.

이에 손양은 방성통곡하며 떠나간다.

후세 사람이 이 일을 탄식한 시가 있다.

　　횡포한 역적이 이윤(옛 명신)을 모함하고
　　간특한 신하가 곽광(옛 명신)을 침범했다.

이러고 보니 가련하다, 총명한 주인도

마침내 조정을 떠나야만 했구나.

亂賊誣伊尹

奸臣冒禱光

可憐聰明主

不得贊朝堂

손침은 종정宗正인 손해孫楷와 중서랑 동조董朝를 호림虎林 땅으로 보내어, 낭야왕瑯短王 손휴孫休를 천자로 모셔오게 했다.

손휴의 자는 자렬子烈로 바로 손권의 여섯째 아들이었다.

그는 호림 땅에 있으면서, 어느 날 밤 꿈을 꾸는데, 꿈에 용을 타고 하늘로 올라가다가 문득 뒤돌아보니 용의 꼬리가 없었다. 그래서 깜짝 놀라 꿈에서 깨어났다.

그 꿈을 꾼 이튿날이었다.

손해와 동조가 와서 절하며,

"도읍으로 돌아가사이다."

하고 청하므로, 길을 떠나 곡아曲阿 땅에 이르렀을 때였다.

한 노인이 다가오더니, 이름이 간휴干休라면서 자신을 소개하고, 머리를 조아리며 말한다.

"늦으면 반드시 변이 일어납니다. 그러니 전하는 속히 가소서."

손휴는 노인에게 감사하고, 다시 길을 떠나 포새정布塞亭에 이르니 손은이 이미 어가를 준비하고 영접한다.

그러나 손휴는 천자가 타는 어가를 사양하고 조그만 수레를 타고 들어가니, 길가에서 문무 백관이 절한다.

손휴가 황망히 수레에서 내려 답례하는데, 손침이 나와서 부축해 일으키고, 대전으로 모시고 들어가 어좌에 모시고 천자로 즉위시키니, 손휴는 재삼 사양한 후에야 옥새를 받았다.

이에 문관과 무장들이 하례하고 천하에 대사령을 내리고, 영안永安 원년(258)이라 개원했다. 손침을 승상 겸 형주목荊州牧으로 삼고, 많은 관리를 진급시키거나 또는 상을 주고, 형님(손화)의 아들인 손호孫皓를 오정후烏程侯로 봉했다. 손침의 일문一門에서 5후侯가 나니, 그들은 모두 궁중의 군사를 거느려 그 권세가 임금을 눌렀다.

오주 손휴는 무슨 반동이 일어날까 겁이 나서, 겉으론 은총을 내렸으나 속으론 단단히 방비하고 있었다.

손침의 교만과 횡포는 더욱 심해졌다.

12월의 어느 겨울날, 손침은 쇠고기와 술을 궁으로 보내어 성수무강하시라 덕담했으나, 손휴는 받지 않았다.

이에 손침은 노하여 좌장군 장포張布의 부중에 가서, 그 퇴짜맞은 쇠고기와 술을 함께 먹으며 얼근히 취하자 말한다.

"내가 전 임금을 회계왕으로 몰아냈을 때, 사람들은 모두 나에게 직접 임금이 되라고 권했지. 그래도 나는 지금 임금이 어진 줄 알고 일부러 데려다가 등극시켰는데, 이번엔 내가 바친 이 축하 술과 고기를 거절했으니, 이는 우리를 괄시함이라. 내 조만간에 버릇을 가르치리라."

장포는 옳은 말씀이라고 하며 계속해서 비위를 맞췄다.

그러나 이튿날 장포는 궁에 가서 손휴에게 손침이 한 말을 은밀히 고했다. 손휴는 더럭 겁이 나서 밤낮없이 불안했다.

며칠이 지났다.

손침은 중서랑 맹종孟宗에게 중영中營 소관인 씩씩한 군사 만 5천 명을 주어 무창 땅에 주둔시키고, 뿐만 아니라 무고武庫 속에 있는 무기까지 다 보내줬다.

이에 장군 위막魏邈과 무위사武衛士 시삭施朔 두 사람은 손휴에게 이 사실을 몰래 아뢴다.

"손침이 외방에서 군사를 훈련시키며 무기고에 있는 무기를 몽땅 옮겨갔으니, 조만간에 반드시 내란이 일어날 것입니다."

손휴는 깜짝 놀라, 즉시 장포를 불러오라 하여 상의한다.

장포가 아뢴다.

"정봉은 늙은 장수입니다만 지혜가 출중하기 때문에 능히 큰일을 도모할 수 있을 것이니, 그와 함께 의논하소서."

손휴는 정봉을 궁으로 들게 하고, 이 일을 은밀히 말했다.

정봉이 아뢴다.

"폐하는 근심 마소서. 신에게 한 가지 계책이 있으니, 나라를 해치는 자를 없애버리겠습니다."

"무슨 좋은 계책이라도 있느냐?"

"내일은 납일臘日(동짓날로부터 세 번째 진일辰日로, 나라에서 제사를 지낸다)이니 그것을 핑계로 모든 신하를 크게 모으십시오. 손침이 부름을 받고 잔치에 오면, 그때 신이 알아서 하리다."

그제야 손휴는 안심하며 매우 기대했다.

정봉은 위막과 시삭에겐 바깥에서 할 일을 지시하고, 장포에겐 안에서 할 일을 맡겼다.

이날 밤 광풍이 크게 일어나서 모래는 날고 돌은 구르며 늙은 나무는 뿌리째 뽑혀 쓰러지더니, 날이 밝자 바람이 멈췄다.

사자가 칙명을 받들고 가서 손침에게 궁중 잔치에 참석하도록 청한다. 손침은 자리에서 일어나다가, 누구에게 떠다밀린 것처럼 나자빠졌다. 그래서 불쾌했다. 사자로 온 10여 명이 앞뒤로 호위하고 궁으로 가려는데, 집안사람들이 손침을 말린다.

"어젯밤엔 광풍이 불었고 오늘 아침은 까닭도 없이 놀라 넘어지셨으니, 둘 다 좋은 징조가 아닌 듯합니다. 그러니 잔치 자리에 가지 마십시오."

"나의 형제가 다 궁중의 군사를 거느리고 있는데 누가 감히 나를 범접하리요. 만일 무슨 변이라도 있거든, 부중에서 불을 올려 신호하여라."

하고 손침은 수레를 타고 궁으로 갔다.

손휴는 황망히 어좌에서 내려와 손침을 맞이하여 높은 자리에 앉게 하고, 술이 몇 순배 돌았을 때였다.

사람이 급히 들어와서 고한다.

"궁 밖에서 불길이 오릅니다."

손침은 즉시 일어서려 한다.

손휴가 말린다.

"승상은 편히 앉으시오. 바깥에 군사가 많은데 뭘 걱정하시오."

그 말이 끝난 순간이었다. 좌장군 장포가 칼을 뽑아 들고 무사 30여 명을 거느리고 대전으로 뛰어올라와 소리를 지른다.

"칙명을 받자와 역적 손침을 잡노라!"

손침은 급히 달아나다가 당장에서 붙들려 계하로 끌려 내려갔다.

손침이 머리를 조아리며 사정한다.

"바라건대 신을 교주交州 땅으로 귀양보내주소서. 시골구석에서 일생을 마치겠습니다."

손휴가 꾸짖는다.

"그렇다면 너는 어째서 등윤·여거·왕돈 등을 귀양보내지 않고 죽였느냐! 즉시 이놈을 참하여라."

이에 장포는 손침을 대전 동쪽으로 끌고 가서 참했다.

일이 이 지경이 되자, 손침을 따르던 자들도 모두 꼼짝하지 못했다.

장포가 칙명을 선포한다.

"죄는 손침 한 놈에게 있다. 그 나머지는 문책하지 않기로 한다."

비로소 모든 사람들은 안심하는 숨을 몰아쉬었다.

장포가 손휴를 오봉루五鳳樓로 올려 모시자, 정봉·위막·시삭 등이 손침의 동생들을 잡아들였다. 곧 영을 내리고 그들을 시정에 끌어내어 모조리 참하니, 그 일당으로서 죽은 자만 해도 수백 명이었다.

뿐만 아니라 그들의 삼족을 멸하고, 손준의 무덤을 파헤쳐 그 시체를 끌어내어 목을 참하고, 그들 때문에 살해당한 제갈각·등윤·여거·왕돈 등의 무덤을 만들어주어 그 충성을 표창하니, 먼 곳으로 귀양갔던 연루자는 다 풀려 돌아왔다. 그리고 정봉 등은 이번 공로로 벼슬이 오르고 상도 받았다.

동오는 이 사실을 국서로 써서 서촉의 성도에 보냈다. 이에 후주는 사신을 보내어 동오의 혁신革新을 축하했다. 이리하여 동오에서는 다시 사신으로 설후薛珝가 서촉에 가서 답례하고 돌아왔다.

오주 손휴가 설후에게 묻는다.

"요즘 촉나라 형편이 어떻던가?"

설후가 아뢴다.

"촉나라는 중상시中常侍 황호가 일을 맘대로 휘두르고, 공경대부라는 사람들도 대부분이 아첨하는 무리여서 그 조정에 들어가보니 바른 말 하는 사람이 없었고, 그곳 백성들은 굶주린 기색이 완연했습니다. 말하자면 '연작燕雀(소인)이 당상堂上에 득실거리니, 큰 집이 언제 불탈 지 모른다'는 격이었습니다."

손휴가 탄식한다.

"만일 제갈무후(제갈양)가 살아 있다면, 어찌 그 지경에 이르리요."

이에 또 국서를 성도로 보냈다. 그 내용은 장차 사마소가 위의 임금

자리를 빼앗으면 반드시 오와 촉을 침범하며 위협을 가할 것이니, 각기 준비하여 힘을 합치자는 것이었다.

강유는 오나라에서 이런 교섭이 왔다는 소식을 듣자, 흔연히 표문을 올리고, 다시 위나라 칠 일을 상의했다.

때는 촉한 경요 원년 겨울이었다. 대장군 강유는 요화와 장익을 선봉으로 삼고, 왕함王含과 장빈蔣斌을 좌군左軍으로, 장서와 부첨을 우군右軍으로, 호제胡濟를 후군으로 삼고, 자신은 하후패와 함께 중군이 되어 촉군 20만 명을 일제히 일으켜, 후주께 하직하고, 한중 땅에 이르러 하후패와 상의한다.

"이번에는 어느쪽으로 쳐들어가야 할까?"

하후패가 대답한다.

"기산이야말로 군사를 쓸 만한 곳입니다. 그러기에 옛날에 승상(제갈양)께서도 여섯 번이나 기산으로 나아갔으니, 그만한 곳이 없습니다."

강유는 그 말을 좇아 마침내 삼군에 영을 내리고, 기산을 향하여 일제히 출발, 곡구谷口에 이르러 영채를 세웠다.

이때 마침 등애는 기산 영채 안에 있으면서 농우의 군사를 모아 점검하는 중인데, 갑작스레 파발꾼이 급히 말을 달려와서 고한다.

"촉군이 현재 산골짜기 입구에까지 와서 세 개의 영채를 세웠습니다."

등애는 즉시 높은 곳에 올라가서 촉군이 있는 쪽을 바라보다가, 곧 영채의 장막으로 돌아와,

"결국 내가 생각했던 대로 되어가는구나!"

하고 뜻 있는 미소를 짓는다.

원래 등애는 미리 지리를 조사하여 장차 촉군이 와서 영채를 세울 만한 곳을 비워두고, 실은 기산 영채로부터 촉군 영채에 이르는 지하도를

완성하고, 촉군이 오기를 기다렸던 것이다.

이때 강유가 산골짜기 입구에 영채 셋을 나누어 세우니, 지하도는 바로 왼쪽 영채 밑으로 나 있었다. 그곳은 바로 왕함과 장빈이 군사를 거느리고 있는 곳이었다.

한편, 등애는 등충과 사찬을 불러,

"각기 군사 만 명씩 거느리고 가서, 촉군을 좌우로 습격하라."

명령하고, 계속 부장 정윤鄭倫을 불러 명령한다.

"땅굴 파는 군사 5백 명을 거느리고 오늘 밤 2경에 지하도로 가서, 바로 촉군의 왼쪽 영채 뒤로 빠져 나와 일제히 습격하라."

한편, 왕함과 장빈은 영채를 완전히 세우지 못한지라 혹 위군이 쳐들어올까 불안해서, 감히 갑옷도 벗지 못하고 자는데, 뜻밖에 중군에서 아우성이 들렸다. 이에 황급히 깨어나 무기를 잡고 말에 올라탔을 때였다.

어느새 영채 밖에서 위의 장수 등충이 군사를 거느리고 마구 쳐들어와 안팎으로 협공하니, 왕함과 장빈 두 장수는 죽기를 각오하고 싸웠으나, 결국 대적할 수 없어 영채를 버리고 달아난다.

이때 강유는 왼편 영채 쪽에서 일대 함성이 일어나는 것을 듣자, 적군이 와서 안팎으로 공격하는 줄 알고, 급히 말을 타고 장막 앞에 나서서,

"경거망동하는 자가 있으면 참하리라. 적군이 우리 영채를 습격해오거든, 무조건 활과 쇠뇌를 쏘아 응수하라."

명령하고, 동시에 오른쪽 영채에도 경거망동하지 말도록 사람을 보내어 지시했다.

과연 위군이 10여 차례 습격해왔으나, 촉군이 맹렬히 쏘는 화살과 쇠뇌에 쫓겨 돌아가고, 이렇게 되풀이하는 동안에 날이 밝으니, 위군은 감히 쳐들어오지 못했다.

결국 등애는 군사를 거두어 본채로 돌아가서,

"강유는 제갈공명의 병법을 잘 터득해서, 밤중에 습격을 받고도 놀라지 않고, 변을 듣고도 혼란하지 않았으니, 참으로 훌륭한 장수로다."

하고 탄식했다.

이튿날, 왕함과 장빈은 패잔병을 거두고 돌아와, 대채 앞에 엎드려 지난밤에 달아났던 일을 사죄한다.

그러나 강유는

"어젯밤 일은 너희들의 죄가 아니다. 내가 지리에 밝지 못했던 탓이다."

하고, 두 장수에게 새로운 군사를 주어 영채를 튼튼히 하게 하고, 전사자들을 지하도에 묻고 흙으로 덮어줬다.

그리고 내일 싸우자는 전서戰書를 써서 보내니, 등애는 흔쾌히 응낙했다.

이튿날, 양쪽 군사는 기산 앞에서 대치했다.

강유는 제갈무후의 팔진법八陣法을 따라 천天·지地·풍風·운雲·조鳥·사蛇·용龍·호虎의 진을 벌였다. 이에 등애는 말을 달려 나와서 강유가 팔진을 벌인 것을 바라보고, 또한 진을 펴니 앞뒤와 좌우의 문호門戶가 하나도 틀리지 않는 팔진법 그대로였다.

강유가 창을 잡고 말을 달리며 크게 외친다.

"네가 나의 팔진을 그대로 흉내내니, 또한 진을 변화시킬 수 있느냐?"

등애는 웃으며,

"너만 이 진을 펼 줄 아느냐. 나도 진을 폈으니, 어찌 그 변화하는 법을 모를 리 있으리요."

하고 말을 돌려 진 안으로 들어가, 집법관執法官을 시켜 기를 좌우로 휘둘러 8·8이 64개의 문호로 변화시키고, 다시 진 앞으로 나와서 외친다.

"나의 변화시키는 법이 과연 어떠냐?"

강유가 대답한다.

"비록 틀린 데는 없다만, 그럼 네가 감히 우리의 진영을 포위할 수 있겠느냐?"

"어찌 못할 리 있으리요."

이에 양쪽 군사는 각기 대오를 지어 나온다.

등애가 중군에서 지휘하자 양쪽 군사는 서로 격돌했으나, 추호도 혼란하지 않았다.

이때 강유가 중간 지점에 이르러 한 번 기를 휘둘러 신호하니, 진은 갑자기 장사권지진長蛇捲地陣으로 변하여 등애를 첩첩이 에워싼다. 사방에서 함성이 하늘을 진동한다.

등애는 변화한 진법을 몰라 마음속으로 깜짝 놀라는데, 촉군이 점점 좁혀 들어온다.

등애는 장수들을 거느리고 좌충우돌하나 능히 포위에서 벗어나지 못하는데, 촉군들이 외치는 소리밖에 들리지 않는다.

"등애는 속히 항복하라!"

등애가 하늘을 우러러 길이 탄식한다.

"내가 한때 힘을 보이려다가, 강유의 계책에 걸려들었구나."

돌연 서북쪽에서 한 무리의 군사가 마구 쳐들어온다. 등애가 보니 바로 위군이었다. 등애는 기회를 놓치지 않고 무찌르며 나간다. 등애를 구출하러 온 장수는 바로 사마망이었다.

사마망이 등애를 구출했을 때는 기산의 아홉 개 영채를 다 촉군에게 빼앗긴 뒤였다. 등애는 패잔병을 거느리고 허둥지둥 위수 남쪽 언덕으로 물러가서 영채를 세운 후에야, 사마망에게 묻는다.

"귀공은 어떻게 적의 진법을 알고서 나를 구출했소?"

사마망이 대답한다.

"나는 어렸을 때 형남荊南 땅에서 공부를 했는데, 그때 최주평崔州平・

석광원石廣元(제갈양의 친구들이다. 제37회 참조)과 알게 되어 이 진법에 대해서 논하는 것을 들은 적이 있소. 오늘날 강유가 변화시킨 것은 바로 장사권지진으로 딴 곳은 암만 쳐봤자 격파할 수 없소. 그러나 나는 그 머리 부분이 서북쪽에 있음을 보고, 그쪽을 쳤기 때문에 격파할 수 있었소."

등애가 감사한다.

"나도 그 진법을 배우긴 했으나, 참으로 그 변화하는 법을 몰랐소. 귀공은 그 법을 잘 아니, 내일 그 변화하는 법을 써서 이번에 잃은 기산의 영채를 탈환해주시오."

"내가 아는 정도로 강유를 꺾을 수 있을지 모르겠소."

"내일 귀공이 진을 벌이고 강유와 진법으로 싸우면, 나는 몰래 1군을 거느리고 기산 뒤로 돌아가서 습격할 것이오. 우리가 협공하면 영채를 다 되찾을 수 있을 거요."

등애는 정윤을 선봉으로 삼아 친히 1군을 거느리고 기산 뒤로 떠나면서, 동시에 내일 싸우자는 전서를 강유에게 보냈다.

강유는 내일 싸우기로 응낙하며 심부름 온 사람을 돌려보내고, 모든 장수들에게 묻는다.

"나는 제갈무후께서 전하신 밀서를 받았으니, 이 진법은 하늘의 수를 따라 365가지로 변화함이라. 그들이 이러한 나에게 진법으로 싸움을 거는 것은 이야말로 당랑거철螳螂拒轍(제 분수도 모르고 강한 적에 반항하여 덤벼듦)이로다. 그러나 그들은 필시 무슨 속임수를 쓰려는 수작이니, 그대들은 알겠는가?"

요화가 대답한다.

"겉으로는 진법으로 싸우자 하고, 실은 1군을 거느리고 갑자기 우리의 뒤를 습격하려는 것이오."

강유는 웃으며,

"귀공의 말이 바로 나의 짐작과 같도다."

하고 즉시 장익과 요화에게 군사 만 명을 주어, 산 뒤에 미리 가서 매복하게 했다.

이튿날, 강유는 아홉 영채의 군사를 모조리 일으켜 기산 앞에 가서 자리를 잡았다. 이에 사마망도 군사를 거느리고 위수 남쪽 언덕을 떠나 바로 기산 앞에 와서, 강유에게 수작을 건다.

강유가 외친다.

"네가 나와 진법으로써 싸우고 싶다 하니, 그럼 너부터 진을 벌여보아라."

사마망이 팔괘진을 펴자 강유가 바라보고 웃는다.

"그건 나의 팔진법과 똑같다. 네가 남의 것을 도용하니 기특할 것이 없다."

"너 또한 남의 진법을 훔쳐서 쓰는 게 아니고 뭐냐?"

"그렇다면 이 진이 몇 가지로 변화하는지를 아느냐?"

사마망이 웃는다.

"내 이미 진을 폈거니 어찌 그 변화를 모르리오. 9 · 9는 81로 변화하느니라."

"그럼 시험 삼아 변화시켜봐라."

사마망이 들어가서 몇 가지로 진을 변화시키고 나와서 묻는다.

"이제야 우리 진의 놀라운 변화를 알겠느냐?"

강유가 웃는다.

"나의 진법은 하늘의 수인 365가지로 변화하니, 너는 우물 안 개구리라 어찌 현묘한 이치를 알겠느냐."

사마망은 변화하는 법이 있다는 얘기를 듣긴 했으나, 완전히 배우지 못했으므로 굳이 거센 체한다.

"그런 말은 믿을 수 없다. 네가 직접 변화시켜봐라."

"등애를 나오라 하여라. 그럼 내가 보여주마."

"대장군은 작전을 생각할 뿐 진법은 좋아하지 않느니라."

강유가 껄껄 웃는다.

"무슨 좋은 작전이 있겠느냐. 기껏해야 너를 내세워 진법으로 싸우게 하고, 실은 산 뒤로 돌아와 우리를 습격하려는 것이 고작이겠지."

이 말에 사마망은 깜짝 놀라, 즉시 촉군에게로 진격하며 혼전하려 한다. 이때 강유가 한 번 말채찍을 들어 지휘하자, 촉군이 날개처럼 늘어서서 먼저 쳐들어오며 마구 무찌르니, 위군은 견디다 못해 갑옷을 벗어 던지고 창을 버리고 제각기 달아난다.

한편, 등애는 선봉 정윤을 독촉하여 산 뒤로 쳐들어오는 중이었다.

정윤이 산모퉁이를 돌아들었을 때였다. 느닷없이 한 방 포 소리가 터지자 북소리와 징소리가 하늘을 진동하며 복병들이 일제히 나타나 내달아오니, 맨 앞에 선 장수는 바로 요화였다. 두 사람은 서로 달려들어 말을 비비대며 싸우다가, 요화의 칼이 한 번 번쩍함과 동시에 정윤은 말 아래로 떨어져 죽는다.

등애는 놀라, 급히 군사를 거두어 물러가려는데, 장익이 1군을 거느리고 쇄도하여 요화와 함께 협공하니 위군은 크게 패한다.

등애는 생사를 걸고 빠져 나왔으나 몸에 화살 네 대를 맞고 위수 남쪽으로 도망쳐 돌아오니, 사마망도 패하여 돌아와 있었다.

두 사람은 촉군을 물리칠 일을 상의한다.

사마망이 제의한다.

"요즘 촉주 유선劉禪(후주)은 중상시 황호를 신임하며 밤낮 주색만 즐긴다고 하니, 이럴 때 우리는 반간계反間計를 써서 강유가 소환을 당

기산에서 등애(왼쪽)를 쫓는 강유

하도록 합시다. 그래야만 우리는 위기를 모면할 수 있소."

등애가 모사들에게 묻는다.

"누가 촉으로 들어가서 황호를 매수할 테냐?"

한 사람이 썩 나선다.

"바라건대 내가 가겠소이다."

등애가 보니, 그는 바로 양양 땅 출신인 당균黨均이었다.

등애는 무척 만족하며, 당균에게 황금과 구슬 등 보배를 내주고, 성도에 가서 어떻게 해서든 황호를 매수하여 유언비어가 떠돌도록 하라고 떠나 보냈다.

과연 그 후로 성도에서는 점점 유언비어가 나돌기 시작했다.

"강유는 천자를 원망하고 있다네."

"머지않아 위에 투항할 것이라니 야단났구먼!"

이런 말이 삽시에 번졌다.

이에 황호가 후주에게 그런 소문을 아뢰니, 칙사는 칙명을 받아 밤낮을 가리지 않고 기산으로 달려간다.

한편, 강유는 연일 싸움을 걸어도 등애가 굳게 지키기만 할 뿐 나오지 않는지라, 마음속으로 이상히 생각하던 차에 칙사가 들이닥쳤다.

"천자께서 소환하시니 속히 회군하시오."

강유는 무슨 일인지도 모르고 하는 수 없이 군사를 거두어 돌아간다. 이에 등애와 사마망은 자기네의 계책에 강유가 걸려들어 마침내 돌아가는 것을 보고, 비로소 위수 남쪽의 군사를 모조리 일으켜 추격한다.

전국 시대 악의는 제나라를 치다가 중상모략을 당하고
송宋나라 악비는 적군을 격파했기 때문에 참소를 당한다.
樂毅伐齊遭間阻
岳飛破敵被讒回

장차 승부는 어찌 날 것인가.

제114회

조모는 수레를 달려 남궐에서 죽고
강유는 곡식을 버리고 위군을 이기다

　강유는 군사들에게 후퇴 명령을 내리려 하는데, 요화가 말한다.

　"장수가 싸울 때는 임금의 명령도 듣지 않는 경우가 있습니다. 이제 칙명은 내렸으나 함부로 후퇴할 때가 아닙니다."

　장익이 말한다.

　"우리 촉나라 백성들은 대장군(강유)이 해마다 군사를 동원했기 때문에, 모두 다 원망하고 있습니다. 이번에 이긴 김에 군사를 거두어 일단 민심부터 안정시키고, 그런 뒤에 다시 도모하도록 하십시오."

　"좋소."

하고, 강유는 마침내 각 부대에게 질서 정연히 후퇴하도록 명령했다. 그리고 요화와 장익에게는 뒤를 끊고, 위군의 추격을 막도록 분부했다.

　한편, 등애는 군사를 거느리고 뒤쫓아왔다. 저 멀리 촉군이 기치도 정연하게 천천히 물러간다.

　등애는 그 광경을 바라보다가,

　"강유는 제갈무후의 병법을 깊이 이어받았도다."

탄식하며, 더 이상 뒤쫓지 않고 군사를 돌려 기산의 영채로 돌아갔다.

한편, 강유는 성도에 이르러 후주를 뵙고 소환한 이유를 물었다.

후주가 대답한다.

"짐은 경이 오랫동안 싸움 마당에 있어 돌아오지 않기에 군사들이 너무 고생하지나 않을까 걱정하여 소환한 것이지, 딴 뜻은 없었노라."

강유가 말한다.

"신은 이미 기산의 적군 영채들을 점령하고 바로 공을 세우려던 참이었는데, 뜻밖에도 도중에서 포기해야만 했으니, 이는 우리 나라가 분명히 등애의 반간계에 걸려든 것입니다."

"……"

후주는 과연 아무 대답도 못한다.

강유가 계속 아뢴다.

"신은 맹세코 역적을 무찔러 나라의 은혜에 보답하겠습니다. 폐하는 소인배의 말을 듣지 마시고, 신을 의심하지 마소서."

한참 만에 후주가 대답한다.

"짐은 경을 의심하지 않으리니, 경은 또한 한중 땅으로 돌아가서 위나라에 변동이 있기를 기다려 다시 토벌하라."

강유는 궁에서 나와 탄식하며 한중 땅으로 떠나갔다.

한편, 당균은 서촉을 떠나 기산으로 돌아가서, 이 사실을 보고했다.

등애는 사마망에게,

"임금과 신하가 화합하지 않으면, 반드시 국내에 변이 일어나게 마련이오."

하고 당균을 낙양으로 보내어 사마소에게 이 사실을 알렸다.

사마소는 매우 기뻐하며, 바로 촉나라를 치고 싶은 생각이 나서 중호군中護軍 가충에게 묻는다.

"이제라도 촉을 치면 어떻겠소?"

가충이 대답한다.

"아직은 촉을 칠 때가 아닙니다. 그러지 않아도 천자가 주공(사마소)을 잔뜩 의심하고 있는 판국인데, 만일 싸우러 떠나시면 반드시 내란이 일어납니다. 연전에 황룡黃龍이 영릉寧陵의 우물 속에 두 번 나타났을 때, 모든 신하들이 천자에게 하례賀禮를 드리며 상서祥瑞라고 아뢰었습니다. 그러자 천자는 대답하기를, '그건 상서가 아니다. 용龍은 임금을 상징하는 것인데, 위로 하늘에 있지 않고 아래로 밭에 있지 않고, 하필이면 우물 속에 있으니, 이는 깊이 감금당한 징조로다' 하고, 마침내「잠룡시潛龍詩」 한 수首를 지었습니다. 그 시에는 주공을 원망하는 뜻이 들어 있습니다."

그「잠룡시」는 이러했다.

슬프다, 용은 곤경에 빠져
능히 깊은 못에서 벗어나지 못하네.
위로는 하늘을 날지 못하고
아래론 밭에도 나타나지 못하며
우물 속에 똬리를 틀고 있으니
미꾸라지와 뱀장어 등이 그 앞에서 춤을 추는구나.
어금니를 감추고 손톱을 숨긴 모양이여
슬프다 또한 나와 같구나.

傷哉龍受困

不能躍深淵

上不飛天漢

下不見於田

蟠居于井底

鰍鱔舞其前

藏牙伏爪甲

嗟我亦同然

사마소는 이 시를 듣자 화가 치밀어, 가충에게 말한다.

"그자가 조방의 흉내를 내고 싶은 모양이구나. 속히 처치하지 않으면 반드시 나를 죽이려 들 것이다."

가충이 대답한다.

"바라건대 나는 주공을 위해 조만간에 일을 도모하겠습니다."

때는 위의 감로 5년 여름 4월이었다.

사마소가 칼을 차고 대전으로 올라가니, 조모가 일어서서 영접한다.

모든 신하가 다 아뢴다.

"대장군은 공덕이 높고 높아서 진공晉公이 될 만하니, 구석九錫을 내리소서."

조모는 머리를 숙이고 대답이 없다.

사마소가 소리를 지른다.

"우리 부자 형제 세 사람이 위에 큰 공로를 세웠는데, 그래 진공을 삼는 것도 마땅하지 않단 말이오!"

조모가 대답한다.

"어찌 감히 시키는 대로 하지 않으리요."

사마소가 따진다.

"잠룡이라는 시를 지어, 우리를 미꾸라지나 뱀장어 같다고 했으니 그게 무슨 예의요?"

조모는 대답하지 못한다.

사마소가 싸늘하게 비웃고 대전을 내려가니, 모든 신하는 저절로 몸이 떨렸다.

조모는 후궁으로 들어가서 시중侍中 왕침王沈과 상서尚書 왕경王經과 산기상시散騎常侍 왕업王業 등 세 사람을 안으로 불러들이고 울며 말한다.

"사마소가 역적질할 뜻을 품은 것은 누구나 다 아는 바라. 짐은 앉아서 내쫓기는 굴욕을 당할 순 없다. 그러니 경들은 짐을 도와다오."

왕경이 아뢴다.

"그건 안 될 말씀입니다. 옛날에 노魯나라 소공昭公은 계손씨季孫氏의 횡포에 대항하다가 대패하여 국외로 도망가고, 나라까지 잃었습니다. 오늘날도 사마司馬씨가 큰 권세를 잡은 지 오래됐으므로, 안팎의 공경 대부들 가운데 순역順逆의 이치를 분별하지 않고, 간특한 역적에게 아부하는 자가 한두 사람이 아닙니다. 더구나 폐하를 지키는 자는 약하고, 폐하의 명령을 따를 자는 없으니, 이런 때일수록 은인자중하지 않으시면 큰 화를 당하십니다. 그러니 일을 천천히 도모해야지 갑자기 서둘러서는 안 됩니다."

"이러고도 참는다면 못 참을 일이 뭐냐(『논어』에 있는 말). 더 이상 참을 수 없다. 짐은 이미 결심한 바가 있으니, 죽는다 해도 두려울 것이 없다."

하고, 조모는 태후가 있는 곳으로 들어가서 심정을 고했다.

왕침과 왕업은 천자가 나가자, 왕경에게 속삭인다.

"일이 매우 급하게 됐소. 그냥 있다가는 우리는 멸족을 당할 테니, 곧 사마공司馬公의 부중으로 가서 사실을 고하고 목숨이나 유지합시다."

왕경이 분노한다.

"임금에게 근심이 있으면 신하는 굴욕을 당하게 마련이며, 임금이 굴욕을 당하면 신하는 죽어야 마땅하거늘, 어찌 딴 뜻을 품을 수 있으리요."

왕침과 왕업은 왕경의 완강한 태도를 보자, 그들만 사마소의 부중으로 이 일을 고하러 갔다.

이윽고 위주 조모는 내전에서 나와 호위護衛 초백焦伯에게 영을 내리고, 궁중의 숙위宿衛와 창두蒼頭(잔심부름꾼)와 아이들까지 3백여 명을 모아, 북을 치고 함성을 지르며 나간다.

조모는 친히 칼을 잡고 연輦을 타고 좌우를 질타하며 남궐南闕을 나가는데, 왕경이 앞을 막으며 엎드려 대성 통곡한다.

"이제 폐하께서 겨우 수백 명을 거느리고 사마소를 치려는 것은 마치 염소를 몰고 호랑이 입으로 들어가는 것과 다름없으니, 공연히 목숨만 버릴 뿐 아무 이익이 없습니다. 신은 죽는 것이 두려워서가 아니라 사실을 알기 때문에 이처럼 간하는 것입니다."

"짐은 이미 군사를 일으켰으니, 경은 막지 말라."

조모는 마침내 용문龍門을 바라보며 나오는데, 가충이 무장하고 말을 타고, 왼쪽에 성수를, 오른쪽에 성제成濟를 거느리고 완전 무장한 군사 수천 명을 거느리고 함성을 지르며 쳐들어온다.

조모가 칼을 짚고 꾸짖는다.

"나는 천자다! 너희들이 궁정으로 돌입하니, 그래 임금을 죽일 작정이냐!"

금군禁軍들은 천자인 조모를 보자 감히 움직이질 못한다.

가충이 성제를 돌아보며 호령한다.

"사마공께서 뭣 때문에 너를 기르신 줄 아느냐? 바로 오늘날 이 일을 위해서니라."

위주 조모를 시해하는 성제(중앙 왼쪽). 그 오른쪽은 사마소

성제는 선뜻 창을 바로잡고 가충에게 묻는다.

"그럼 죽여버릴까요, 아니면 결박할까요?"

가충이 대답한다.

"사마공의 명령이시니 두말 말고 죽여라."

성제는 창을 꼬느어 들고 연 앞으로 달려들어가니, 조모가 큰소리로 꾸짖는다.

"보잘것없는 놈이 어찌 감히 이렇듯 무례하냐!"

말이 끝나기도 전이었다.

성제는 단번에 창으로 조모의 앞가슴을 찔러 연에서 굴러 떨어뜨리고, 다시 창을 들어 내리찍는다. 창 끝은 조모의 가슴을 통과하여, 등뒤까지 뚫고 나왔다. 조모는 외마디소리도 지르지 못하고 연 옆에 쓰러져 죽었다. 초백이 창을 꼬느어 들고 달려들다가 성제의 창에 찔려 그 당장에서 또한 죽으니, 모두가 달아난다.

왕경은 뒤쫓아와서 이를 갈며 가충을 저주한다.

"이 역적 놈아, 네 어찌 감히 임금을 죽였느냐?"

가충은 노기 등등하여 좌우를 꾸짖어 왕경을 잡아 결박하고, 곧 사마소에게 사람을 보내어 보고했다. 사마소는 곧 대내로 와서 조모가 죽은 것을 보자 크게 놀란 체하고, 머리를 연에 짓찧으며 울고는 사람을 보내어 각 대신에게 알렸다.

이때, 태부 사마부가 들어와서 조모의 주검을 보고, 그 머리를 자기 무릎 위에 눕히면서,

"폐하를 죽게 한 것은 신의 죄올시다."

통곡하고, 마침내 널 안에 모셔 편전便殿 서쪽에 안치했다.

사마소가 대전으로 들어가보니, 모든 신하는 다 모였는데, 상서복야尙書僕射 진태만이 와 있지 않았다. 그래서 사마소는 진태의 장인인 상서 순의荀顗를 시켜 부르러 보냈다.

진태는 장인이 온 것을 보고서,

"세상 사람들은 나를 장인과 비교하지만, 오늘날 장인은 나만 못합니다."

목놓아 통곡하고, 곧 상복을 입고 궁으로 들어가서 영전에 곡하며 절한다.

곁에서 사마소가 또한 거짓 곡을 하며 슬쩍 묻는다.

"오늘날 사태를 무슨 법으로 다스려야 좋겠소?"

진태가 대답한다.

"임금을 죽인 자는 가충이오. 가충 한 명만 참하면, 약간이나마 천하 사람들에게 사죄할 수 있소."

사마소는 한참 만에 또 묻는다.

"다른 도리는 없을지, 다시 생각해보시오."

"오직 이 길이 있을 뿐, 다른 도리는 모르겠소."

사마소가 목청을 높여 말한다.

"임금을 죽인 성제는 대역무도한 놈이다. 그놈의 삼족을 멸하여라!"

성제가 사마소를 극도로 저주한다.

"나는 아무 죄도 없다. 가충이 너의 명령이라고 나에게 말하기에 죽인 것뿐이다. 그러니 너야말로 대역무도한 놈이 아니냐!"

사마소는 즉시 명령을 내려 성제의 혀를 잘랐다.

성제는 죽을 때까지 짐승처럼 으르렁거리기를 그치지 않았다.

그 동생 성수成隧는 시정에 끌려 나가 참형을 당했고 그 삼족이 몰살당했다.

후세 사람이 이 일을 탄식한 시가 있다.

그 당시 사마소는 가충에게 명령하여

남궐에서 임금을 죽이니 용포가 피투성이더라.

그러고도 도리어 성제와 그 삼족을 다 죽이고서

모든 군사와 백성이 이 일을 모르는 줄만 알더라.

司馬當年命賈充

弑君南闕家袍紅

却將成濟誅三族

只道軍民盡耳聾

사마소는 다시 명령을 내려 왕경과 그 집안 식구를 몽땅 옥에 가두었다.

왕경은 정위청廷尉廳(법정) 아래서 문초를 받는데, 그 어머니가 결박당하여 끌려들어오는 것을 보자 머리를 조아리며 통곡한다.

"이 불효한 아들은 어머님에게까지 누를 끼쳤습니다."

어머니가 크게 웃는다.

"이 세상에 죽지 않는 사람이 어디 있으리요. 다만 바르게 죽지 못할
까 염려했더니, 이제야 목숨을 버리게 됐은즉 나는 아무 여한이 없다."

이튿날, 왕경의 온 가족은 동시東市로 끌려 나갔다. 왕경과 그 어머니
는 만면에 웃음을 띠고 죽음을 당하니, 그 광경을 바라보던 성안 백성들
은 눈물을 흘리지 않는 자가 없었다.

한나라 초에는 처형당하는 걸 자랑으로 알더니

한나라 말에는 왕경이 있었도다.

그 정열에는 다름이 없고

그 굳은 뜻은 더욱 맑도다.

그 절개는 태산泰山과 화산華山처럼 무거웠으며

그 목숨은 새털보다 가벼웠도다.

어머니와 아들의 명성이 여기 있으니

응당 하늘과 땅과 함께 전하리로다.

漢初誇伏劍

漢末見王經

貞烈心無異

堅剛志更淸

節如泰華重

命似羽毛輕

母子聲名在

應同天地傾

태부 사마부가 왕에 대한 예법으로써 조모를 장사지내자고 청하니, 사마소는 허락했다. 이에 가충 등은 사마소에게 위를 이어받아 천자의 위에 오르라고 권한다.

사마소가 대답한다.

"옛날에 주나라 문왕은 천하의 3분의 2를 차지하고도 오히려 은나라를 섬겼기 때문에, 옛 성인은 문왕을 지극히 덕 있는 분이라 칭찬했다. 뿐만 아니라 위 무제(조조)도 한나라 천자 자리를 직접 계승하지 않았으니, 나도 또한 위의 천자 자리를 직접 계승하고 싶지는 않다."

가충 등은 사마소가 그 아들 사마염司馬炎을 훗날 천자로 삼고 싶어하는 뜻을 알아차리고, 마침내 더 권하지 않았다.

이해 6월에 사마소는 상도경공常道卿公 조황曹璜을 황제로 삼고 경원景元 원년이라 개원했다. 조황은 이름을 조환曹奐이라 고치고 자를 경소景召라 하니, 바로 위 무제인 조조의 손자며 연왕燕王 조우曹宇의 아들이었다.

조환은 사마소를 승상 겸 진공晋公으로 삼고, 돈 10만 냥과 비단 만 필을 하사했다. 그 밖의 많은 문무 관원에게도 각기 벼슬을 승진시키거나 상을 주었다.

이런 사실은 즉시 첩자에 의해서 촉으로 보고됐다.

강유는 사마소가 그 임금 조모를 죽이고 새로이 조환을 세웠다는 소식을 듣자,

"내, 이제야 위를 칠 명목을 얻었다."

기뻐하고, 즉시 서신을 오로 보내어 함께 군사를 일으켜 임금을 죽인 사마소를 치자고 제의하는 동시에, 후주에게 아뢰어 윤허를 받아, 군사 15만 명과 수레 수천 대를 일으켜 그 위에 군수품을 싣고, 요화와 장익

을 선봉으로 삼았다.

이리하여 요화는 자오곡子午谷으로 나아가고, 장익은 낙곡으로, 강유는 친히 사곡斜谷으로 나아가서, 다 같이 기산 앞에서 모이기로 했다. 군사들은 세 방면으로 나뉘어 일제히 진군, 기산으로 향한다.

이때, 등애는 기산 영채에서 군사들을 훈련시키다가, 촉군이 세 방면으로 쳐들어온다는 보고를 받고 모든 장수들과 함께 의논한다.

참군參軍 왕관王瓘이 말한다.

"나에게 한 가지 계책이 있으나 여기서 밝힐 수가 없기 때문에 글로 써왔으니, 한번 보십시오."

등애가 그 글을 펴보고 웃는다.

"이 계책이 묘하긴 하나, 강유가 속지 않을까 걱정이로다."

"제가 목숨을 걸고 가서, 한번 해보겠소이다."

"귀공의 뜻이 그처럼 견고하다면, 반드시 성공할 것이오."

등애는 왕관에게 군사 5천 명을 주었다. 이에 왕관은 군사를 거느리고 밤낮없이 사곡으로 나아가다가, 바로 앞에서 오는 촉군의 전초 부대와 만났다.

왕관이 외친다.

"나는 위나라를 버리고 항복해오는 장수니, 그대들은 주장主將께 보고하라."

전초 부대는 곧 이 일을 강유에게 보고했다.

강유는 위군들을 붙들어두고 장수만 데려오라 했다.

이윽고 왕관이 와서, 땅에 엎드려 강유에게 절하고 말한다.

"저는 왕경의 조카인 왕관입니다. 이번에 사마소가 임금을 죽이고 저의 숙부 일문을 다 죽였기 때문에 철천지한을 품게 됐습니다. 이제 다행히도 장군께서 군사를 일으켜 그 죄를 치러 오셨기에, 특히 수하 군사 5

천 명을 거느리고 투항해왔습니다. 저는 장군의 지시에 따라 간특한 일당을 무찌르고, 숙부의 원수를 갚고 싶습니다."

강유가 매우 감동한다.

"네가 진정으로 항복해왔으니, 난들 어찌 진정으로 대하지 않을 수 있으리요. 우리가 걱정인 것은 군량미라. 지금 곡식을 실을 수천 대의 수레가 접경 지대에 와 있으니, 너는 곧 가서 그 수레들을 기산으로 운반해오너라. 나는 이제부터 기산의 적진을 치러 가리라."

왕관은 자기 계획대로 일이 되어가기 때문에 맘속으로 아주 좋아하며 흔쾌히 응낙한다.

강유가 계속 분부한다.

"가서 곡식을 운반하는 데 5천 명이 다 필요하지는 않을 것이다. 그러니 3천 명만 데리고 가고, 2천 명은 여기 남겨두어라. 나는 그들에게 길 안내를 시켜 기산을 공격하겠다."

왕관은 혹 강유가 자기를 의심할까 겁이 나서, 결국 3천 명만 거느리고 떠나갔다.

강유는 부첨에게 위군 2천 명을 내주며 필요에 따라 쓰도록 했다.

때마침 하후패가 왔다는 보고가 왔다.

이윽고 하후패가 들어와서 말한다.

"도독(강유)은 어째서 왕관의 말을 그대로 믿으시오. 내가 위에 있을 때, 비록 자세한 것은 모르나, 왕관이 왕경의 조카라는 말은 들어본 적이 없었소. 이번 일에는 필시 속임수가 있을 것이니, 모든 장수는 깊이 살피시오."

강유가 껄껄 웃는다.

"나는 왕관의 투항이 이미 속임수라는 것을 알았기 때문에, 그의 병력을 나누고 그자의 계책을 역이용했소."

"귀공은 어떻게 그걸 아셨소?"

"사마소는 조조 못지않은 간웅奸雄이오. 이미 왕경을 죽이고 그 삼족까지 몰살한 사마소가 어찌 왕경의 조카는 죽이지 않고, 더구나 군사를 거느리고 요충지를 지키도록 내버려둘 리 있겠소. 그래서 속임수라는 걸 알았지만, 그대도 과연 나의 생각과 같았구려."

이에 강유는 사곡으로 나아가지 않고, 군사들을 도중에 몰래 매복시켜 왕관이 농간을 부리지 못하도록 예방했다.

10일이 지나기도 전이었다. 과연 매복하고 있던 군사들이, 왕관의 특명을 받고 몰래 등애에게로 돌아가는 놈을 도중에서 잡아왔다. 강유는 대충 문초하고, 그놈 몸에서 나온 왕관의 서신을 읽었다.

그 서신은 8월 20일에 사잇길을 경유, 촉군의 군량미를 기산 대채로 보낼 터이니, 등애는 군사를 담산橾山 골짜기로 보내어 맞이하라는 내용이었다.

강유는 그 심부름꾼을 죽이고, 8월 15일에 등애는 친히 대군을 거느리고 운산 골짜기까지 꼭 와서 접응하라는 내용으로 고치고, 군사 한 명을 위병魏兵으로 분장시켜서 가짜 서신을 주어 위군 진영으로 떠나 보냈다. 한편 수백 대 수레의 곡식을 다 내리고 그 대신 마른 장작과 풀을 잔뜩 싣고, 또 불 잘 붙는 유황을 골고루 뿌리고, 푸른 베[布]로 보이지 않게 덮었다. 이에 부첨은 투항해왔던 위군 2천 명에게 곡식을 운반한다는 기를 들려 앞장세우고, 그 가짜 곡식 수레를 거느리고 떠나간다. 강유는 하후패와 함께 각기 1군을 거느리고 가서 산골짜기 속에 매복하고, 장서는 사곡으로 나아가고, 요화와 장익은 각기 군사를 거느리고 기산으로 진군한다.

한편 등애는 왕관의 서신을 받고 매우 흡족해하며 곧 답장을 써서 그 심부름 온 자에게 주어 돌려보냈다. 그 답장이 왕관에게 가지 않고 강유에게로 간 것은 두말할 것도 없다.

8월 15일이었다.

등애는 씩씩한 군사 5만 명을 거느리고 바로 운산 골짜기로 와서, 멀리 사람을 보내어 높은 곳에 올라가 염탐하게 했다. 그 염탐꾼이 바라보니 곡식과 마초를 가득 실은 듯한 무수한 수레가 계속 잇달아 산골짜기로 오고 있었다. 보고를 받은 등애가 가서 말을 세우며 바라보니, 그 수레를 운반하는 자는 모두 위군이었다.

좌우에서 권한다.

"해가 이미 저물었으니, 속히 가서 왕관이 골짜기에서 나오도록 영접합시다."

등애가 대답한다.

"전면의 산세가 중첩하니, 만일 적의 복병이라도 있다면 급히 물러서기 어렵다. 그러니 여기서 기다리기로 하자."

이렇게 말하는데, 홀연 기병들이 달려와서 보고한다.

"왕관 장군이 곡식과 마초를 운반해오는데, 지금 촉군이 뒤쫓아옵니다. 바라건대 속히 구원해주십시오."

등애는 깜짝 놀라 급히 군사를 재촉하여 나아가는데, 이때가 초경이라 달이 대낮처럼 밝았다. 다만 들리느니 산 뒤에서 일어나는 함성뿐이다.

등애는 왕관이 산 뒤에서 싸우는 줄 알고 급히 산 뒤로 돌아들어가는데, 갑자기 숲 뒤에서 한 떼의 군사가 달려 나오니, 맨 앞에 선 장수는 촉나라 장수 부첨이었다.

부첨이 말을 달려오며 크게 외친다.

"이 보잘것없는 등애야! 이미 우리 주장의 계책에 걸려들었으니, 속히 말에서 내려 죽음을 받아라!"

수레를 버리고 싸움에서 승리하는 강유

　등애는 소스라치게 놀라 말을 돌려 달아나는데, 수많은 수레에 불이
붙으니 그 불은 바로 신호 불이었다.
　순간 양쪽 산에서 촉군이 모조리 쏟아져 내려와 위군을 마구 쳐죽여
산산조각을 내는데, 산 아래위에서 외치는 소리가 파도처럼 일어난다.
　"등애를 사로잡은 자에겐 상으로 천금을 주고 만호후萬戶侯로 봉하
리라!"
　기겁을 한 등애는 갑옷과 투구를 벗어버리고 말에서 뛰어내려, 보병
속에 섞여 산으로 기어올라 고개를 넘어 달아났다.
　강유와 하후패는 말에 탄 자가 지휘자인 줄 알고 사로잡아 보니 아니
었다. 이에 강유는 승리한 군사를 거느리고 곡식과 마초를 운반해오는
왕관을 접응하러 간다.

한편, 왕관은 8월 20일에 등애와 만나기로 연락을 했는지라, 아직도 5일이나 남은 줄 알고 곡식과 마초를 수레에 잔뜩 싣고 장차 일을 일으키려는데, 문득 심복 부하가 달려와서 보고한다.

"큰일났습니다. 우리의 일이 누설되어 등애 장군은 대패하고 지금 죽었는지 살았는지도 모르는 실정입니다."

왕관은 소스라치게 놀라 부하를 보내어 사실을 알아오게 했다.

그 부하가 돌아와서 보고한다.

"촉군이 삼면에서 에워싸고 쳐들어오며 또 뒤에서도 큰 무리의 먼지가 일어나니, 사방에 벗어날 길이 없습니다."

당황한 왕관은 급히 명령을 내려 곡식과 마초를 실은 모든 수레에 불을 지르게 하니, 삽시에 불빛이 솟아올라 하늘을 태운다.

"일이 급하니 너희들은 죽음을 각오하고 싸워라."

하고, 왕관은 군사를 거느리고 서쪽으로 나아간다.

이때 강유는 세 방면 군사를 통솔하고 추격하면서,

'왕관은 목숨을 걸고 위나라로 달아나리라.'

생각했는데, 뜻밖에도 왕관은 도리어 한중 땅으로 쳐들어가고 있었다.

왕관은 거느린 군사가 적고 뒤쫓아오는 촉군은 많아서, 마침내 잔도와 관소마다 불을 질러 태워버렸다.

강유는 한중 땅을 잃을까 걱정이 되어, 마침내 등애를 추격하지 않고, 군사를 거느리고 밤낮없이 좁은 사잇길로 빠져 나와 왕관만 추격한다.

왕관은 사방으로 촉군의 공격을 받자, 하는 수 없어 흑룡강黑龍江에 몸을 던져 죽고, 항복한 위군은 다 강유에게 생매장을 당했다.

강유는 비록 등애에게 이겼으나 많은 곡식과 마초를 잃었으며 또 잔도도 불타버린지라, 이에 군사를 거느리고 한중 땅으로 돌아갔다.

한편, 등애는 패잔병을 거느리고 기산 영채로 도망쳐 돌아가서, 천자에게 표문을 보내어 죄를 청하고 스스로 자기 지위를 깎아 내렸다.

그러나 사마소는 등애가 지금까지 여러 번 큰 공을 세웠기 때문에 벌하지 않고 도리어 많은 상을 하사했다.

등애는 상으로 받은 많은 재물을 이번 싸움에 전사한 장수와 군사들의 집에 다 나누어주었다.

사마소는 또 촉군이 쳐들어올까 불안해서, 군사 5만 명을 더 보내어 등애에게 굳게 지키라 지시했다.

한편, 강유는 밤낮없이 잔도를 수리하며, 또 출전할 일을 의논하니,

잇달아 잔도를 수리하고 잇달아 출군하니
중원을 치지 않고는 죽어도 눈을 감지 못한다.
連修棧道兵連出
不伐中原死不休

승부가 어찌 날까.

제115회

회군하라 명령하며 후주는 모략하는 말을 믿고
강유는 둔전을 핑계 대고 불행을 피하다

촉한 경요 5년(262) 겨울 10월, 대장군 강유는 사람을 보내어 밤낮으로 잔도를 수리하고, 군량과 무기를 준비하며, 또 한중 땅 물길에 모든 배를 집합시키고 만반의 준비를 한 후에, 표문을 보내어 후주께 아뢰었다.

그 내용은 이러했다.

신이 여러 번 출전하여 아직 큰 성공은 못했으나, 이미 위의 간담을 서늘하게 했고, 이제 군사를 양성한 지도 오래니, 만일 싸우지 않으면 게으를 것이며 게으르면 병폐가 생길 것입니다. 더구나 이제 군사들은 일사 보국一死報國을 생각하고 장수들은 명령이 내리기를 기다리니, 신이 이번에 가서 이기지 못하면 마땅히 사죄死罪를 받으리다.

후주는 표문을 읽고 오히려 주저하는데, 초주가 반열에서 나와 아

된다.

"신이 밤에 천문을 보니, 우리 서쪽 분야의 장수 별이 희미하고 분명치 못했습니다. 이제 대장군이 또 군사를 거느리고 북쪽을 치러 간다면 이는 매우 이롭지 못합니다. 폐하는 조서를 내려 중지시키소서."

"이번에 가서 어찌 되나 보기로 하고, 과연 사태가 이롭지 못하면 그때에 중지시키리라."

후주는 이렇게 대답한다.

초주는 거듭 간했으나 후주가 듣지 않는지라, 이에 집으로 돌아가 연방 탄식하다가 마침내 병이 났다 핑계 대고, 나오지 않았다.

한편, 강유는 군사를 일으키기 직전에 요화에게 묻는다.

"나는 이번에 출군하여 맹세코 중원을 회복하리니, 먼저 어느 곳부터 쳐야 할꼬?"

요화가 대답한다.

"우리는 해마다 정벌을 일삼아왔으므로 군사와 백성들은 편안한 날이 없었소. 더구나 위魏에는 지혜와 작전이 비상한 등애가 버티고 있어 결코 만만한 상대가 아닌데, 장군이 굳이 가서 싸우겠다 하니 나는 어떻게 해야 좋을지를 모르겠소."

강유가 벌컥 화를 내며,

"옛날에 승상(제갈양)께서 여섯 번씩이나 기산으로 나아간 것도 결국 국가를 위해서였다. 내가 이제 위를 여덟 번째 치는 것도 어찌 나 개인을 위해서 하는 짓이리요! 이번엔 마땅히 먼저 조양洮陽 땅을 점령하리니, 나의 명령을 거역하는 자는 반드시 참하리라!"

하고 드디어 요화에게 한중 땅을 지키도록 맡기고, 친히 장수들과 함께 군사 30만 명을 거느리고, 바로 조양 땅을 향하여 나아간다.

이 사실은 즉시 접경 지대 사람에 의해 기산 영채로 보고됐다.

이때 등애는 사마망과 함께 병법을 말하다가 이 보고를 듣고 마침내 정탐꾼을 보내어 자세한 사태를 알아오도록 했다.

그 정탐꾼이 돌아와서 보고한다.

"촉군은 모조리 조양 땅 쪽으로 행군하고 있습니다."

사마망이 묻는다.

"강유는 꾀가 많으니, 겉으론 조양 땅을 치는 체하고 실은 이곳 기산을 치려는 게 아닐까요?"

등애가 대답한다.

"이번에 강유는 확실히 조양 땅을 칠 것이오."

"귀공은 어째서 그렇게 생각합니까?"

"지금까지 강유는 우리가 곡식을 저장해둔 땅만 여러 번 공격했소. 그런데 지금 조양 땅엔 곡식이 없소. 강유는 우리가 기산만 지키고 조양 땅을 지키지 않는 줄 알고, 그래서 그리로 쳐들어가는 것이오. 그가 조양성을 점령하면 곧 곡식과 마초를 쌓고, 오랑캐들과 손을 잡아 장기전을 도모할 것이오."

"그럼 이 일을 어찌하면 좋겠습니까?"

"우리는 이곳 군사를 모조리 거두고, 두 방면으로 나뉘어 조양성을 구원하러 가야 하오. 조양 땅에서 25리 떨어진 곳에 후하侯河라는 조그만 성이 있으니 바로 조양의 목구멍에 해당되는 땅이오. 귀공은 1군을 거느리고 가서 조양성 안에 매복하되, 모든 기와 북을 눕히고 활짝 사방 성문을 열고 이러이러히 하오. 그러면 나는 1군을 거느리고 가서 후하 땅에 매복할 테니, 그러면 반드시 크게 이길 수 있소."

계책을 정하자 각기 계책대로 떠나고, 기산에는 편장偏將 사찬이 남아 모든 영채를 지켰다.

한편, 강유는 하후패를 전부前部 선봉으로 삼아 바로 조양 땅을 공격하게 했다.

하후패는 군사를 거느리고 전진하여 조양 땅 가까이 가서 바라보니, 성 위에는 기 하나 보이지 않고 사방 성문이 활짝 열려 있었다.

자못 의심이 나서 감히 성으로 들어가지 못하고, 모든 장수를 돌아보며 묻는다.

"이건 속임수가 아닐까?"

모든 장수가 대답한다.

"겉보기에는 성이 텅 비었습니다. 약간의 백성들은 우리 대장군의 군사가 왔다는 소문을 듣고서 모두 다 성을 버리고 달아났다고 합니다."

하후패는 믿어지지가 않아서, 친히 말을 달려 성 남쪽으로 가보니, 조양성 뒤에서는 무수한 남녀노소가 다 서북쪽을 바라보며 달아나고 있었다.

하후패는 매우 좋아하며,

"과연 빈 성이로구나!"

하고 마침내 맨 앞장서서 쳐들어가니 나머지 군사들은 뒤따라 들어가는데, 옹성甕城 아래 이르자 홀연 포 소리가 한 방 나며 성 위에서 북소리와 징소리가 일제히 일어나고 순간 무수한 정기가 일제히 나타나 나부끼며, 조교가 높이 올라간다.

하후패는 깜짝 놀라,

"적의 계책에 걸려들었구나!"

하고 황망히 후퇴하려는데, 성 위에서 화살과 돌이 빗발치듯 날아온다.

가련한 일이다. 화살과 돌을 맞고 하후패와 그 수하 군사 5백 명은 모두 성 아래서 죽었다.

후세 사람이 탄식한 시가 있다.

대담하구나! 강유의 계책은 실로 묘했건만
등애가 몰래 대책을 마련했을 줄이야 뉘 알았으리요.
가엾구나 한으로 투항했던 하후패는
성 아래서 무수한 화살을 맞고 순식간에 죽었도다.

大膽姜維妙算長

誰知鄧艾暗提防

可憐投漢夏侯覇

頃刻城邊箭下亡

그제야 성안에서 사마망이 내달아 나와 마구 화살을 쏘며 베니 촉군은 크게 패하여 달아난다. 마침 강유가 군사를 거느리고 구원 와서 사마망을 쳐서 물리치고 바로 성 밑에다 영채를 세웠다. 강유는 하후패가 죽었다는 말을 듣자 길이 탄식하고 상심하여 마지않았다.

이날 밤 2경에 등애가 후하성에서 1군을 거느리고 몰래 와서 촉군 영채를 습격하니, 촉군은 일대 혼란에 빠졌다.

강유는 혼란한 군사를 진정시키지 못하는데, 조양성 위에서 북소리와 징소리가 하늘을 진동하며 사마망이 군사를 거느리고 내달아 나와 앞뒤에서 협공하니, 촉군은 대패한다.

강유는 좌충우돌하며 죽기를 각오하고 싸워 겨우 벗어나 20여 리 밖으로 후퇴하여 영채를 세웠다. 촉군은 연달아 두 번을 패하여 도망쳤으므로 자신감을 잃었다.

강유가 모든 장수에게 말한다.

"이기고 지는 것은 병가상사兵家常事라. 이번에 군사와 장수를 잃었으나 그리 근심할 바가 못 된다. 성공하느냐 실패하느냐가 이번 싸움에 달려 있으니, 너희들은 시종여일始終如一하라. 만일 물러가자고 하는 자가

조양에서 등애(왼쪽)와 대결하는 강유

있으면, 그 당장에서 참하리라."

장익이 의견을 말한다.

"위군이 모두 이곳으로 몰려와 있으니 지금 기산은 비어 있을 것입니다. 장군은 군사를 정돈하여 등애와 싸워, 조양성과 후하성을 공격하십시오. 저는 1군을 거느리고 가서 기산을 공격하여, 그곳 아홉 영채를 점령하겠습니다. 그런 뒤에 일제히 군사를 휘몰아 장안으로 향하면, 이것이 상책일까 합니다."

강유는 그 말을 좇아 즉시 장익에게 후군을 주어 기산으로 떠나 보내고, 친히 군사를 거느리고 후하성에 가서 등애에게 싸움을 걸었다.

이에 등애는 군사를 거느리고 나와서 대진하여, 강유와 맞붙어 싸운지 10여 합에 이르렀다. 그러나 승부가 나지 않자 각기 군사를 거두어 영채로 돌아갔다.

이튿날, 강유가 다시 군사를 거느리고 가서 싸움을 걸었건만, 등애는 나오지 않는다.

강유는 군사를 시켜 온갖 욕설을 다 퍼붓는다.

이에 등애는 생각하기를,

'촉군이 나에게 한바탕 패했건만 전혀 후퇴하지 않고 저렇듯 연일 와서 싸움을 거니, 이는 반드시 군사를 나누어 기산을 습격하도록 보낸 것이다. 기산 영채를 지키는 사찬은 군사도 적고 지혜도 부족하여 반드시 패할 것인즉, 내가 마땅히 가서 구원하리라.'

하고 아들 등충을 불러,

"너는 신중하게 이곳을 지키되, 촉군이 싸움을 걸지라도 내버려두고 경솔히 나가지 마라. 나는 오늘 밤에 군사를 거느리고 가서 기산을 구원해야겠다."

하고 당부했다.

이날 밤 2경에 강유는 영채 안에서 작전 계책을 생각하는데, 갑작스레 영채 밖에서 함성이 진동하며 북소리와 징소리가 하늘을 뒤흔든다.

수하 사람이 들어와서 보고한다.

"등애가 씩씩한 군사 3천 명을 거느리고 야습해왔습니다."

모든 장수가 싸우러 나가려고 하는데,

"망령되이 움직이지 말라!"

하고 강유는 말렸다.

원래 등애는 군사를 거느리고 촉군 영채 앞까지 쳐들어와서 일단 정탐하고는 그길로 기산을 구원하러 떠나가고, 등충은 성안으로 돌아갔던 것이다.

강유는 모든 장수를 불러,

"등애는 밤에 우리를 습격하는 체하고서 반드시 기산 영채를 구원하러 갔을 것이다."

하고 부첨을 불러,

"너는 이곳 영채를 잘 지키되 경솔히 적군과 싸우지 말라."

분부하고, 친히 군사 3천 명을 거느리고, 장익을 도우러 떠나갔다.

한편, 장익은 바로 기산에 이르러 한참 공격하니 아홉 영채를 지키는 사찬은 군사가 적어서 더 버티지 못하고 위기에 봉착했는데, 돌연 등애의 군사가 와서 한바탕 접전하자 촉군은 크게 패한다.

그들은 장익을 산 뒤로 몰아넣고 돌아갈 길을 끊었다.

장익은 당황하여 어찌할 바를 모르는데, 뜻밖에 함성이 크게 진동하며 북소리와 징소리가 하늘을 뒤흔든다. 위군이 분분히 흩어지며 정신 없이 물러간다.

좌우 사람이 보고한다.

"우리의 대장군 강백약(강유)께서 쳐들어오십니다."

이 말에 장익은 기운을 얻어, 군사를 휘몰아 서로 응하며 협공한다.

마침내 등애는 한바탕 패하고 급히 후퇴하여 기산 영채로 올라가서는 다시 나오지 않았다. 이에 강유는 군사에게 명령을 내려 사면으로 에워싸게 하고 맹공격을 한다.

이야기를 잠시 옮겨야겠다.

한편 후주는 성도에 있으면서, 환관 황호의 말만 곧이듣고 주색에 빠져 조정 일은 다스리지 않았다.

이때 대신 유염劉琰의 아내 호胡씨는 대단한 미인이었는데, 하례차 궁에 들어와서 황후를 배알한 적이 있었다. 황후가 그 호씨의 용모를 사랑한 나머지 궁중에 뒀다가 한 달 만에 돌려보냈다.

그런데 유염은 아내가 한 달 동안 궁에 있으면서 후주와 동침한 줄로 짐작하고, 수하 군사 5백 명을 불러 늘어세우고 아내를 결박하여, 군사들을 시켜 신발로 얼굴을 수십 번씩 후려치게 했다.

그래서 호씨는 몇 번씩 기절했다가는 소생했다.

후주는 이 사실을 듣자 노기 충천하여, 유사有司(관리)에게 유염의 죄가 어떤 벌을 받아야 합당한지 알아내라고 분부했다.

유사의 장계將啓는 이러했다.

졸개가 대신의 처를 때릴 수 없으며, 또 부녀자의 얼굴은 형벌을 당할 자리가 아니니, 유염을 시정에 내다 버리는 것이 합당합니다.

이에 유염은 목이 달아나고, 이때부터 대신의 아내는 궁에 들어오지 못하도록 금했다. 그러나 당시 관료들은 후주가 색을 좋아했기 때문에 의심하고 원망하는 자가 많았다. 이어 어진 사람은 점점 물러가고 간사한 소인들만 날로 모여들었다.

이때 우장군 염우閻宇란 자는 전혀 공로도 없으면서, 환관 황호에게 아첨하여 마침내 중한 벼슬을 차지하고 있었다. 염우는 강유가 군사를 거느리고 기산에 있다는 말을 듣고 환관 황호를 설득했다.

그래서 황호가 후주에게 아뢴다.

"강유는 여러 번 싸웠으나 아무 공로도 세우지 못했으니, 염우를 대신 보내도록 하소서."

후주는 그 말을 좇아 칙사를 보내어 강유를 소환하라 하명했다.

한편, 강유는 기산의 위군 영채를 맹공격하는데, 하루 동안에 칙사가 세 사람이나 연달아 당도하여 '회군하라'는 칙명을 전한다. 강유는 칙명을 어길 수 없어 먼저 조양 방면의 군사부터 후퇴시키고, 그 다음에 장익의 군사를 천천히 후퇴시켰다.

어느 날 밤, 등애는 북소리와 징소리가 하늘을 뒤흔드는 것을 듣고도 촉군이 무슨 수작으로 그러는지 몰랐는데, 이튿날 날이 밝자 수하 장수가 들어와서 고한다.

"촉군은 모조리 물러가고, 그들의 영채는 텅 비었습니다."

등애는 강유가 무슨 계책을 쓰는 것이 아닌가 의심이 나서 감히 추격하지 않았다.

그 후 강유는 한중 땅으로 돌아와서 군사를 쉬게 하고, 칙사와 함께 성도에 가서 후주를 뵈러 궁으로 들어갔다. 그러나 후주가 내리 10일 동안 조회를 열지 않아서 뵐 수가 없었다.

강유는 여러 가지로 의심이 나는데, 어느 날 동화문에 이르렀을 때였다.

마침 비서랑秘書郞 극정郤正을 만나게 되어 묻는다.

"천자께서 회군하라고 나를 소환하셨는데, 귀공은 그 까닭을 아시오?"

극정이 웃는다.

"대장군은 아직도 그 내막을 모르시오? 황호는 염우에게 공로를 세울 기회를 주려고 조정에 이 일을 아뢰었고, 그래서 천자께서는 조서를 내려 장군을 소환한 것이오. 그런데 이제 그들은 등애가 군사를 워낙 잘 쓴다는 소문을 듣고는 겁이 나서, 그만 이 일을 흐지부지 쓸어 덮어버린 것이오."

강유는 노발대발한다.

"내 반드시 그 환관 놈을 죽이겠소."

극정이 말린다.

"대장군은 무후(제갈양)의 뜻을 계승한 몸이오. 책임이 중하고 크니 경솔하게 흥분하지 마시오. 그러다가 만일 천자께서 용납하지 않으시면, 도리어 일이 잘못될 것이외다."

강유는 선뜻 그 말을 알아듣고,

"선생의 말씀이 옳소."

하고 감사했다.

이튿날, 후주는 황호와 함께 후원에서 잔치를 베풀며 술을 마시는데,

"강유가 여러 사람을 거느리고 들어옵니다."

하고 수하 사람이 와서 아뢴다.

황호는 급히 연못에 있는 석가산石假山 뒤로 몸을 피했다.

강유가 정자 아래에 이르러 후주께 절하고 울며 아뢴다.

"신이 기산에서 등애에게 결정적인 공격을 가하는데, 폐하는 연달아 세 번이나 조서를 보내어 신을 소환하셨으니, 그 뜻이 뭣인지 말씀해줍 소서."

후주는 아무 대답도 못한다.

강유가 계속 아뢴다.

"황호가 농간하여 권력을 휘두르는 것이 바로 영제靈帝 때 십상시十常 侍와 같습니다. 그러니 가까이는 장양張讓(후한 말 십상시의 하나)의 예 를 살피시고, 멀리는 조고趙高(진나라를 망친 환관)의 예를 살피사, 빨 리 황호를 죽여버리면 조정이 저절로 바로잡힐 것이며, 중원도 비로소 회복할 수 있습니다."

후주가 웃는다.

"황호는 보잘것없는 신하라. 비록 권력을 부린다 해도 무능한 자니라. 전에 동윤董允이 황호를 못 잡아먹어서 분통해하기에 짐은 괴상히 생각 했으니, 경은 이런 일에 관심 갖지 말라."

강유가 머리를 조아리며 아뢴다.

"지금 황호를 죽이지 않으시면 머지않아 불행이 닥쳐올 것입니다."

"'사랑하면 살리고자 하고 미우면 죽이고자 한다'(『논어』에 있는 말) 는 말이 있다. 경은 어찌하여 환관 하나를 용납하지 못하느냐?"

후주는 시신을 시켜 연못 가 석가산 뒤에 숨어 있는 황호를 나오라 하여, 강유에게 절하고 사죄하게 했다.

황호는 나와서,

"나는 조석으로 폐하를 모시며 잔심부름을 할 뿐 나랏일에는 간섭하 지 않으니, 장군은 바깥 사람의 말만 듣고 나를 죽이려 하지 마십시오. 내 목숨이 장군의 손에 달려 있으니 불쌍히 여기시오."

절하고, 연방 머리를 조아리며 흐느껴 운다.

강유는 분노를 참을 수 없어, 궁에서 나오는 길로 곧장 극정에게 가서 이 일을 말했다.

극정이 걱정한다.

"장군에게 머지않아 재앙이 닥쳐올 것이오. 장군이 위기에 몰리면 이 나라도 저절로 망할 것이오."

강유가 청한다.

"바라건대 선생은 이 몸이 나라를 보존하고 재앙을 면할 길을 가르쳐 주시오."

"농서 지방에 가면 있을 만한 곳이 있으니, 그곳은 답중沓中 땅이오. 그곳은 땅이 매우 비옥하니, 장군은 가서 무후(제갈양)가 생전에 둔전 (군사들이 농사를 지으면서 주둔하는 것)했던 일을 본받아 둔전을 하 시오. 천자께 이 뜻을 아뢰고 답중 땅에 가서 둔전하면, 첫째로 곡식이 익으면 군량軍糧에 도움이 될 것이며, 둘째로 농우 일대의 모든 고을을 모조리 도모할 수 있으며, 셋째로 위군이 우리 한중 땅을 감히 엿보지 못할 것이며, 넷째로 장군이 외방에 있을지라도 병권을 장악함으로써 남들이 해치지 못할 것이니 가히 재앙을 피할 수 있으리다. 이것이 바로

강유(왼쪽)에게 둔전을 핑계 대고 피할 것을 권유하는 극정

나라를 보존하고 몸을 안전히 할 수 있는 길이오. 그러니 속히 가도록 하시오."

"선생은 참으로 금옥 같은 말씀을 하셨소."

하고 강유는 감사했다.

이튿날, 강유는 후주에게 답중 땅에 가서 제갈양이 생전에 했던 일을 본받아 둔전해야겠다는 뜻을 아뢰었다. 후주는 두말 않고 허락했다.

이에 강유는 한중 땅으로 돌아가서 모든 장수들을 모으고,

"나는 여러 번 기산으로 진격했으나 군량이 부족해서 번번이 성공하지 못했다. 이제 나는 군사 8만 명을 거느리고 답중 땅에 가서 보리를 심고 둔전하면서 천천히 중원을 도모할 작정이다. 너희들은 오랜 싸움에 지쳤을 것이니, 일단 군사를 거두고 곡식을 모아 한중 땅을 지키고 있거

라. 위군이 쳐들어온대도 천리 먼 길에 곡식을 운반하고 산 넘고 물을 건너와야 하니 자연 지칠 대로 지칠 것이다. 일단 지치면 반드시 물러가게 마련이니 그때 기회를 놓치지 말고 추격하면, 반드시 이길 수 있을 것이다."

하고 마침내 명령을 내려 호제에게 왕수성王壽城을, 왕함에게 낙성樂城을, 장빈에게 한성漢城을 지키라 하고, 또 장서와 부첨에게 요긴한 관소를 지키라 하여 각각 배치하고는, 친히 군사 8만 명을 거느리고 답중 땅으로 가서 보리를 심으며 장구한 계책을 세웠다.

한편, 등애는 강유가 답중 땅에서 둔전하며 길가에 40여 개의 영채를 두고 마치 긴 뱀처럼 연락 부절連絡不絕한다는 보고를 듣고, 즉시 첩자를 보내어 그 일대의 상세한 지도를 그려 오라 하여 표문과 함께 낙양으로 보냈다.

진공 사마소가 지도와 표문을 보고 얼굴을 잔뜩 찌푸린다.

"강유가 누차 중원을 침범하건만 우리가 능히 무찌르지 못하니, 이야말로 나의 깊은 걱정이로다."

가충이 말한다.

"강유는 공명의 병법을 잘 전해받았기 때문에 우리로서는 급히 물리치기가 어렵습니다. 그러니 지혜와 용맹을 겸한 장수를 하나 보내어 강유를 암살하면, 많은 군사를 동원할 필요도 없습니다."

종사중랑宗事中郎 순욱荀勖이 말한다.

"그렇지 않습니다. 지금 촉주 유선은 주색에 빠져 황호만 신임하기 때문에 모든 대신은 재앙을 피할 생각만 하고 있습니다. 지금 강유가 답중 땅에서 둔전하는 것도 실은 재앙을 피하기 위한 계책입니다. 이럴 때 대장을 시켜 치면 반드시 이길 터인데, 하필이면 자객을 보내어 암살할 것이 뭡니까?"

사마소가 손뼉치며 웃는다.

"그 말이 가장 좋도다. 내가 촉을 치고자 하나니, 그럼 누구를 대장으로 삼을꼬?"

순욱이 대답한다.

"등애는 당대의 훌륭한 장수이니 종회를 부장으로 삼아서 보내십시오. 그러면 대사를 성공할 것입니다."

사마소가 매우 기뻐한다.

"그대 말이 바로 나의 뜻과 같도다."

이에 사마소는 종회를 불러들여 묻는다.

"내가 너를 대장으로 삼아 동오를 치고자 하는데, 갈 생각이 있는가?"

종회가 대답한다.

"주공의 참뜻은 오를 치려는 것이 아니고, 촉을 치려는 것 아닙니까?"

사마소가 껄껄 웃는다.

"그대가 내 마음을 아는도다. 경을 보내어 촉을 칠 생각인데, 장차 어떤 계책을 써야 할꼬?"

"저는 주공께서 촉을 칠 뜻이 있음을 알기 때문에 벌써 자세한 지도를 만들어놨습니다."

그 지도를 펴보니 모든 길이 자세히 나타나 있는데, 영채를 세울 곳, 군량과 마초를 쌓아둘 곳뿐만 아니라 어디로 나아가고, 경우에 따라서는 어디로 후퇴해야 할지까지 표시되어 있어 빈틈이 없었다.

사마소는 매우 흡족해한다.

"참으로 훌륭한 장수로다. 경은 등애와 함께 군사를 합치고 촉을 취하는 것이 어떠냐?"

종회가 대답한다.

"촉과 서천은 길이 많으니 한 방면으로 나아가서는 안 됩니다. 그러니 나와 등애는 군사를 나누어 거느리고 각기 진격해야 합니다."

사마소는 마침내 종회를 진서장군鎭西將軍으로 삼아 절節과 월鉞을 주며, 관중 군사를 지휘하게 하여, 청주·서주徐州·연주兗州·예주豫州·형주荊州·양주楊州 등 모든 지방의 군사를 소집하도록 하는 한편, 사람을 보내어 등애를 정서장군征西將軍으로 임명하며, 관외關外와 농서 일대의 군사를 총지휘케 하고, 기한이 되면 서촉을 치도록 분부했다.

이튿날, 사마소가 조정에서 이 일을 상의하는데, 전장군前將軍 등돈鄧敦이 나선다.

"강유는 누차 중원을 침범했기 때문에, 우리 군사가 많이 죽고 상하여 오늘날 지키기에도 오히려 부족하다는 실정을 소상히 알고 있는데, 어쩌자고 위험한 산천으로 깊이 들어가서 스스로 불행을 취하려 하시오?"

사마소는 버럭 화를 내며,

"나는 인의의 군사를 일으켜 무도한 자를 치려 하는데, 네가 어찌 감히 나의 뜻을 거역하느냐!"

하고 무사를 꾸짖어 끌어내어 참하라 한다. 잠시 뒤에 무사들이 등돈의 머리를 베어 뜰 아래에 바친다. 모든 대신은 대경 실색한다.

사마소는 포부를 말한다.

"나는 동쪽을 친 이후로, 6년 동안을 쉬면서 줄곧 군사의 조련과 무기의 수리에 힘쓰며 오와 촉을 치고자 계획한 지도 이미 오래다. 이제 먼저 서촉을 무찌르고, 대세를 따라 수륙으로 동시에 진격하여 동오를 손아귀에 넣으면, 이는 괵虢나라를 무찌르고 우虞나라를 취하는(제56회 주 참조) 수법이니라. 내가 짐작하건대 서촉의 장사와 군사로서 성도를 지키는 자는 8, 9만 명 될 것이며, 접경 지대를 지키는 자는 불과 4, 5만 명 될 것이며, 강유가 거느리고 둔전하는 군사라야 불과 6, 7만 명 될 것이다. 나는 이미 등애에게 명령하여 관외의 농우 일대 군사 10만여 명을 거느리고 답중 땅에 있는 강유를 공격해서 꼼짝 못하게 하여 동쪽을 돌아보지 못하도록 조처하라 했고, 한편 종회에겐 관중의 씩씩한 군사 30만 명을 거느리고 바로 낙곡의 세 길로 나아가 한중 땅을 습격하라 분부했다. 촉주 유선은 원래 어리석은 사람이니, 변두리 바깥 성들이 함락되고 안으로 백성들이 겁을 먹고 떨면, 반드시 망할 것이다."

모든 대신은 다 절하고 복종했다.

한편, 종회는 진서장군의 인수를 받고 군사를 일으켜 촉을 칠 작정인데, 혹 군사 기밀이 누설될까 염려한 나머지 짐짓 오를 친다는 명목을 내세우고, 청주·연주·예주·형주·양주 다섯 지방에 영을 내려 큰 배를 만들라 하였다. 또 당자를 등주登州와 내주萊州 등 해안 지대로 보내어 모든 배를 징집했다.

사마소는 그 뜻을 모르고 종회를 불러 묻는다.

"그대는 육로로 나아가서 서천을 취할 터인데, 배는 만들어서 뭣에 쓰려 하오?"

종회가 대답한다.

"촉이 만일 우리 대군이 쳐들어올 것을 알게 되면, 즉시 동오에게 구원을 청할 것입니다. 그러므로 먼저 기세를 올려 동오를 칠 듯이 일을 꾸며야만, 동오는 감히 촉을 구원하지 못할 것입니다. 1년 이내에 우리가 촉을 격파하면, 그때는 우리 배가 다 만들어졌을 것이니 동오를 치기에 매우 용이할 것입니다."

사마소는 크게 만족하며, 군사를 출발시킬 날을 정했다.

위 경원 4년(263) 가을 7월 초사흘에 종회가 대군을 거느리고 출발하니, 사마소는 성밖 10리까지 전송하고 돌아왔다.

서조연西曹椽 벼슬에 있는 소제邵悌가 조그만 소리로 사마소에게 말한다.

"이번에 주공께서 종회에게 군사 10만 명을 주어 촉을 치게 하시나, 저의 어리석은 생각으론 매우 조심이 됩니다. 왜냐하면 종회는 원래 뜻이 크고 마음이 도도한 사람입니다. 그런 사람에게 그런 큰 권력을 주면, 도리어 위험한 꼴을 당하는 수가 있습니다."

사마소가 웃는다.

"난들 어찌 그것을 모르리요."

"주공께서 이미 아셨다면 그런 큰 권력을 한 사람에게 더 주어, 왜 종회와 함께 가도록 하지 않았습니까?"

사마소가 이에 몇 마디 대답하자, 소제는 염려했던 것이 일시에 풀리니,

사마소는 군사와 말이 떠나기도 전에
이미 장군의 불측한 뜻을 알아차렸다.
方當士馬驅馳日
早識將軍跋扈心

사마소가 뭐라고 대답했을까.

제116회

종회는 군사를 한중의 길에 나누고
무후의 신령이 정군산에 나타나다

사마소가 서조연 소제에게 말한다.

"조정 신하들이 촉을 치지 말라는 것은 겁을 먹었기 때문이다. 그런 겁쟁이들에게 싸움을 맡기면 반드시 지게 마련이다. 그러나 종회는 촉을 칠 자신이 서 있으니, 이는 겁을 먹지 않았기 때문이다. 겁이 없으면 반드시 촉을 격파할 것이며, 촉이 격파당하면 촉 땅 사람들은 슬픔과 절망에 빠질 것이니, 자고로 '싸움에 패한 장수는 용기를 말하지 않으며, 나라가 망한 대신은 국가의 장래를 말하지 않는다'고 했다. 그러므로 종회가 불측한 뜻을 품고 있다 할지라도, 촉 땅 사람들은 아무도 그를 돕지 않을 것이다. 또 우리 군사들은 이기면 반드시 돌아오고 싶은 생각이 앞서서 종회를 따라 반역하지 않을 것이니, 그렇다면 다시 무엇을 염려할 것 있으리요. 이는 나와 너만 알 일이니 결코 딴사람에게 누설하지 마라."

소제는 사마소의 식견에 감복하고 절했다.

한중 땅 공격을 계획하는 종회(왼쪽에서 두 번째)

한편, 종회는 영채를 세우는 일을 마치자, 장상에 올라가 모든 장수를 모았다. 이때 모인 장수는 감군監軍 위관衛瓘, 호군護軍 호열胡烈, 대장 전속田續 · 방회龐會 · 전장田章 · 원정爰靚 · 구건丘健 · 하후함夏侯咸 · 왕매王買 · 황보개皇甫闓 · 구안旬安 등 80여 명이었다.

종회가 말한다.

"반드시 대장 한 사람이 선봉이 되어 산을 만나면 길을 열고, 물을 만나면 다리를 놓아야 할 테니, 누가 감히 이 일을 맡겠느냐?"

한 사람이 썩 나선다.

"바라건대 내가 가겠소이다."

종회가 보니, 그 사람은 바로 호장虎將 허저許褚의 아들 허의許儀였다.

모든 장수가 다 말한다.

162

"허의가 가장 적임입니다."

종회는 허의를 가까이 불러 명령을 내린다.

"너는 범 같은 장수로서 부자가 다 용맹하기로 유명하며 더구나 이제 모든 장수가 너를 보증하니, 선봉의 인을 받고 기병 5천 명과 보병 천명을 거느리고 바로 한중 땅으로 쳐들어가되, 군사를 세 방면으로 나누어 진격하라. 즉 너는 중군을 거느리고 사곡으로 나서고, 좌군은 낙곡으로, 우군은 자오곡으로 나서거라. 그 세 방면이 다 험악한 산악 지대니, 군사들을 시켜 땅을 메워 길을 평평히 내고, 다리를 수리하며 산을 뚫고 돌을 깨어 막히는 곳이 없게 하라. 만일 어기면 군법으로써 처벌하리라."

허의는 명령을 받자 군사를 거느리고 떠나가고, 종회는 그 뒤를 따라 군사 10만여 명을 거느리고 그날 밤으로 출발했다.

한편, 등애는 농서 지방에 있으면서 촉을 치라는 조서를 받자, 사마망을 보내어 만일 오랑캐들이 진출하면 막도록 했다. 동시에 사람들을 각각 보내어 옹주雍州 자사 제갈서諸葛緒와 천수天水 태수 왕기王頎, 농서隴西 태수 견홍牽弘, 금성金城 태수 양흔楊欣에게 각기 본부 군사를 거느리고 와서, 명령을 받도록 했다. 이리하여 각 방면에서 군사들이 구름처럼 모여들었다.

어느 날 밤, 등애는 꿈에 높은 산에 올라가 한중 땅을 바라보는데, 갑작스레 발 밑에서 샘물 하나가 솟아오르더니, 그 물살이 어찌나 센지 깜짝 놀라 잠에서 깼다.

온몸에 땀이 흐른다.

등애는 다시 잠을 못 이루고 앉은 그대로 아침을 맞이하자, 호위護衛 소완邵緩을 불러들여 지난밤 꿈 이야기를 하고, 그 징조를 물었다.

소완은 원래 『주역』에 밝은 사람이었다.

등애의 꿈 이야기를 듣고 소완은 대답한다.

"『주역』에선 '산 위에 물이 있는 것을 건蹇이라 하나니, 건괘蹇卦는 서남쪽이 이롭고 동북쪽이 이롭지 못하다'고 했습니다. 또 공자가 말하기를, '건은 서남쪽이 이로우니 가면 공을 세우지만, 동북쪽은 이롭지 못하니 그 길이 막힌다'고 했습니다. 그러니 장군은 이번에 가면 반드시 촉을 정복하지만, 애석하게도 건에 걸려 능히 돌아오지 못하리다."

등애는 이 말을 듣고 우울한데, 돌연 종회의 격문이 왔다.

그 내용은 기한 안에 함께 군사를 일으켜 일제히 한중 땅으로 쳐들어가자는 통지였다.

이에 등애는 옹주 자사 제갈서에게 군사 만 5천 명을 주어 먼저 강유가 돌아갈 길을 끊도록 보내고, 다음은 천수 태수 왕기에게 군사 만 5천 명을 주어 왼쪽으로부터 답중 땅을 공격하도록 보내고, 농서 태수 견홍에게 군사 만 5천 명을 주어 오른쪽으로부터 답중 땅을 공격하도록 보냈다. 또 금성 태수 양흔에게 군사 만 5천 명을 주어 감송甘松 땅에서 강유의 뒤를 습격하도록 떠나 보내고, 그런 뒤에 친히 군사 3만 명을 거느리고 왕래하며 그들을 후원했다.

지난날의 이야기를 좀 해야겠다.

종회가 대군을 거느리고 출발하던 날, 모든 백관도 성 바깥까지 전송했다. 정기는 해를 가리고 투구와 갑옷은 서릿발이 돋도록 번쩍이며 군사들은 씩씩하고 말은 건장하여 위풍이 늠름했다.

사람들은 다 칭찬하고 부러워하는데, 상국참군相國參軍 유실劉實만은 빙그레 웃을 뿐 끝내 말이 없다.

태위太尉 왕상王祥은 유실이 싸느랗게 비웃는 것을 보고, 그의 곁으로 가서 말 위에서 악수하며 묻는다.

"이번에 종회와 등애 두 사람이 가니, 촉을 평정할 수 있을지요?"

유실이 대답한다.

"틀림없이 촉을 격파할 것이오. 그러나 두 사람이 돌아오지 못할까 걱정이오."

왕상이 그 까닭을 물으니, 유실은 역시 웃기만 하고 대답하지 않았다.

이리하여 위군은 행군하는데, 벌써 촉의 첩자는 급히 답중 땅으로 돌아가서 강유에게 이 사실을 보고했다.

강유는 즉시 후주에게 표문을 보냈다.

좌거기장군左車騎將軍 장익에게 군사를 거느리고 가서 양평관을 굳게 지키라 분부하시고, 우거기장군右車騎將軍 요화에게 군사를 거느리고 가서 음평교陰平橋를 지키라 분부하소서. 그 두 곳이 가장 긴요한 곳이니, 그 두 곳을 잃는 날이면 한중 땅 전체를 부지할 수 없습니다. 그리고 동시에 오吳로 사신을 보내어 그들에게 구원을 청하소서. 신은 답중 땅의 군사를 일으켜 적을 막겠나이다.

이때, 후주는 경요 6년(263)을 염흥炎興 원년으로 개원하고, 날마다 환관 황호와 더불어 궁중에서 놀며 즐겼다.

강유의 표문을 접한 후주는 즉시 황호를 불러 묻는다.

"이제 위나라가 종회와 등애를 보내어 크게 군사를 일으키고 길을 나누어 쳐들어온다 하니, 어찌하면 좋을꼬?"

황호가 아뢴다.

"이는 강유가 공명을 세우고 싶어서 일부러 표문을 올린 것이니, 폐하께서는 마음을 너그러이 하사 염려하지 마소서. 신이 듣건대 성안에

용한 무당이 하나 있는데, 능히 앞날의 길흉을 안다고 하니 불러들여 물어보소서."

후주는 그 말을 좇아 후전後殿에다 향화香花와 지촉紙燭을 베풀어 제물을 차려놓고, 황호에게 그 무당을 조그만 수레에 태워 궁중으로 데리고 오라 하여, 용상 위에 앉혔다.

그런 뒤에 후주가 향을 사르며 축원을 마치자, 무당은 홀연 머리를 풀고 맨발로 전상殿上을 수십 번 뛰며 돌아다니다가, 제상祭床을 빙글빙글 돌며 덩실덩실 춤을 춘다.

황호가 고한다.

"이는 신인이 하강함이니, 폐하께서는 좌우 사람들을 내보내시고 친히 기도하소서."

후주는 곁에 있는 신하들을 다 내보내고 다시 절하며 비는데, 무당이 큰소리로,

"나는 서천을 수호하는 신이다. 폐하는 태평을 즐길 생각은 아니하시고 어찌하여 딴 일을 물으시나이까. 수년 후면 위나라 강토가 다 폐하의 것이 될 테니 추호도 근심 마소서."

외치고는 그 자리에 벌렁 자빠져 기절했다가, 한참 만에 깨어났다.

후주는 많은 상을 주고, 이때부터 무당의 말만 깊이 믿어, 강유의 상소는 듣지 않고 날마다 궁중에서 잔치를 차리고 마시며 즐겼다.

강유는 계속 급한 사태를 표문으로 아뢰었으나, 황호가 다 가로채 숨겼기 때문에, 큰일을 망쳤던 것이다.

한편, 종회의 대군은 계속 한중 땅을 향하여 나아가는데, 전군前軍 선봉 허의는 가장 먼저 큰 공로를 세우고자, 먼저 군사를 거느리고 남정관南鄭關에 이르러 부장들에게 명령한다.

"이 남정관만 지나면 바로 한중 땅이다. 관 위에 적군이 많지 않으니, 우리가 힘을 분발하면 이 관을 무찌를 수 있다!"

모든 장수는 명령을 받고 일제히 힘을 합쳐 공격한다.

원래 남정관을 지키는 촉나라 장수 노손盧遜은 벌써 위군이 가까이 당도한 것을 알고, 관 앞에 있는 나무 다리 좌우에다 미리 군사를 매복시킨 다음, 제갈양이 가르쳐준 한 번에 쇠살 열 개가 연발하는 쇠뇌(철노鐵弩)를 장치하고 있었다.

그러다가 허의의 군사가 쳐들어오자 포 소리가 터지며, 그것을 신호로 매복하고 있던 촉군은 일제히 쇠뇌를 쏜다. 쇠살이 빗발치듯 날아오는지라, 허의가 급히 물러가는데 어느새 기병 10여 명이 연달아 쓰러지니, 이에 위군은 크게 패해 퇴각했다.

허의는 돌아가서 종회에게 패한 경과를 보고했다.

종회는 장하의 기병 백여 명을 거느리고 가서 보니, 과연 쇠살이 일제히 날아오는지라, 급히 말을 돌려 달아나는데, 관 위에서 노손이 군사 5백 명을 거느리고 쳐 내려온다.

종회는 말에 박차를 가하며 다리를 달려 지나가는데, 다리 위의 흙에 말 발굽이 빠져 말이 고꾸라지는 바람에 굴러 떨어졌다. 말은 다시 일어나지 못하는데 사세는 급해서, 종회가 말을 버리고 걸어서 다리 아래로 뛰어내렸을 때였다. 어느새 노손이 달려와서 창을 번쩍 들어 종회를 찌르다가, 도리어 위군 속의 순개荀愷가 몸을 돌려 쏜 화살 한 대에 바로 맞아 말에서 떨어진다.

이에 종회가 군사를 휘몰아 기회를 놓치지 않고 관을 공격하니, 관 위의 촉군들은 관 앞에 아군이 나가 있기 때문에 감히 쇠뇌를 쏘지 못하며 머뭇거리다가, 마침내 미친 듯이 쳐들어오는 위군에게 함락당하고 말았다.

종회는 즉시 순개를 호군護軍으로 삼아, 안장까지 얹은 말과 좋은 투구와 갑옷을 상으로 주고, 허의를 불러들여,

"너는 선봉이 됐으니, 마땅히 산을 만나면 길을 열고 물을 당하면 다리를 가설하여, 오로지 교량과 도로를 수리하고, 행군하는 군사들에게 편리를 줘야 하거늘, 내가 다리 위에 이르렀을 때 말 발굽이 흙구덩이에 빠져 하마터면 다리 아래로 떨어질 뻔했다. 만일 순개가 없었더라면 나는 벌써 적의 손에 죽었을 것이다. 네가 이미 군령을 어겼으니 군법으로써 다스리리라."

꾸짖고 좌우에게 분부한다.

"허의를 끌어내어 참하여라!"

모든 장수가 고한다.

"그의 부친 허저는 조정에 공을 세운 분이었으니, 바라건대 도독은 용서하십시오."

"군법이 분명하지 못하면 무엇으로써 많은 군사를 지휘하리요."

종회는 마침내 허의의 목을 베어 오라 하여 군사들에게 보이니, 모든 장수는 크게 놀랐다.

이때 촉장 왕함은 낙성을, 장빈은 한성을 지키고 있었다. 그들은 위군의 형세가 큰 것을 알자, 감히 나가서 싸우지 못하고, 성문을 굳게 닫아 지키기만 했다.

종회가 명령을 내린다.

"군사는 뭣보다도 신속해야 하니, 잠시도 머물러서는 안 된다."

하고, 전군 이보李輔를 보내어 낙성을 포위하고, 호군 순개를 보내어 한성을 포위하고, 자신은 친히 대군을 거느리고 양평관을 치러 갔다.

이때 양평관을 지키는 촉장 부첨은 부장 장서와 함께 작전을 짜고 있었다.

장서가 의견을 말한다.

"위군이 너무 많아서 그 형세를 감당할 수 없습니다. 그러니 굳게 지키는 것이 상책입니다."

부첨이 머리를 흔든다.

"그렇지 않다. 위군은 먼 길을 왔으니 반드시 지쳤을 것인즉, 수효가 많대도 우리는 두려울 것이 없다. 우리가 관에서 내려가 싸워야만 한성과 낙성도 무사할 것이다."

장서는 잠자코 대답하지 않았다.

그때 위군 대대가 관 앞에 들이닥쳤다는 보고가 왔다.

장서와 부첨 두 장수가 관 위에 올라가서 보니, 적장 종회가 말채찍을 높이 들며 크게 외친다.

"내 이제 10만 대군을 거느리고 여기 왔으니, 속히 항복하면 너희들의 직품職品을 높여줄 것이요, 만일 고집하고 항복하지 않으면 관을 공격할 테니, 그러면 옥석이 다 타버리리라."

부첨은 격노하여, 장서에게 관을 맡긴 다음 친히 군사 3천 명을 거느리고 관에서 쳐 내려오니, 종회는 즉시 달아나며 위군이 일제히 후퇴한다.

부첨은 이긴 줄 알고 뒤쫓아가는데 어느새 위군이 다시 합쳐 포위하려 한다. 이에 부첨은 급히 관으로 돌아가려는데 뜻밖에도 관 위에 위나라 기가 올라가더니, 장서가 나타나 굽어보며 외친다.

"나는 이미 위나라에 항복했다!"

부첨이 노기 등등하여 소리를 높이며,

"은혜를 잊고 의리를 저버린 놈아! 네가 무슨 면목으로 천자를 대할 테냐!"

꾸짖고, 다시 말을 돌려 위군에게 달려들어가서 싸운다.

위군이 사방을 에워싸자 부첨은 점점 곤경에 몰렸다. 좌충우돌하고 힘을 다하여 싸웠지만 능히 벗어나지 못하며, 거느린 촉군도 십중팔구는 죽고 상했다.

부첨이 이에 하늘을 우러러,

"나는 촉나라 신하로 태어났으니, 죽어서도 마땅히 촉나라 귀신이 되리라."

탄식하고, 다시 말에 박차를 가하여 위군을 마구 무찌르다가 무수한 창에 찔리니 갑옷에서 피가 가득히 흘러내린다. 마침내 달리던 말이 먼저 쓰러지자, 부첨은 자기 목을 칼로 쳐서 자결했다.

후세 사람이 그를 찬탄한 시가 있다.

> 어느 날 충성과 분노를 펴고
> 천추에 의리 남아의 이름을 드날렸도다.
> 차라리 부첨처럼 죽을지언정
> 장서처럼 살지는 말지어다.
> 一日抒忠憤
> 千秋仰義名
> 寧爲傳僉死
> 不作蔣舒生

마침내 종회는 양평관을 점령하니, 쌓아둔 곡식과 마초와 무기가 매우 많은지라 매우 기뻐하며 삼군을 호궤躬饋했다.

이날 밤, 위군이 양평성 안에서 자는데, 돌연히 서남쪽에서 함성이 크게 진동한다. 종회가 황망히 장막에서 나와 보니 사방에 아무런 변동도 없다. 위군은 이날 밤에 잠 한숨 못 자고 뜬눈으로 새웠다.

이튿날 밤 3경 무렵이었다. 서남쪽에서 또 큰 함성이 일어난다. 종회는 깜짝 놀라 일어나는 즉시로 척후병들을 사방으로 보내어 정탐하라 했다.

새벽 무렵에야 정탐꾼들이 돌아와서 보고한다.

"10여 리 바깥까지 두루 둘러봤으나 사람 한 명 없더이다."

종회는 놀라움과 의심이 나서, 완전 무장한 기병 수백 명을 친히 거느리고 서남쪽을 향하여 둘러보다가, 어느 산 앞에 이르니, 사방에서 살기가 충천하며 어두운 구름이 가득하고 안개가 산머리를 덮고 있었다.

종회가 말을 멈추며 그 지방 안내자에게 묻는다.

"이 산 이름이 뭐냐?"

"이 산 이름은 정군산定軍山으로, 옛날에 이곳에서 하후연夏侯淵이 싸우다가 죽었습니다."

종회는 그 대답을 듣자 우울하고 슬퍼서, 마침내 말을 돌려 산언덕을 돌아오는데, 홀연 광풍이 거세게 불며 등뒤에서 수천 명의 기병이 뛰어나와 바람을 따라 쳐들어온다.

종회는 대경 실색하여 수하 기병들을 거느리고 말을 달려 내빼는데, 수하 장수들 중에 말에서 떨어지는 자가 무수했다. 그런데 간신히 도망쳐 양평관에 돌아왔을 때는 한 사람도 죽은 자가 없고, 다만 얼굴을 다쳤거나 어디서 투구를 잃었는지 민대가리뿐이었다.

수하 기병들이 다 말한다.

"검은 구름 속에서 기병들이 쳐들어오는데, 가까이 이르러서는 사람 한 명 죽이지 않고 한 줄기 회오리바람으로 변하여 말아 올릴 뿐이었습니다."

종회가 항복한 장수 장서에게 묻는다.

"정군산에 혹 신을 모신 사당이라도 있느냐?"

장서가 대답한다.

"신을 모신 사당은 없고, 제갈무후의 무덤이 있습니다."

종회는 가슴을 쓸어내리며,

"이는 반드시 제갈무후께서 신령을 나타내심이로다. 내 마땅히 친히 가서 제사를 드리리라."

이튿날, 종회는 제례를 갖추고 소와 염소와 돼지를 잡아, 제갈무후의 무덤 앞에 가서 거듭 절하며 제사를 지냈다.

제사가 끝나자 광풍은 즉시 멈추었다. 검은 구름도 사방으로 흩어진다. 홀연 맑은 바람이 솔솔 불고 이슬비가 분분히 내리더니 어느새 하늘이 명랑해졌다. 위군은 너무나 기뻐서 일제히 제갈무후의 무덤에 다시 절하며 감사하고 진영으로 돌아갔다.

그날 밤에 종회가 장중에서 책상에 엎드린 채 잠이 들었는데, 느닷없이 한 줄기 맑은 바람이 지나가더니 한 사람이 윤건綸巾을 쓰고 깃털 부채를 들고 학창의鶴氅衣를 입고 흰 신을 신고 검은 띠를 둘렀는데, 얼굴은 관옥 같고 입술은 주사朱砂를 바른 듯 붉고 눈썹과 눈은 맑고 명랑하고 키는 8척인데, 그 표일한 풍채는 신선이 하강한 듯했다.

그 사람이 장중으로 들어오니, 종회는 일어나 영접하며 묻는다.

"선생은 누구시오니까?"

"오늘 낮에 거듭 나를 돌봐주기에 한마디 일러줄 말이 있어 왔노라. 한나라 운수가 이미 다하였으니 하늘의 뜻을 어길 수는 없지만, 양천兩川(촉의 동천東川과 서천西川) 백성들이 난리에 비명 횡사할 것을 생각하면 진실로 가엾도다. 너는 촉 땅 안으로 들어가거든 결코 백성을 죽이지 마라."

그 사람이 소매를 떨치며 표연히 나간다. 종회는 급히 만류하려다가, 홀연 놀라 깨니, 바로 꿈이었다.

그는 제갈무후의 신령이 꿈에 온 것을 알고, 한편 놀라며 한편 기이한 생각이 들어서 전군前軍에게 명령을 내렸다.

"흰 기를 세우되 거기에다 '보국 안민保國安民'(나라를 보호하고 백성을 편안케 한다)이란 넉 자를 써서 나아가거라. 까닭 없이 백성을 한 사람이라도 죽이는 자가 있으면 그자를 참하리라."

이에 한중 땅 백성들은 다 성에서 나와 절하며 영접하니, 종회는 일일이 위로하고 추호도 약탈하지 않았다.

후세 사람이 찬탄한 시가 있다.

수만 명의 귀신 군사가 정군산을 에워싸더니
종회를 이끌어 제갈무후의 신령께 절하도록 했도다.
무후가 살아서는 작전을 결정하고 유씨를 돕더니
죽어서는 오히려 촉 땅 백성을 보호하도록 부탁했구나.
數萬陰兵遶定軍
致令鍾會拜靈神
生能決策扶劉氏
死尙遺言保蜀民

한편, 강유는 답중 땅에 있으면서, 위군이 대거 쳐들어왔다는 보고를 듣자, 즉시 요화 · 장익 · 동궐董厥에게 격문을 보내어, 군사를 일으켜 접전하라 하고, 동시에 수하 군사를 나누어 배치하고 장수들을 늘어세운 뒤에 적군이 오기만 기다린다.

그때 파발꾼이 달려와서 보고한다.

"적군이 이리로 옵니다!"

강유가 군사를 거느리고 가서 맞이하니, 위군의 대장은 바로 천수 태수 왕기였다.

왕기가 말을 달려 선두에 나서서 큰소리로 외친다.

"내 이제 백만 대군과 걸출한 장수 천 명과 함께 20여 길로 나뉘어 진격하여, 선발대는 이미 성도에 들어갔는데, 너는 속히 항복하지 않고 오히려 항거하니, 어찌 이리도 하늘의 뜻을 모르느냐?"

강유가 노기 충천하여 창을 잡고 말을 달려 바로 왕기에게 돌진하여, 싸운 지 불과 2합에 이르렀을 때였다.

왕기가 패하여 달아난다. 강유는 군사를 휘몰아 20리를 추격하며 무찌르는데, 갑자기 징소리와 북소리가 일제히 일어나며 한 무리의 군사가 앞을 가로막는다. 보니, 기에는 크게 '농서 태수 견홍隴西太守牽弘'이란 여섯 자가 씌어 있었다.

강유가 웃으며,

"이런 쥐새끼들은 나의 상대가 아니다."

하고 마침내 군사를 휘몰아 추격하여 10리쯤 갔을 때, 문득 쳐들어오는 등애의 군사와 만나 서로 일대 혼전이 벌어졌다. 강유는 정신을 가다듬어 등애와 맞붙어 싸운 지 10여 합에 승부가 나지 않는데, 뒤에서 징소리와 북소리가 또 일어난다.

강유는 급히 후퇴하는데, 후군 군사가 달려와서 보고한다.

"감송 땅 우리의 모든 영채는 적장 금성 태수 양흔이 와서 불을 질러 다 타버렸습니다."

소스라치게 놀란 강유는 급히 부장에게 많은 기를 세워 군사가 많은 것처럼 꾸미라 하여 등애를 막도록 하고, 스스로 후군을 거두어 밤낮을 가리지 않고 감송 땅을 구원하러 달려갔다.

마침 도중에서 양흔을 만났는데, 양흔은 감히 싸울 생각도 못하고 산길로 달아난다.

강유가 양혼을 뒤쫓아 바위 아래 가까이 갔을 때였다.

그 바위 위에서 나무와 돌이 빗발치듯 내려와서, 강유는 능히 나아가지 못하고 결국 돌아간다.

강유가 반쯤 돌아가던 도중이었다. 위군의 대대가 달려온다. 등애는 그 동안에 촉군을 몽땅 무찌르고 대대를 휘몰아온 것이었다. 위군은 즉시 강유를 사방으로 에워싼다.

강유는 수하 기병들을 거느리고 포위를 뚫고 달아나, 겨우 대채로 돌아가서 굳게 지키며, 구원군이 오기만 기다린다.

그러나 기다리는 구원군은 오지 않고, 마침 파발꾼이 달려와서 보고한다.

"적장 종회가 양평관을 격파하자, 그곳을 지키던 장수 장서는 이미 항복했고, 부첨은 싸우다가 죽었기 때문에 한중 땅은 이미 위의 소유가 됐습니다. 따라서 낙성을 지키던 장수 왕함과 한성을 지키던 장수 장빈도 한중 땅을 잃은 것을 알고 또한 성문을 열어 적군에게 항복했으며, 호제는 적을 대적할 수가 없어서 구원을 청하려고 성도로 도망쳐 돌아갔다 합니다."

기막힌 소식이었다. 강유는 즉시 명령을 내려 영채를 모조리 뽑아, 그날 밤으로 군사를 거느리고 떠나 강천彊川 건널목에 이르렀을 때였다.

전방에 한 무리의 군사가 가로막고 늘어서 있으니, 그들을 대표하는 위나라 장수는 바로 금성 태수 양혼이었다.

강유는 노기 등등하여 말을 달려 들어가니 싸운 지 단 1합에 양혼이 패하여 달아난다.

강유는 뒤쫓아가며 연달아 활을 세 번 쐈으나 다 맞지 않는지라, 더욱 화가 나서 스스로 그 활을 부러뜨리고 창을 잡고 계속 뒤쫓아가다가, 말이 고꾸라지는 바람에 저만큼 나가떨어졌다.

강천 나루에서 양흔(왼쪽)과 싸우는 강유

그제야 달아나던 양흔은 갑자기 말을 돌려 번개같이 달려와서 강유를 내리친다. 순간 강유는 몸을 비키고 벌떡 일어서면서 창으로 냅다 찌르니, 양흔 대신 그가 타고 있던 말이 머리를 맞아 고꾸라진다. 뒤따르던 위군이 달려와서 땅바닥에 나자빠진 양흔을 구출하여 달아난다.

강유는 다시 말을 달려 뒤쫓으려는데, 그때 뒤에서 등애의 군사가 쳐들어온다는 보고를 받게 됐다. 이에 강유는 앞뒤로 협공을 당하게 되어, 마침내 군사를 거두어 한중 땅을 탈환하려고 방향을 바꾸어 가는데, 파발꾼이 달려와서 보고한다.

"옹주 자사 제갈서가 이미 앞길을 끊고 있습니다."

강유는 하는 수 없이 험한 산밑을 골라 영채를 세우고, 위군은 음평교에 주둔했다. 강유는 기가 막혔다. 나아갈 수도 물러설 수도 없었다. 강유는 길이 탄식한다.

"하늘이 나를 망침이로다."

부장 영수寧隨가 권한다.

"위군이 비록 음평교를 끊고 있으나 옹주 땅에는 필시 군사가 많지 않을 것이니, 장군은 공함곡孔函谷으로 나아가 바로 옹주 땅을 치십시 오. 그러면 제갈서가 음평교에 주둔하고 있는 군사를 거두어 옹주를 구 원하러 돌아가지 않고는 못 배길 것입니다. 그때에 장군은 군사를 거느 리고 검각 땅으로 빠져 나가서 굳게 지키기만 하면, 한중 땅을 다시 회 복할 수 있을 것입니다."

이에 강유는 그 말대로 즉시 군사를 거느리고 공함곡으로 들어가서 옹주 땅을 공격하는 체했다.

이 사실은 위군 첩자에 의해 바로 제갈서에게 보고됐다.

제갈서는 간담이 서늘해져서,

"옹주 땅은 내가 군사를 기른 곳이다. 만일 잃는다면 조정에서 반드 시 나를 처벌할 것이다."

하고 황급히 대군을 거두어 옹주 땅을 구출하러 남쪽 길로 떠나가고, 다 만 일지군이 남아서 음평교를 지켰다.

한편, 강유는 북쪽 길로 약 30리쯤 가다가, 그 동안에 위군이 떠났을 줄로 짐작하고, 이에 행진을 멈추어 갑자기 뒤돌아서서 지금까지의 후 대를 전대로 삼고 바로 음평교로 쳐들어갔다. 과연 위군의 대대는 이미 떠나가서 없고, 약간의 군사들만이 다리를 지키고 있었다.

강유는 적병들을 한바탕 무찔러 죽이며 흩어버린 뒤에 적의 영채를 모조리 불살라버렸다.

한편, 제갈서는 옹주를 향하여 가다가 음평교 쪽에서 불이 일어난다 는 보고를 듣고, 황급히 군사를 돌려 돌아와 보니, 강유가 모든 영채를 불지른 다음 빠져 나간 지 반나절이 지난 뒤였다. 그래서 제갈서는 강유를 뒤쫓지 못했다.

한편 강유는 군사를 거느리고 무사히 음평교를 건너 한참 바삐 가는데, 전면에서 한 떼의 군사가 달려온다.

가까이 오는 것을 보니, 좌장군 장익과 우장군 요화였다.

강유가 그간의 형세를 물으니, 장익은 대답한다.

"환관 황호는 무당의 말만 믿고 군사를 보내주지 않는데, 한중 땅이 이미 위기에 직면했다기에 나는 스스로 군사를 일으켰으나, 그때는 양평관이 이미 종회에게 함락당한 후였습니다. 이번에 장군이 곤경에 빠졌다는 소문을 듣고 구원하러 왔습니다."

드디어 군사를 한데 합친 후에 요화가 권한다.

"이제 사방이 다 적군이라. 군량이 올 길이 다 막혔으니, 차라리 검각 땅으로 물러가서 지키며, 다시 좋은 계책을 생각해보기로 합시다."

강유는 주저하며 결정을 짓지 못한다. 그때,

"종회와 등애가 10여 길로 군사를 나누어 거느리고 이리로 쳐들어오는 중이라 합니다."

하고 보고가 들어왔다.

강유는 장익·요화와 함께 군사를 나누어 거느리고 적군을 맞이하여 싸울 작정을 하니, 요화가 거듭 강조한다.

"백수白水는 땅이 좁고 길이 많아 싸우기에 적당한 장소가 아니오. 차라리 후퇴하여 검각을 지키는 것이 옳소. 만일 검각 땅을 잃는 날이면 우리는 돌아갈 길마저 없소."

강유는 그 말을 좇아 마침내 군사를 거느리고 검각 땅으로 간다.

검각의 관문 가까이 이르렀을 때였다. 북소리와 징소리가 일제히 진동하며 함성이 크게 일어나더니, 정기는 사방에서 일어서고 한 무리의 군사가 앞을 가로막는다.

한중의 험악한 요충지는 벌써 잃었고
검각 땅에서 홀연 또 풍파가 일어난다.
漢中險峻已無有
劍閣風波又忽生

나타난 군사는 어느 편인지.

제117회

등애는 몰래 음평 길을 통과하고
제갈첨은 싸우다가 면죽 땅에서 죽다

보국장군輔國將軍 동궐은 위군이 10여 길로 나뉘어 경계를 넘어 쳐들어온다는 급보를 듣자, 군사 2만 명을 거느리고 검각 땅에 와서 지키던 참이었다.

이날 그는 티끌이 아득히 크게 일어나는 것을 바라보며, 혹 위군이 쳐들어오는 것이나 아닌가 하여 급히 군사를 거느리고 관 앞에 나가서 전투 태세를 갖추었다.

이윽고 전면에서 오는 군사들을 보니, 그들을 거느린 장수는 바로 강유, 요화, 장익이었다. 동궐은 크게 환영하고 그들을 영접하여 관 위로 올라가서 울며, 후주와 황호에 관한 일을 호소했다.

강유가 말한다.

"귀공은 너무 걱정 마시오. 내가 있는 한 위군이 우리 촉을 집어삼키지는 못할 것이오. 그러니 이곳 검각 땅을 굳게 지키며 천천히 적군을 물리칠 계책이나 생각합시다."

동궐이 대답한다.

"비록 이곳은 지킬 수 있지만, 성도엔 나라를 걱정할 만한 인물이 없으니, 적군이 쳐들어가는 날이면 대세가 뒤집힐까봐 걱정입니다."

강유가 계속 말한다.

"성도는 산세가 험준하여 쉽게 함락하지는 못할 것이니, 굳이 걱정할 것 없소."

이렇게 서로 말하는데, 제갈서가 군사를 거느리고 와서 관을 공격한다는 보고가 들어왔다.

강유는 노여움에 차서 급히 군사 5천 명을 거느리고 관 아래로 달려내려가, 바로 위군의 진영으로 쳐들어가서 좌충우돌하니 제갈서가 여지없이 패하여 달아난다. 제갈서가 10여 리를 달아나 영채를 세우고 점호하니, 살아 남은 군사가 얼마 되지 않았다.

이에 촉군은 위군의 허다한 무기와 말을 노획한지라, 강유는 군사를 거두어 관으로 돌아갔다.

한편, 종회는 검각에서 20리 떨어진 곳에 이르러 영채를 세웠다.

싸움에 패한 제갈서가 스스로 와서 사죄한다.

종회는 버럭 화를 낸다.

"내 너에게 음평교를 굳게 지키며 강유가 돌아갈 길을 끊으라고 명령했는데 어째서 잃었으며, 이번엔 또 나의 명령도 없었는데 어째서 네 맘대로 쳐들어갔다가 이 지경으로 패했느냐!"

제갈서가 대답한다.

"강유는 속임수가 대단해서, 거짓으로 옹주를 치러 가는 체했기 때문에, 나는 혹 옹주 땅을 잃을까 걱정이 되어 군사를 거느리고 구원하러 갔더니, 그 기회에 강유는 빠져 달아났습니다. 그래서 검각의 관소 아래까지 뒤쫓아갔는데, 이렇게 또 패할 줄은 몰랐습니다."

종회는 노한 목소리로 제갈서를 참하라고 호령한다.

감군監軍 위관이 말린다.

"제갈서가 비록 죄는 있으나 실은 정서장군 등애의 수하 장수이니, 장군이 그를 죽이면 두 장군 사이에 의가 상할까 두렵습니다."

종회가 말한다.

"나는 천자의 조서와 진공(사마소)의 명령을 받고 특히 촉을 치러 온 몸이다. 만일 죄가 있다면 나는 등애도 참할 수 있다!"

모두가 힘써 말리는지라, 종회는 제갈서를 함거檻車(수인囚人을 태우는 수레)에 잡아 가두어 낙양으로 보냈다. 즉 진공에게 처벌을 일임한 것이다. 그리고 종회는 제갈서가 거느렸던 군사를 모두 자기 수하에 두고 부렸다.

이 사실은 곧 등애에게 보고됐다.

등애가 노발대발한다.

"나나 종회나 벼슬이 같다. 특히 나로 말할 것 같으면 오랫동안 변방을 지켜 국가에 공로가 크거늘, 제깐 놈이 어찌 감히 높은 체를 한단 말이냐!"

아들 등충이 고한다.

"조그만 일을 참지 않으시면 큰일을 망칩니다. 부친께서 그와 의가 상하면 국가의 큰일을 망치게 되니, 바라건대 참고 참으소서."

등애는 아들의 말을 듣고 머리를 끄덕였으나, 필경 마음속 분노를 참을 수 없어, 마침내 기병 수십 명을 거느리고 직접 종회를 만나러 갔다.

종회는 등애가 왔다는 말을 듣고, 좌우 사람에게 묻는다.

"그래 등애는 군사를 얼마나 거느리고 왔느냐?"

"겨우 기병 10여 명을 거느리고 왔습니다."

이에 종회는 장상과 장하에 군사 수백 명을 늘어세웠다.

등애가 말에서 내려 들어가니, 종회는 나와서 영접하며, 장막으로 들어가 서로 인사를 했다.

등애는 군사들이 어마어마하게 늘어서 있는 것을 보자 불안해서 말로 수작을 건다.

"장군이 한중 땅을 얻었으니, 이는 조정의 큰 다행이오. 이제부터는 속히 검각 땅을 차지하도록 계책을 세워야겠소."

종회가 묻는다.

"장군은 좋은 계책을 일러주시오."

등애는 거듭거듭 자기는 무능한 사람이라며 겸사하는데, 종회가 굳이 계책을 묻는다.

등애가 대답한다.

"나의 어리석은 생각으로 말하면, 가히 1군을 거느리고 음평 땅 좁은 길로부터 한중 땅 덕양정德陽亭으로 빠져 나가서 바로 성도를 기습하면, 강유는 반드시 군사를 거두어 구원하러 올 것이니, 그 기회에 장군은 검각을 점령하시오. 그러면 완전한 성공을 거둘 수 있소."

종회가 매우 기뻐한다.

"그 계책이 참 묘하니 즉시 군사를 거느리고 가시오. 나는 이곳에서 오로지 승리했다는 소식을 기다리겠소."

이에 두 사람은 술을 마시고 서로 작별했다.

종회는 자기 장막으로 돌아와 모든 장수에게 말한다.

"사람들은 다 등애를 유능한 장수라 하더니, 오늘 내가 본즉 보잘것없는 인물이다."

모든 장수가 그 까닭을 물으니, 종회는 대답한다.

"음평 땅 좁은 길은 다 산이 높아 험악한 지대다. 만일 촉군이 백여 명만 그 험악한 요충지를 지키고 그 돌아갈 길을 끊어버리면, 등애의 군사는 다 굶어 죽었지 별도리 없으리라. 그러나 나는 정정당당히 큰길로 나아갈 것인즉 어찌 촉을 격파 못할까 걱정하리요."

마침내 구름 사다리(운제雲梯)를 만들며 포대를 설치하고, 검각의 관문을 본격적으로 공격하기 시작했다.

한편, 등애는 원문에서 나와 말을 타고 가면서 뒤따르는 기병을 돌아보며 묻는다.

"종회가 나를 대하던 태도가 어떠하더냐?"

따르는 자가 대답한다.

"그 표정은 장군의 말을 매우 마땅치 않게 여기면서 입으로만 칭찬하더이다."

등애가 웃는다.

"그는 내가 성도를 함락하지 못할 줄 알지만, 나는 반드시 점령하고야 말리라."

등애가 자기 대채로 돌아가니, 사찬과 등충 등 일반 장수들이 영접하며 묻는다.

"오늘 종회 장군과 만나 무슨 높은 의견을 나눴습니까?"

등애가 대답한다.

"나는 진심으로 그에게 말했는데, 그는 나를 하찮은 인물로 간주하였다. 제가 이번에 한중 땅을 얻었답시고 큰 공을 세운 줄로 뻐기지만, 내가 답중 땅을 공격하여 강유를 견제하지 않았더라면, 제가 어찌 성공했으리요. 내가 이번에 성도를 함락하기만 하면, 제가 한중 땅을 얻은 것보다도 그 공훈이 막대하리라."

그날 밤으로 등애는 영을 내려 모든 영채를 뽑고 출발하여 음평 땅 좁은 길로 행군한다.

이 사실은 종회에게 보고됐다.

"등애가 성도를 점령하려고 떠났습니다."

종회는 등애가 원체 지각이 없는 사람이라며 비웃었다.

한편, 등애는 밀서를 써서 사자에게 주어 낙양의 사마소에게 갖다 바치도록 급히 떠나 보내는 한편, 모든 장수를 장하로 모아 묻는다.

"내 이제 빈틈을 타서 성도로 진격하여 너희들과 함께 만고에 공명을 세우리니, 너희들은 기꺼이 나를 따르겠느냐?"

모든 장수가 응한다.

"바라건대 군령을 준수할 것이며, 만번 죽는대도 사양하지 않으리다."

등애는 먼저 그 아들 등충에게 완전 무장한 군사 5천 명을 주며,

"각기 도끼와 끌을 가지고 앞서가되, 험준한 산이 나타나거든 산을 깨어 길을 내며, 물이 나타나거든 다리를 놓아 후속 부대가 행군하는 데 편리하도록 하여라."

명령하여 떠나 보내고, 그런 뒤에 친히 군사 3만 명을 선발하여 거느린 후, 각기 건량乾糧과 굵은 밧줄을 가지고 출발했다. 백여 리쯤 가서는 영채를 세워 군사 3천 명을 남겨두고, 또 백여 리쯤 가서는 같은 식으로 군사 3천 명을 남겨두고는 행군한다.

이해 10월에 음평 땅에서 출발한 그들은 깎아지른 산과 험악한 골짜기 속에 이르기까지 20여 일이 걸렸고, 그 동안에 7백여 리를 행군했으나 사람 한 명 볼 수 없는 무인지경이었다.

등애는 오는 도중 곳곳에 영채를 세워 군사를 남겨뒀기 때문에, 이제 거느린 군사라고는 2천 명밖에 없었다. 앞에 높은 산 고개가 나타나니, 그 고개 이름은 마천령摩天嶺으로, 말은 올라갈 수가 없었다.

등애가 걸어서 마천령 위에 올라가 보니, 선발대로 앞서 떠났던 아들 등충이 군사들과 함께 울고 있었다.

그 까닭을 물으니 등충이 고한다.

몰래 음평 길을 통과하는 등애의 군사들

"이 고개 서쪽은 험악한 절벽이라 돌을 파서 길을 낼 수 없습니다. 지금까지 고생한 보람이 없어 울고 있는 중입니다."

"우리 군사는 여기까지 오느라 7백여 리를 걸었으며, 이곳만 지나면 바로 강유江油 땅으로 나선다. 그러니 결코 다시 물러설 수는 없다."

등애는 모든 군사를 불러모아 말한다.

"호랑이 굴에 들어가지 않고서 어찌 호랑이 새끼를 얻으리요! 나와 너희들이 여기까지 왔으니, 성공하는 날이면 평생 부귀를 함께하리라."

모두가 응한다.

"바라건대 장군의 명령에 따르리다."

이에 등애는 무기를 우선 밑으로 떨어뜨려 내려보내고, 자신부터 온몸을 털옷으로 튼튼히 싸고, 누워서 산 아래로 데굴데굴 굴러 내려가고,

털옷이 있는 부장급들도 온몸을 튼튼히 싸고 마구 굴러서 내려간다. 털옷이 없는 자는 각기 튼튼한 줄을 허리에 매고 한 손으로는 줄을 잡고 또 한 손으로는 나뭇가지를 붙들거나 또는 발로 걸면서 엉금엉금 기어 내려간다. 마침내 등애와 등충 그리고 2천 명의 군사와 선발대로 길을 개척하던 군사들까지 다 마천령을 넘었다.

모두가 갑옷과 투구와 무기를 정리하고 챙겨서 떠나려는데, 길가에 석갈石碣(돌로 만든 비석의 일종)이 서 있다. 그 위에 '승상 제갈무후는 제하노라丞相諸葛武侯題'라고 씌어 있고, 그 아래에 다음의 글이 새겨져 있었다.

두 불[1]이 처음 일어남에
어떤 사람이 이곳을 넘으리라.
두 선비[2]가 공을 다투나
머지않아 저절로 죽으리라.
二火初興
有人越此
二士爭衝
不久自死

등애는 비석에 새겨진 글을 보고 크게 놀라 황망히 석갈에 두 번 절하며 탄식한다.

"제갈무후는 참으로 신인이시로다. 내가 일찍이 스승으로 모시고 배우지 못한 것이 한이로다."

---

1 염흥炎興 원년.
2 등애의 자는 사제士載며 종회의 자는 사계士季다.

후세 사람이 이 일을 찬탄한 시가 있다.

음평 땅 험한 산 고개는 하늘 높이만하여
학도 빙빙 돌 뿐 오히려 날기를 겁내더라.
등애가 담요에 싸여 굴러서 내려왔으나
뉘 알았으리요, 제갈양은 미리 이럴 줄 예언했도다.
陰平峻嶺與天齊
玄鶴徘徊尙怯飛
鄧艾裏氈從此下
誰知諸葛有先幾

이리하여 등애는 몰래 음평산을 지나와 군사를 거느리고 가다가 보
니, 큰 영채가 나타나는데 안이 텅 비어 있었다.

좌우 사람이 고한다.

"제갈무후는 이곳에 군사 2천 명을 두어 늘 지키게 했는데, 그가 죽은
뒤로는 촉주 유선이 폐지했기 때문에 이 모양이라고 합니다."

"우리가 온 길은 있으나 돌아갈 길은 없다. 그러나 이 앞 강유성 안에
곡식이 충분히 있으니, 너희들은 전진하면 살고 후퇴하면 죽는다. 그러
니 합심 협력하여 공격하라."

모두가 응한다.

"바라건대 목숨을 걸고 싸우리다."

이에 등애는 걸어서 군사 2천 명을 거느리고 밤낮없이 두 배나 길을
재촉하여 강유성으로 나아간다.

한편, 강유성을 지키는 장수 마막馬邈은 이미 동천東川(한중) 땅이 적
군에게 함락됐다는 소식을 듣자, 준비를 한답시고 큰길만 방비하며, 강

유가 군사를 거느리고 검각을 지키는 것만 믿고서 더 이상 방비에 힘쓰지 않았다.

그날도 대충 군사를 조련한 후에 집으로 돌아온 마막은, 아내 이李씨와 함께 화로를 끼고 술을 마신다.

아내가 묻는다.

"사세가 매우 급하다는 소식이 자주 들리는데, 장군은 전혀 근심하지 않으니 웬일이시오?"

마막이 대답한다.

"만사는 강유가 다 장악하고 있으니, 내가 이 이상 뭘 한단 말인가."

"그럴지라도 장군은 이 성을 지켜야 하는 막중한 책임이 있습니다."

마막이 태평으로 대답한다.

"천자는 황호의 말만 믿고 주색에 빠져 있으니, 아마도 머지않아 큰 불행이 닥쳐올 걸세. 그러므로 위군이 이리로 쳐들어오는 날이면 곧 항복하는 것이 상책이라. 뭣을 근심하리요."

아내는 버럭 화를 내며 마막의 얼굴에 침을 뱉는다.

"그대가 소위 남자로서 먼저 불충 불의不忠不義한 뜻을 품어 헛되이 국가의 벼슬과 녹을 받고 있으니, 나는 그대와 서로 대하고 싶지 않소!"

마막은 부끄러워서 아무 소리도 못한다.

홀연 집안사람이 황망히 들어와서 고한다.

"위의 장수 등애가 어디로 해서 왔는지 군사 2천 명을 거느리고 일제히 쳐들어옵니다."

마막은 등골에 땀이 흐르고 얼굴빛이 변하며 황망히 나가서 항복한 후, 공당公堂 아래에서 절하고 엎드려 울며 고한다.

"저는 정말로 항복할 생각이 오래 전부터 있었습니다. 이제 바라건대 성안의 백성들과 본부 군마를 불러 모조리 장군께 항복시키리다."

등애는 그 항복을 받아들여 마침내 강유성의 군사를 자기 부하로 편입시키고, 마막을 향도관嚮導官(안내관)으로 삼았다.

홀연 마막의 부인 이씨가 목을 매고 자살했다는 소식이 들려왔다. 등애가 그 까닭을 물으니 마막은 사실대로 고한다. 이에 등애는 이씨 부인의 높은 기품을 감탄하고, 성대히 장사지내도록 명령하고, 친히 가서 제사를 지내줬다. 위나라 사람들도 이씨 부인의 죽음을 전해 듣고는 감탄하지 않는 자가 없었다.

후세 사람이 이 일을 찬탄한 시가 있다.

후주가 어리석어 한나라 왕조는 쓰러지니
하늘이 등애를 보내어 서천을 얻게 했도다.
가엾다, 파촉에 유명한 장수가 많았으나
모두 다 강유 땅 이씨 부인만은 못했도다.
後主昏迷漢祚顚
天差鄧艾取西川
可憐巴蜀多名將
不及江油李氏賢

등애는 강유 땅을 점령하자, 음평 땅 작은 길에 군데군데 두고 왔던 군사들을 모조리 불러오라 하여 재정비하고, 일제히 부성涪城 땅으로 쳐들어가려는데, 전속이 말한다.

"우리 군사는 이제 막 험악한 곳을 지나왔기 때문에 매우 피로하니 마땅히 며칠 동안 휴식시키고, 그런 뒤에 진격하십시오."

등애는 버럭 화를 내며,

"군사 행동은 뭣보다도 신속해야 하는데, 네가 감히 우리 군사의 사기를 꺾으려 드느냐!"

하고 좌우에게 전속을 끌어내어 참하라 호령하는데, 모든 장수들이 애써 말려 겨우 형벌을 면하게 됐다.

등애가 군사를 휘몰아 가서 부성을 들입다 치니, 성안의 관리와 군사와 백성들은 적군이 하늘에서 내려오지 않았나 하고 의심이 나서 모두 나와 항복했다.

이 사실은 급히 성도에 보고됐다.

후주는 당황하여 황호를 불러 대책을 물었다.

황호가 아뢴다.

"이는 잘못 전해진 소식입니다. 신인神人이 폐하를 곤경으로 몰아넣을 리가 없습니다."

후주는 답답해서 그 무당을 불러오라 했다. 그러나 무당은 어디로 가버렸는지 찾아도 없었다.

이때, 멀고 가까운 곳에서 사태가 매우 급하다는 표문이 겨울날 눈처럼 끊임없이 들이닥치며 사자가 연락 부절이다. 후주는 조회를 열어 대책을 의논하는데, 신하들은 모두 서로 얼굴만 쳐다볼 뿐 말이 없다.

극정이 반열에서 나와 아뢴다.

"사태가 이미 급하니, 폐하께서는 무후(제갈양)의 아들을 불러 적군을 물리칠 일을 상의하소서."

원래 제갈무후의 아들 제갈첨諸葛瞻의 자는 사원思遠이요, 그 어머니 황黃씨는 바로 황승언黃承彦의 딸이었다.

황씨는 용모가 매우 못생겼으나 기이한 재주가 있어서, 위로는 천문을 통달하고 아래로는 지리에 밝고, 뿐만 아니라 육도 삼략六韜三略(병서)과 둔갑하는 모든 서적에까지 다 능통했다. 제갈무후는 남양 땅에 있을 때, 황씨가 현명하다는 소문을 듣고 청혼하여 아내로 삼았던 것이다. 실은 제갈무후도 그 부인에게서 배운 바가 많았다.

제갈무후가 죽자 부인도 따라서 세상을 떠났다. 임종 때 그녀는 아들 제갈첨에게 오직 충효로써 근본을 삼으라고 유언했다.

제갈첨은 어려서부터 총명하여, 커서는 후주의 딸에게 장가들어 부마도위駙馬都尉가 되었다. 제갈무후가 세상을 떠난 뒤로는 부친 무후의 작위를 이어받았으며, 경요 4년에는 행군호위장군行軍護衛將軍으로 있었는데, 그때부터 황호가 득세하여 날뛰었기 때문에 병들었다 핑계 대고 집 안에 들어앉아 바깥 출입을 하지 않았다.

이때, 후주는 극정의 말을 좇아 계속 칙사를 세 번씩이나 보내어 제갈첨을 궁으로 불러들였다.

후주가 울며 호소한다.

"등애의 군사가 이미 부성까지 쳐들어왔다 하니, 이곳 성도가 위기에 놓였다. 경은 선친(제갈양)을 생각해서라도 짐의 목숨을 구제해다오."

제갈첨이 또한 울며 아뢴다.

"신의 부자는 선제(유현덕)와 폐하로부터 깊은 은혜와 특별한 대우를 받았으니, 비록 오장육부를 땅에 뿌린다 해도, 능히 다 보답하지는 못하리다. 바라건대 폐하는 성도의 군사를 다 신에게 주소서. 신은 군사를 거느리고 가서 목숨을 걸고 싸워 결판을 내겠습니다."

후주는 성도에 있는 장수와 군사 7만 명을 제갈첨에게 내줬다.

제갈첨은 후주께 하직하고, 군사와 말을 정돈하고 모든 장수를 모아 묻는다.

"누가 선봉이 될 테냐?"

말이 끝나기도 전에 한 소년 장수가 썩 나선다.

"부친께서 이미 총지휘권을 잡으셨으니, 소자가 바라건대 선봉이 되겠습니다."

모든 사람들이 보니, 그는 바로 제갈첨의 큰아들 제갈상諸葛尙이었다. 이때 제갈상의 나이는 19세로, 나이는 어리나 널리 병법과 무예에 능통했다.

제갈첨은 기특하게 생각하며, 마침내 아들 제갈상을 선봉으로 삼았다. 이날 대군은 성도를 출발하여 적을 맞이하러 나아간다.

한편, 등애는 항복한 장수 마막이 바치는 지도를 받아 보니, 부성에서 성도까지 이르는 160리 사이의 산천과 도로와 요충지와 험준한 곳이 낱낱이 그려져 있어 매우 분명하다.

등애는 자세히 보더니 놀란다.

"내가 부성만 지키다가, 만일 촉군이 전방의 산에 나타나 자리를 잡고 버티는 날이면 어찌 성공하리요! 이러고 시일만 보내다가, 강유의 군사라도 오는 날이면 우리 군사는 큰일이다!"

하고 즉시 사찬과 아들 등충을 불러 분부한다.

"너희들은 일지군을 거느리고 밤낮없이 면죽 땅으로 가서 촉군을 막아라. 나도 곧 뒤따라갈 테니 결코 태만하지 말라. 촉군이 먼저 요충지를 차지한다면, 나는 너희들을 용서하지 않고 반드시 참하리라."

이에 사찬과 등충은 군사를 거느리고 면죽 땅으로 달렸다. 면죽 땅 가까이 갔을 때 사찬과 등충은 촉군과 맞닥뜨려 각기 진영을 벌였다.

사찬과 등충이 문기 아래 말을 세우고 바라보니, 촉군은 팔진을 벌였다. 이윽고, 북소리가 세 번 울리자, 문기가 양쪽으로 나뉘면서 장수 수십 명이 사륜거 한 채를 에워싸고 나오는데, 수레 위에 단정히 앉아 있는 사람은 윤건을 쓰고 깃털 부채를 잡고 소매가 넓은 학창의를 입고 있었다. 수레 곁에 누런 기가 바람에 나부끼는데, '한 승상 제갈무후漢丞相諸葛武侯' 일곱 자가 뚜렷했다.

면죽에서 사찬, 등충과 싸우는 제갈상. 왼쪽 위는 공명의 목상

　깜짝 놀란 사찬과 등충 두 사람은 온몸에 땀을 흘리며 군사를 돌아보고 말한다.
　"공명이 아직 살아 있단 말이냐! 우리 일이 낭패로다!"
하고 황급히 군사를 돌리려 하는데, 촉군이 마구 무찌르며 엄습해온다.
　위군이 대패하여 달아나니 촉군은 20여 리를 추격하다가, 등애의 군사가 구원하러 오는 것을 보고야 각기 군사를 거두었다.
　일단 자기편 군사를 구출한 등애는 장상에 올라앉아 사찬과 등충을 불러 꾸짖는다.
　"너희들은 어째서 싸우지도 않고 후퇴했느냐?"
　등충이 고한다.
　"적의 진영에서 제갈공명이 군사를 거느리고 나오기에, 그래서 멀리 달아났습니다."

등애가 노한다.

"비록 공명이 다시 살아났대도 내 뭣을 두려워하리요. 너희들이 경솔히 후퇴했기 때문에 이렇듯 패했으니, 마땅히 너희들의 목을 참하여 군법을 밝히리라."

모든 장수가 애써 말려, 등애는 겨우 용서하고, 사람을 시켜 정탐해오라 했다.

그 정탐꾼이 돌아와서 보고한다.

"실은 공명의 아들 제갈첨이 대장이 되고, 그 아들 제갈상은 선봉이 됐다고 하며, 수레 위에 앉았던 자는 나무로 새긴 공명의 조상彫像이었다고 합니다."

등애가 듣고서 사찬과 등충에게 분부한다.

"성공하느냐 실패하느냐가 이번 싸움에 달려 있으니, 너희들 두 사람이 또 지는 날이면 반드시 목을 참할 테다."

사찬과 등충 두 사람은 다시 군사 만 명을 거느리고 가서 싸우니, 제갈상이 필마단창으로 달려 나와 정신을 모으고 싸워 두 사람을 물리치는데, 이때 제갈첨이 좌우편 군사를 거느리고 달려 나와 바로 위진 속으로 쳐들어가서 좌충우돌하며 닥치는 대로 무찌르자, 위군은 크게 패하여 죽은 자만도 무수하며, 사찬과 등충은 중상을 입고 달아난다.

이에 제갈첨은 군사를 휘몰아 20여 리를 추격하여 영채를 세우고, 서로 대치했다.

사찬과 등충이 돌아가서 등애를 뵈니, 등애는 두 사람이 다 중상을 입고 온 것을 보고서 더 꾸짖지 않고, 모든 장수들과 상의한다.

"촉에 제갈첨이 있어 그 부친의 뜻을 잘 계승하고, 두 번 싸움에 우리 군사 만여 명을 죽였으니, 이제 속히 격파하지 않으면 뒤에 반드시 큰 불행이 닥쳐오리라."

감군 구본丘本이 고한다.

"장군은 어째서 서신을 보내어 그를 유인하지 않습니까?"

등애는 그 말을 좇아 마침내 서신 한 통을 써서 사자에게 주어 촉의 영채로 보냈다. 그곳의 수문장은 등애의 사자를 장막 아래로 끌고 가서 서신을 바치게 한다.

제갈첨이 받아 뜯어보니 등애가 보내는 서신이다.

정서장군 등애는 행군호위장군 제갈첨 휘하에 서신을 보내나이다. 근래의 뛰어난 인물을 깊이 살피건대 실로 귀공의 부친 같은 어른이 없었으니, 옛날에 초려에서 나오실 때 이미 천하가 삼국으로 나뉠 것을 예언하셨고, 마침내 형주와 익주 땅을 소탕하시고, 드디어 패업覇業을 성취하셨으니, 고금에 따를 자가 뉘 있으리요. 그 후 여섯 번이나 기산으로 진출하신 것은 그 지혜와 힘이 부족했기 때문이 아니라, 바로 하늘의 운수였음이라. 이제 후주는 어리석고 나약하여 왕의 기운이 이미 끝난지라. 등애는 이번에 천자의 명을 받들어 대군을 거느리고 촉을 쳐서 이미 그 땅을 다 점령했으니, 성도의 위기가 조석간에 임박했거늘, 귀공은 어째서 하늘의 뜻에 응하고 만천하의 인심을 따르고 의리를 좇아 항복하려고 하지 않으시오. 등애는 마땅히 천자께 상표하여, 귀공을 낭야왕으로 삼아 귀공의 조상을 빛나게 하리다. 이는 결코 거짓말이 아니니, 깊이 살피시라.

제갈첨은 다 읽고 벌컥 화를 내며 그 서신을 찢어버린다. 그리고 무사에게 호령하여 그 당장에서 사자를 참하고, 따라온 자에게 사자의 목을 주어 위군의 진영으로 돌려보냈다.

등애는 사자의 목을 보자 또한 노기 충천하여 곧 싸우러 가려 한다.

구본이 간한다.

"장군은 경솔히 출전하지 마십시오. 마땅히 적을 기습해서 이겨야 합니다."

등애는 그 말을 옳게 여겨, 마침내 천수 태수 왕기와 농서 태수 견홍에게 군사를 거느리고 뒤에 매복하라 분부한 뒤에 친히 군사를 거느리고 갔다.

이때 제갈첨도 싸움을 걸 생각인데, 마침 등애가 친히 군사를 거느리고 왔다고 한다. 제갈첨은 화를 내며 군사를 거느리고 나가서 바로 위진으로 쳐들어가니, 등애가 패하여 달아난다.

제갈첨이 군사를 휘몰아 그 뒤를 추격해가는데, 한 방 포 소리가 나더니 양쪽에서 적의 복병이 쏟아져 나오는지라, 촉군은 대패하여 면죽성으로 물러갔다.

등애가 즉시 면죽성을 포위하고, 위군이 일제히 함성을 지르며 철통처럼 조여든다.

성안에서 제갈첨은 사태가 급박함을 깨닫고, 서신을 써서 창화彰和에게 주어 동오로 구원을 청하러 떠나 보냈다. 창화는 밤중에 성을 나가 덤벼드는 적군을 무찌르고 무사히 벗어나, 곧장 동오로 달린다. 동오에 당도한 그는 오주 손휴를 뵙고, 제갈첨의 서신을 바치며 사세가 급박함을 고했다.

오주 손휴가 서신을 보고 모든 신하와 상의한다.

"촉이 위급하니, 과인이 어찌 앉아서 보기만 하며 구원하지 않을 수 있으리요."

이에 노장 정봉丁奉을 주장으로, 정봉丁封과 손이孫異를 부장으로 삼아 군사 5만 명을 내주며, 촉을 구원하라 명령했다.

정봉은 영을 받자 정봉丁封과 손이에게 군사 2만 명을 주어 면중沔中 땅으로 나아가게 하고, 자신은 친히 군사 3만 명을 거느리고 수춘 땅으로 나아간다. 즉 세 방면에서 구원할 작정이었다.

한편, 제갈첨은 기다려도 구원병이 오지 않는지라, 모든 장수에게,

"이렇게 지키고만 있는 것이 좋은 계책은 아니다."

하고 마침내 아들 제갈상과 상서尚書 장준張遵에게 성을 맡기고, 친히 무장하여 말에 올라 삼군을 거느리고 세 성문을 활짝 열고 나가서 무찌르니, 등애는 군사를 거두어 물러간다.

제갈첨은 힘을 분발하여 뒤쫓아가며 시살하는데, 한 방 포 소리가 들리더니 사방에서 적군이 모여들며 단단히 에워싼다. 그가 군사를 거느리고 좌충우돌하여 적군 수백 명을 죽였을 때였다.

등애의 명령이 떨어지자 위군이 일제히 활을 쏘니, 촉군은 사방으로 흩어지고, 제갈첨은 화살에 맞아 말에서 떨어진다.

제갈첨은

"나의 힘이 다했으니, 마땅히 한 번 죽어 나라에 보답하리라!"

크게 외치고, 드디어 자기 목을 칼로 쳐서 죽었다.

그 아들 제갈상은 성 위에서 부친이 싸우다가 죽는 것을 바라보자 노기 충천하여 즉시 무장하고 말에 오른다.

장준이 간한다.

"소장군小將軍은 경솔히 나가지 마시오."

"우리 조祖·부父·자子 3대는 국가로부터 많은 은혜를 입었다. 이제 부친이 적군과 싸우다가 세상을 떠나셨으니, 난들 살아서 무슨 소용이 있으리요."

하고 제갈상은 말에 채찍질하여 쏜살같이 달려나가, 적진에서 싸우다

가 마침내 죽었다.

후세 사람이 시를 지어 제갈첨과 제갈상 부자를 찬탄하였다.

충신이 홀로 계책이 부족해서 그런 것이 아니라
하늘이 한(유劉씨)나라를 없애려고 했기 때문이다.
그 당시 제갈양은 훌륭한 자손을 두어서
참으로 절개와 의리가 무후의 작위를 계승할 만했도다.

不是忠臣獨少謀

蒼天有意絶炎劉

當年諸葛留嘉胤

節義眞堪繼武侯

등애는 그 충성을 가상히 여겨 제갈첨·제갈상 부자를 합장해준 뒤
에, 기회를 놓치지 않고 면죽성을 공격한다.

성안의 장준·황숭黃崇·이구李球는 성에서 나와 대항하여 싸웠으나,
워낙 촉군은 적고 위군은 많아서 결국 세 장수도 전사했다.

등애는 면죽성을 점령하고 군사를 위로하며 마침내 성도를 향하여
쳐들어간다.

위기에 당면한 후주를 보라.
그 옛날 촉 땅 주인이었던 유장의 말로와 같다

試觀後主臨危日

無異劉璋受逼時

성도가 과연 위군을 막아낼지.

제118회

유심은 조상 묘에 통곡한 후 효도로써 죽고
서천으로 들어온 두 장수는 공로를 다투다

성도의 후주는 적장 등애가 면죽성을 점령하고 제갈첨 부자가 이미 죽었다는 보고를 듣자, 깜짝 놀라 급히 문무 백관을 소집하여 상의한다.

가까이 모시는 신하가 들어와서 아뢴다.

"성밖 백성들은 늙은이를 부축하고 어린것을 이끌고 곡성이 진동하며, 각기 살길을 찾아 도망갑니다."

후주는 놀라고 황망할 뿐 어찌할 바를 모르는데, 그때 파발꾼이 말을 달려와서 고한다.

"머지않아 위군이 성 아래까지 쳐들어올 것입니다."

여러 대신들이 의논한다.

"군사도 장수도 부족하니 적군을 맞이해서 싸울 수는 없는 노릇이오. 속히 성도를 버리고 남중南中의 7군郡(월준越雟, 주제朱提, 장가牂牁, 운남雲南, 흥고興古, 건녕建寧, 영창永昌)으로 가는 것만 못하오. 그곳은 산이 험악해서 스스로 지킬 만하니, 또한 만병蠻兵(남만南蠻 오랑캐 군사)을 빌려 다시 회복한다 해도 늦지는 않을 것이오."

200

광록대부光祿大夫 초주가 나선다.

"그건 안 될 말이오. 오래 전부터 배반한 남만 오랑캐들이오. 평소 우리는 그들에게 아무런 은혜도 베풀지 못했소. 지금 그런 곳으로 갔다가는 반드시 큰 불행을 당하오."

여러 대신들이 아뢴다.

"우리 촉과 오는 서로 동맹한 사이며, 지금은 사태가 매우 급하니 오나라로 가사이다."

초주가 또 간한다.

"자고로 다른 나라에 가서 천자 노릇을 한 경우는 없습니다. 신이 생각건대, 위는 오를 삼킬 수 있으나 오는 위를 정복하지 못합니다. 폐하가 오에 가서 신하 노릇을 하면 이는 첫 번째 굴욕이며, 만일 오가 위에게 망하면 폐하는 다시 위에게 신하 노릇을 하셔야 하니, 그러면 두 번 굴욕을 당하는 셈입니다. 그러니 오에 가시느니 차라리 위에게 항복하소서. 위는 반드시 땅을 나누어 폐하께 줄 것이니, 그러면 위로는 종묘를 지킬 수 있으며 아래로는 백성을 도탄에서 건질 수 있습니다. 바라건대 폐하는 깊이 생각하소서."

후주는 결단을 내리지 못하고 후궁으로 물러갔다.

이튿날도 여러 가지 의논만 분분한지라, 초주는 사태가 급함을 보고 다시 상소하고 간했다.

후주는 마침내 초주의 말을 좇아 나가서 항복하려는데, 갑자기 병풍 뒤에서 한 사람이 썩 나서며 큰소리로 초주를 저주한다.

"목숨을 아끼는 썩은 선비야! 네 어찌 감히 국가의 큰일에 참견하느냐. 자고로 항복하는 천자가 어디에 있다더냐!"

후주가 보니, 그는 바로 다섯째 아들인 북지왕北地王 유심劉諶이었다.

원래 후주는 아들 일곱을 두었으니, 장자는 유선劉璿이고, 차자는 유요劉瑤, 셋째 아들은 유종劉琮, 넷째 아들은 유찬劉瓚이요, 다섯째 아들이 바로 유심이요, 여섯째 아들은 유순劉恂, 일곱째 아들은 유거劉賈로, 이들 일곱 아들 중에서 유심이 어려서부터 총명하여 보통 사람보다 영특했을 뿐, 그 나머지는 다 착하거나 나약했다.

후주가 유심에게 말한다.

"이제 모든 대신들이 항복하기로 의논을 모았는데 너만 홀로 혈기방장한 용기를 주장하니, 그래 온 성안을 피로 물들이겠다는 거냐!"

유심이 대답한다.

"옛날에 선제(유비)께서 생존해 계셨을 때는 초주 따위는 감히 나라 정사에 참여하지도 못했습니다. 그러한 초주가 이제 망령되이 큰일에 나서서 함부로 되지못한 말을 하니, 이는 매우 이치에 어긋난 것입니다. 신이 생각건대 성도에는 아직도 수만 명의 군사가 있고, 강유의 군사가 온전히 검각 땅에 있으니, 만일 위군이 궁궐을 침범한다는 소식을 듣기만 하면 반드시 구원하러 올 것이며, 그때 안팎에서 협공하면 가히 큰 성공을 기할 수 있는데, 어찌 썩은 선비의 말만 믿고 선제께서 이루어놓으신 기반을 경솔히 버리려 하십니까?"

후주가 꾸짖는다.

"너 같은 어린것이 어찌 하늘의 운수를 알리요."

유심이 머리를 조아리며 통곡한다.

"만일 형세와 힘이 다하여 큰 불행이 닥쳐오면, 마땅히 부자 군신父子君臣이 성을 등지고 한번 싸워 국가와 함께 죽어 선제를 뵙는 것이 옳거늘, 어찌 항복한단 말씀입니까?"

후주가 듣지 않으니, 유심은 방성통곡한다.

"선제께서 세우신 그 어려운 기초를 이제 하루아침에 버리니, 나는 죽을지언정 굴욕을 당할 수는 없습니다."

후주는 가까이 모시는 신하에게 명령하여 유심을 궁문 밖으로 몰아냈다.

마침내 초주에게 항서降書를 짓게 하여 사서시중私署侍中 장소張紹와 부마도위駙馬都尉 등양鄧良에게 내주고, 초주와 함께 옥새를 가지고 가서 항복하도록 낙성으로 보냈다.

한편, 등애는 매일 완전 무장한 기병 수백 명을 시켜 성도를 정탐하고 있었는데, 그날 성 위에 항복하는 기가 오른 것을 보고 기뻐하는 중에, 장소 일행이 왔다고 한다.

사람을 시켜 영접해 들이니, 장소 · 등양 · 초주 세 사람이 계단 아래서 절하며 엎드려 항복하는 문서와 옥새를 바친다.

등애는 항서를 뜯어보고 흡족해하며 옥새를 받고, 초주 · 장소 · 등양 등을 극진히 대접한 다음 답장을 써서 세 사람에게 내주며, 성도에 돌아가서 민심을 안정시키도록 했다.

세 사람은 등애에게 하직하는 절을 하고, 곧장 성도로 돌아가서 후주를 뵙고 답장을 바치며, 등애가 극진히 대우하던 일을 자세히 보고한다.

후주는 답장을 뜯어보더니 매우 좋아하며, 즉시 태복太僕 장현蔣顯에게 칙서를 주어 강유에게 속히 항복하라는 뜻을 전하도록 떠나 보내고, 다시 상서랑尙書郞 이호李虎를 보내어 등애에게 국가 문서를 바쳤다.

그 내용은 호구戶口가 28만이요, 남녀 총인구가 94만 명이요, 무장한 장수와 군사가 총 10만 2천 명이요, 관리가 4만 명이요, 국고에 쌓인 곡식이 40여만 석이요, 금과 은이 2천 근이요, 무명과 비단과 명주가 각 2만 필이요, 그 밖의 창고에 있는 물건 목록은 미처 다 적지 못하고 있었다.

12월 초하룻날을 택하여 임금과 모든 신하는 나가서 항복하기로 했다. 북지왕 유심은 이 소식을 듣고 분노를 참을 수 없어, 궁으로 들어가려고 허리에 칼을 찬다.

그 부인 최崔씨가 묻는다.

"오늘 대왕의 얼굴빛이 평소와 다르니, 웬일이십니까?"

"위군이 장차 쳐들어오게 되자 부친인 폐하께서 이미 항복할 뜻을 전하시고, 내일이면 임금과 신하가 나가서 항복한다고 하니, 이제 사직社稷(국가)이 망하게 됐소. 내 차라리 먼저 죽어 지하에 가서 선제를 뵙고, 적에게 무릎을 꿇지 않을 작정이오."

부인 최씨가 말한다.

"죽을 장소를 판단하셨으니 어질고 어지시오. 청컨대 첩이 먼저 죽고, 왕께서 죽어도 늦지는 않으시리다."

"그대가 왜 죽으려 하오?"

"왕은 부친을 위해 죽고 첩은 남편을 위해 죽으니 그 뜻은 마찬가지라. 남편이 죽는데 첩이 죽는 이유를 물으실 것 있나이까?"

최부인은 말을 마치자 기둥에 머리를 짓찧어 쓰러져 죽었다.

이에 유심은 자기 아들 세 명을 죽이고, 아울러 아내의 목을 베어서 들고 소열묘昭烈廟(유비를 모신 사당)에 가서 엎드려 통곡한다.

"신은 국가의 기초를 남에게 넘겨주는 것을 보기가 부끄러워서 먼저 아내와 자식들을 죽여 이승에 대한 미련을 끊어버리고, 이제 저승으로 가서 할아버님(유비)께 보답하려 합니다. 할아버님께서는 영혼이 있으시다면, 이 손자의 마음을 살피소서."

방성통곡하니 눈에서 피가 흐른다. 마침내 유심은 자기 목을 칼로 치고 죽었다. 촉 땅 사람들은 이 사실을 듣고 슬퍼하지 않는 자가 없었다.

후세 사람이 시를 지어 북지왕 유심을 찬탄하였다.

　　　임금과 신하는 기꺼이 무릎을 꿇는데

한 아들이 홀로 슬퍼하고 애달파하도다.

만사는 끝났다, 서천(촉)의 일이여

씩씩하구나, 북지왕이여

몸을 버려 열조(유비)에 보답하고

스스로 목을 쳐서 하늘에 울었도다.

늠름하구나, 그 인물이 살아 있는 듯하니

한나라가 망했다고 누가 말할 수 있으리요.

君臣甘屈呻

一子獨悲傷

去矣西川事

雄哉北地王

殞身酬烈祖

搔首泣穹蒼

凜凜人如在

誰云漢已亡

후주는 북지왕이 자결했다는 소식을 듣고 사람을 시켜 장사지내줬다.

이튿날, 위군이 크게 이르니, 후주는 태자와 모든 왕과 신하들 60여 명을 거느리고 스스로 뒷결박을 하고, 널을 싣는 수레를 타고(항복하는 옛 의식) 북문 10리 밖에 나가서 항복했다.

등애는 후주를 부축해 일으키고 친히 그 결박을 풀어주며, 그 널 싣는 수레를 불태워버리고 함께 수레를 타고 성도성으로 들어갔다.

후세 사람이 이 일을 탄식한 시가 있다.

위군 수만 명이 서천으로 쳐들어오니

등애에게 항복하는 유선

후주는 목숨이 아까워서 자결하지 못했도다.

황호는 끝내 나라를 망칠 뜻이 있었고

강유는 세상을 건질 만한 재주를 수포로 끝냈도다.

충성을 다한 의사들의 마음은 어찌 이리도 열렬한가.

온전히 절개를 지킨 왕손(북지왕 유심)의 뜻은 애달프기만 하
도다.

소열(유비)이 경영한 바가 결코 쉬운 일이 아니었는데

하루아침에 그 공로와 업적이 잿더미로 변했도다.

魏兵數萬入川來

後主偸生失自裁

黃皓終在欺國意

姜維空負濟時才

全忠義士心何烈

守節王孫志可哀

昭烈經營良不易

一朝功業頓成灰

이에 성도 사람들은 향과 꽃을 갖추고 위군을 영접했다.

등애는 후주를 표기장군驃騎將軍으로 삼고, 그 밖의 문무 관리들에 대해서도 그 벼슬의 높고 낮음에 따라 각각 벼슬을 주었다. 그리고 후주를 궁으로 돌아가도록 청하고, 방문을 내걸어 백성들을 안심시키며 모든 창고를 인수했다.

또 태상 장준과 익주 별가 장소를 각 군으로 보내어 군사와 백성들을 안정시키고, 또 사람을 보내어 강유에게 항복하도록 권하는 동시에 사람을 낙양으로 보내어 승리를 보고했다.

등애는 환관 황호가 간특하고 음흉하여 촉을 이 지경으로 만들었다는 말을 듣고 잡아죽이려 했다. 그러나 황호는 많은 황금과 보물을 뇌물로 써서 화를 면했다.

이리하여 한나라는 완전히 망했다.

후세 사람이 망한 한나라와 그 옛날 제갈무후(제갈양)를 회상한 시가 있다.

원숭이와 새도 군령을 두려워하고

바람과 구름은 길이 진과 영채를 지켰도다.

상장(공명)은 신 같은 붓을 헛되이 휘둘렀고

마침내 항복한 왕이 수레를 달리는 결과가 됐도다.

관중管仲과 악의樂毅 같은 재주가 있어 공명은 끝내 위대했으며
관운장과 장비는 죽었으니 별도리가 없었도다.
이후 금리 땅의 사당을 지나면
「양보음」의 남은 한이 무궁하리라.

猿鳥猶知畏簡書

風雲長爲護儲胥

徒勞上將揮神筆

終見降王走傳車

管樂有才眞不愧

關張無命欲何如

他年錦里經祠廟

梁父吟成恨有餘

한편 태복 장현은 검각 땅에 이르러 강유에게 칙명을 전하며 위군에게 항복하라 했다.

강유는 너무나 놀라 대답도 못한다.

장하의 모든 장수들은 이 일을 알자 일제히 원망하며 이를 갈고, 분노한 눈을 부릅뜨며 수염과 모발이 치솟으며 칼로 돌을 치고 큰소리로 외친다.

"우리가 죽기를 각오하고 싸우는데, 어째서 먼저 항복했단 말이냐!"

통곡하는 울음 소리가 수십 리에서 일어난다.

강유는 그래도 인심이 한나라를 생각하는 것을 보자 좋은 말로 위로한다.

* 이 시는 만당晩唐 시인 이상은李商隱이 지은 것이다. 「양보음」은 제갈양이 생전에 지어 즐겨 읊었던 시다.

"모든 장수는 근심하지 말라. 나에게 계책이 있으니, 한나라 황실을 다시 일으키리라."

장수들은 그 계책이 뭔가를 묻는다.

강유는 모든 장수들에게 낮은 목소리로 그 계책을 말하고, 즉시 검각 관소에다 항복하는 기를 두루 꽂은 뒤에, 사람을 먼저 종회의 영채로 보내어 통보했다.

"강유가 장익·요화·동궐을 거느리고 항복하러 옵니다."

종회는 매우 흡족하여 사람을 시켜 강유 일행을 영접해 들였다.

강유가 장막으로 들어가니, 종회는 말한다.

"장군은 왜 이리도 늦게 왔소?"

강유는 정색하며 눈물을 주르르 흘린다.

"국가의 모든 군사가 내 밑에 있으니, 오늘 여기 온 것도 오히려 빠른 편이오."

종회는 자리에서 내려와 맞절을 하고, 강유를 상빈으로 대접한다.

강유가 종회에게 말한다.

"듣건대 장군은 회남 땅 싸움(제112회 참조) 이래 계책을 쓰되 한 번도 실수가 없었으니, 사마씨가 오늘날 성대히 일어난 것도 실은 다 장군의 힘이오. 그래서 강유는 진심으로 머리를 숙여 장군에게 항복한 것이오. 만일 등애를 상대했다면 나는 목숨을 걸고 싸웠지 결코 이렇듯 항복하지는 않았소."

종회는 그 말이 어찌나 솔깃했는지, 마침내 화살을 꺾어 맹세하며 강유와 의형제를 맺었다. 종회는 강유와 나날이 친밀해지자, 강유에게 지난날처럼 군사를 거느리라고 군사를 도로 내줬다.

강유는 마음속으로 은근히 반기며, 장현을 성도로 돌려보냈다.

한편, 등애는 사찬을 익주 자사로 삼고, 견홍·왕기 등에게 모든 주와 군을 다스리게 하며, 자신은 면죽 땅에다 대를 쌓아 전공戰功을 드날렸다.

등애는 촉 땅의 모든 관리를 한곳에 모으고, 잔치 자리에서 얼근히 취하자 굽어보며 말한다.

"너희들은 다행히도 나를 만났기 때문에 오늘날이 있음이로다. 만일 다른 장군을 만났더라면 너희들은 벌써 다 죽었을 것이다."

모든 관리들은 일어서서 절하고 감사한다.

이때 장현이 돌아와서 보고한다.

"강유는 자진해서 종회 장군에게 항복했습니다."

등애는 종회를 시기하는 마음이 나는지라, 마침내 서신을 써서 낙양의 진공 사마소에게 보냈다.

신 등애는 생각건대, 무릇 싸움은 먼저 적을 성토聲討하고 난 뒤에 실력을 보여야 합니다. 이제 촉을 평정한 기세를 몰아 이 기회에 오를 쳐야 할 때라고 생각합니다. 그러나 이번의 거사로 말미암아 장수와 군사가 극도로 피곤해서 계속 쓸 수가 없으니, 마땅히 농우의 군사 2만 명과 촉군 2만 명을 남겨두어, 소금을 굽고 철광을 개발하게 하며, 아울러 배를 만들어 순조로이 오를 칠 준비부터 하고, 그런 뒤에 사신을 보내어 이해利害로써 타이르면 직접 가서 치지 않아도 오가 저절로 항복하리다. 더구나 지금은 유선을 잘 대접해줘야만 손휴(오주)를 안심시킬 수 있습니다. 만일 유선을 결박지어 낙양으로 압송하면, 오나라 사람들은 겁을 먹고 장차 우리에게 귀순하지 않을 것입니다. 그러니 유선을 그냥 촉에 뒀다가 내년 겨울에 낙양으로 보내기로 하고, 그 동안은 부풍왕扶風王으로 봉하여 재물을 주고, 좌우에 모실 사람을 붙여주고, 그 아들들에게 공

전공을 다투는 등애와 종회

경公卿 벼슬을 주어, 항복한 자에겐 이렇듯 은총을 베푼다는 것을
널리 선전하면, 오나라 사람들도 위엄과 덕화에 감화되어 귀순하
리다.

사마소는 등애가 매사를 제 맘대로 하는구나 하고 의심이 났다. 그래
서 먼저 자신의 친서를 위관에게 주어 보내고, 뒤따라 등애에게 벼슬을
봉한다는 조서를 보냈다. 그 조서에 하였으되,

정서장군 등애여, 기상을 분발하고 위엄을 빛내며, 적의 영토에
깊이 들어가서 함부로 천자라 일컫는 자의 목을 옭아 항복시켰도
다. 군사들은 기일을 넘기지 않고 쳐 무찔러 파촉을 평정했으니, 옛

날 백기白起(전국 시대 진나라 명장)가 강한 초나라를 격파하고 한신韓信(한 고조의 명장)이 굳센 조趙나라를 꺾은 공로보다도 크고 크도다. 이에 등애를 태위로 삼아 2만 호의 영지를 더 하사하며, 두 아들을 정후亭侯로 삼고 각각 식읍食邑 천 호를 하사하노라.

등애가 조서를 받고 나자, 감군監軍 위관은 사마소의 친서를 전한다.

그 내용은 '지난날 보낸 서신의 뜻은 잘 알겠으나, 일단 천자께 아뢰고 재가를 받아야 하니, 결코 맘대로 일을 하지 말라'는 것이었다.

등애는 분노하여,

"장수가 외방外方에 있을 때는 임금의 명령도 듣지 않는 법이다. 내가 천자의 칙명을 받아 오로지 싸워서 이겼는데, 누가 나의 행동을 막는단 말이냐!"

하고 마침내 답장을 써서 낙양으로 보냈다.

한편, 이때 조정에서는 '등애가 반드시 반역할 것이라'는 말이 떠돌던 차라, 사마소는 더욱 의심이 나고 미운 생각이 드는데, 홀연 사자가 돌아와서 등애의 답장을 바친다.

등애는 칙명을 받들고 서쪽을 쳐서 이미 그 원흉의 항복을 받았으니, 마땅히 형편 따라 일을 처리해야만 서촉 전역을 무마할 수 있습니다. 만일 국가의 명령을 기다리자면, 사자들이 먼 길을 왕복하는 동안에 공연히 세월만 허비하게 될 것입니다. 옛 『춘추春秋』(공자의 편저編著) 대의大義에 의하면, '장수가 국외에 나가서 싸워 사직을 편안히 하고 국가에 이익이 있을 경우에는, 매사를 맘대로 처리해도 괜찮다'고 했습니다. 아직 항복하지 않고 있는 오의 세력은 촉과 서로 동맹한 처지이니, 이런 비상 시국을 평상시처럼 처리하다가는 중요한 기회를 놓치고 맙니다. 병법에 이르기를, '진격하되 개인적인 명예를 구하지 말며, 물러서되 책임을 회피하지 말라'고 했습니다. 등애는 비록 옛사람과 같은 절개는 없으나 결코 안이한 생각으로 국가의 손실을 초래하지는 않을 것입니다. 이처럼 거듭 사태를 말씀 드리니 모든 일을 양해하십시오.

사마소는 등애의 답장을 보고 깜짝 놀라, 황망히 가충과 상의한다.

"등애가 공로만 믿고 잔뜩 교만하여 제 맘대로 일을 처리하려 드니, 이제 반역할 속뜻이 다 드러났다. 어찌하면 좋을꼬?"

가충이 대답한다.

"주공은 어찌하여 종회에게 높은 벼슬을 봉함으로써 등애를 견제하지 않습니까?"

사마소는 그 말을 좇아 사자에게 조서를 주어 보내니, 종회를 사도司徒로 봉하고, 위관에게는 두 방면 군사를 감독할 권한을 부여한다는 내용이었다. 그리고 위관에게 보낸 친서는 '종회와 함께 등애의 일거수일투족을 살피되, 변란이 일어나지 않도록 사전에 막으라'는 내용이었다.

종회가 조서를 받아보니,

진서장군 종회여, 가는 곳마다 대적할 자가 없음이라. 앞에는 강한 적이 없어 모든 성을 제압하고 모조리 항복받았으니, 촉을 대표하는 장수가 자진해서 귀순했도다. 계책을 세우면 실수가 없고 일을 시작하면 공로를 세웠도다. 이에 그대를 사도로 삼고, 벼슬을 올려 현후縣侯로 봉하고 영지 만 호를 더 하사하고, 두 아들도 정후로 봉하며 각기 천 호를 하사하노라.

종회는 승급한 벼슬을 받고, 강유와 상의한다.

"등애는 나보다 공이 많다 하여 태위 벼슬을 받았으나, 사마공司馬公은 등애가 반역할 뜻을 품은 줄로 의심하고, 위관에게 모든 군사를 감찰하게 하며, 나에게 이처럼 조서를 내려 견제하게 하니, 그대는 이런 때에 무슨 좋은 의견이라도 있소?"

강유가 대답한다.

"내가 듣건대, 등애는 원래 미천한 출신으로서 어렸을 때는 농사짓는 집에서 송아지나 기르던 신분입니다. 그러던 그가 이번에 요행히도 험한 음평 땅 사잇길로 접어들어 나무를 잡아 기어오르고 절벽에서 굴러 내려와 이런 큰 공로를 세웠으니, 이는 그의 지혜가 출중했기 때문이 아니며 실로 국가의 큰 복에 힘입은 바입니다. 또 장군이 검각에 있던 나를 견제하지만 않았다면, 등애가 혼자서 어찌 그런 성공을 거둘 수 있었겠습니까. 이제 등애가 촉주(후주)를 부풍왕으로 삼고 촉 땅 인심을 크게 단결시키려고 서두르니, 그 반역할 속셈이 말하지 않아도 다 드러났습니다. 그러니 진공(사마소)이 의심하는 것도 당연합니다."

종회는 귀가 솔깃해져 연방 머리를 끄덕인다.

강유가 계속 말한다.

"청컨대 좌우 사람들을 물러가라 하십시오. 한 가지 은밀히 드릴 말씀이 있습니다."

종회는 좌우 사람들을 다 내보냈다.

그제야 강유는 소매 속에서 지도 한 장을 내어 종회에게 보이며,

"옛날 제갈무후께서 초당草堂을 나올 때 먼저 이 지도를 선제(유비)께 바쳤습니다."

하고 계속 말한다.

"그때 제갈무후는 '익주 땅은 기름진 들이 천 리며 백성은 넉넉하고

214

나라는 부유하니, 패업을 일으킬 수 있습니다'라고 말했다 합니다. 그래서 선제는 마침내 성도에서 창업의 기틀을 세웠던 것입니다. 이제 등애가 이런 좋은 지역을 손아귀에 넣었으니 어찌 딴생각을 품고 미쳐 날뛰지 않을 리가 있겠습니까."

종회는 매우 기뻐하며 산천 형세를 물으니, 강유가 지도를 가리키며 일일이 대답한다.

종회가 또 묻는다.

"등애를 없애버리자면 어떤 계책을 써야 하겠소?"

"진공이 그를 의심하고 있으니 이 기회에 급히 표문을 보내어 등애가 반역한 상황을 알리십시오. 그러면 진공은 반드시 장군에게 등애를 치라는 명령을 내릴 것이니, 그때 거사하면 단번에 사로잡을 수 있습니다."

종회는 그 말을 좇아 즉시 표문을 낙양으로 보내니, 그 글은 등애가 자못 월권 행위를 하고 촉 땅 사람들을 단결시키니, 조만간에 반드시 반역할 것이라는 내용이었다.

이러한 표문을 받은 조정의 문무 백관은 다 놀랐다.

뿐만 아니라, 그 후 종회는 사람을 시켜 낙양으로 가는 등애의 표문을 도중에서 빼앗고, 그 필적을 본떠 오만 불손한 말로 내용을 바꾸어 의심할 여지가 없도록 써서 보냈다.

사마소는 등애의 표문을 보고 화가 치밀어, 즉시 종회에게 사람을 보내어 등애를 치라는 영을 내리고, 가충에게 군사 3만 명을 주어 사곡으로 나아가라 하고, 자신은 친히 위주 조환과 함께 출정할 준비를 서둘렀다.

서조연 소제가 간한다.

"종회의 군사는 등애의 군사보다도 여섯 배나 많습니다. 종회를 시켜 등애를 쳐도 충분한데, 하필이면 주공께서 친히 가려 하십니까?"

사마소가 웃는다.

"너는 지난날의 말을 잊었는가. 그때 네가 말하기를, 결국은 종회가 반드시 반역할 것이라고 했으니, 내가 이번에 가는 것은 등애 때문이 아니라 실은 종회 때문이니라."

소제도 또한 웃는다.

"저는 주공께서 혹 그 일을 잊었을까 걱정이 되어서 한번 물어본 것입니다. 이제 뜻이 그러하시다면, 이 일을 은밀히 하고 결코 누설하지 마십시오."

사마소는 머리를 끄덕이며, 마침내 대군을 거느리고 출발했다.

이때 가충도 종회가 반역할지 모른다고 사마소에게 밀고했다.

사마소는 가충에게,

"너를 보낸다면 또한 너도 의심해야 할까. 어쨌든 장안에 당도하면 모든 일은 저절로 밝혀질 것이다."

하고 대답했다.

첩자에 의해 이런 사태는 먼저 종회에게 보고됐다.

"사마소가 대군을 거느리고 이미 장안에 당도했습니다."

이에 종회는 황망히 강유를 불러 등애를 사로잡을 일을 상의한다.

서촉을 항복받자 일이 끝났는가 했더니
또다시 장안에서 대군이 출동한다.
藥見西蜀收降將
又見長安動大兵

강유는 어떤 계책을 써서 등애를 잡을 것인가.

216

제119회

거짓 항복하여 교묘한 계책으로 일을 꾸미고
제위를 빼앗고 만사는 되풀이되다

종회는 등애를 잡을 일을 상의한다.

강유가 말한다.

"우선 감군 위관에게 영을 내려 등애를 체포하라 하십시오. 등애가 곱게 결박을 당하지 않고 위관을 죽이려 들면, 이는 반역한 증거가 됩니다. 그때 장군은 군사를 일으켜 등애를 치십시오."

종회는 공감하고 즉시 명령을 내린다.

"위관은 부하 수십 명을 거느리고 성도에 가서, 등애 부자를 체포하라."

위관이 떠나려 하는데, 부하 한 사람이 말린다.

"이는 종회 사도가 등애 태위의 손으로 장군을 죽이게 하려는 수작입니다. 그렇게 함으로써 등애가 반역했다는 증거로 삼을 속셈이니, 장군은 가지 마십시오."

"나에게도 생각이 있으니 염려 마라."

하고, 위관은 격문 2, 30통을 만들어 먼저 보냈다.

그 내용은 이러했다.

이제 천자의 조서를 받고 등애를 체포하나니, 그 외 사람들은 아무 죄도 없다. 이 격문을 보고 속히 와서 복종하면 벼슬과 상을 더 줄 것이요, 만일 나오지 않는 자에 대해서는 삼족을 멸하리라.

그러고 나서 위관은 함거 두 대까지 장만해가지고 밤낮을 가리지 않고 성도로 달린다.

한편, 등애의 직속 장수들은 새벽닭 울 무렵에 격문을 받아 보고, 모두 위관을 영접하러 나와서 그 말 앞에 절한다.

이때 등애는 부중에서 아직 일어나기도 전이었다.

위관이 수십 명 부하를 거느리고 갑자기 들어서면서 크게 외친다.

"천자의 칙명이시다. 등애 부자를 잡아내라!"

등애는 자다 말고 깜짝 놀라 침상 밑으로 굴러 떨어진다. 위관이 꾸짖자, 무사들은 등애를 냉큼 결박하고 수레 위에 실었다.

이때, 그 아들 등충은 영문을 몰라 그 까닭을 물으러 나왔다가, 그 자리에서 잡혀 또한 수레 위에 결박당했다.

부중의 장수들과 관리들은 뜻하지 않은 광경에 화들짝 놀라, 제각기 손을 써서 등애 부자를 빼앗으려고 덤벼드는데, 벌써 저편에서 누런 먼지가 한바탕 일어나지 않는가.

어느새 파발꾼이 말을 달려 들어오면서 외친다.

"종회 사도께서 대군을 거느리고 당도하셨다."

그제야 부중의 장수와 관리들은 사방으로 흩어져 달아난다.

이윽고 종회와 강유는 말에서 내려 부중으로 들어와, 이미 결박당한 등애 부자를 노려보며 가까이 간다.

종회는 말채찍을 들어 등애의 목덜미를 후려갈긴다.

"네 이놈! 소 치던 소인 놈이 어찌 감히 이럴 수 있느냐?"

강유도 또한 등애를 저주한다.

"되지못한 놈이 요행수만 믿고 위험한 짓을 하더니, 결국 오늘날 이 꼴이 됐구나!"

이에 등애도 지지 않고 종회와 강유를 매우 저주한다.

종회는 등애 부자를 낙양으로 보내고, 일제히 성도 안으로 들어가서 등애의 소속이었던 군사와 군마를 모조리 장악하니, 그 위엄이 크게 떨친지라, 강유에게 말한다.

"오늘에야 비로소 내 평생 소원하던 바에 이르렀도다."

강유가 속삭인다.

"옛날에 한신(한 고조의 공신이었으나 나중에 죽음을 당했다)은 괴통刺通이 봉기하라고 권고하는 말을 듣지 않다가, 마침내 미앙궁未央宮에서 여후呂后의 손에 죽음을 당했습니다. 또 월越나라 문종文鍾(전국 시대 때 구천句踐을 도와 오吳를 격파했으나 결국 죽음을 당했다)은 범여范蠡를 따라 5호湖로 떠나가지 않았기 때문에 결국 죽음을 당했습니다. 그들 두 사람은 큰 공로를 세웠건만, 이해에 밝지 못하고 사태를 관찰하는 눈이 빠르지 못해서 원통한 죽음을 당한 것입니다. 그런데 이제 귀공은 큰일을 성취하여 그 위엄이 주인보다도 더하거늘, 어째서 모든 벼슬을 버리고 아미산峨嵋山에 올라가 옛 적송자赤松子(한 고조의 공신인 장양張良)처럼 놀지 않습니까?"

종회가 웃는다.

"그대 말은 옳지 못하다. 내 나이 마흔도 못 됐으니, 보다 앞으로 나아가야지 어찌 은퇴하여 한가한 일을 하리요."

"은퇴할 생각이 없으시다면 빨리 좋은 계책을 도모하십시오. 그만한 것은 총명한 귀공께서 능히 할 수 있는 일이니, 이 늙은 사람은 이 이상 잔소리를 않겠소이다."

종회는 연방 손바닥을 쓰다듬으며 껄껄 웃는다.

"그대가 내 맘을 아는도다."

두 사람은 이때부터 큰일을 일으키고자 날마다 상의했다.

이런 상황에서 강유는 비밀리에 후주에게 글을 보냈다. 그 내용은 이러했다.

바라건대 폐하는 며칠만 굴욕을 참고 견디소서. 이 강유는 망해가는 사직을 다시 일으켜, 희미한 해와 달을 다시 밝히고, 반드시 한나라가 망하지 않게 하리다.

그날도 종회는 강유와 함께 반역할 일을 의논하는데, 돌연 사마소의 서신이 왔다고 고한다.

받아보니 그 내용은, '나는 장군이 등애를 잡지 못할까 걱정이 되어 친히 군사를 거느리고 장안에 와 있는데, 서로의 거리가 가까워졌기에 우선 알린다'는 것이었다.

종회는 소스라치게 놀라,

"나의 군사는 등애의 군사보다도 몇 배나 더 많으니 내게 맡겨두면 걱정할 것이 없건만, 진공(사마소)은 내가 혼자서 모든 일을 맘대로 처리할까 봐 지금 친히 군사를 거느리고 장안에 와 있다니, 이는 필시 나를 의심함이로다."

하고 대책을 의논한다.

강유가 말한다.

"자고로 임금이 신하를 의심하면 그 신하는 죽게 마련입니다. 예를 들 것도 없이 등애가 당한 꼴을 보지 못했습니까?"

종회가 단호히 말한다.

"나는 결심했소. 일이 성공하면 천하를 얻고, 실패할지라도 이곳 서촉에 물러앉아 유비가 마련해놓은 이 기반을 잃지는 않으리라."

강유가 속삭인다.

"요즘 들으니 곽태후郭太后가 죽었다고 합디다. 그러니 '임금을 죽인 사마소를 치고, 그놈의 죄를 밝히라'는 곽태후의 유서 한 통을 가짜로 만들어 공포하고 귀공의 힘을 세상에 펴면, 가히 중원을 주름잡을 수 있소이다."

"그대는 마땅히 선봉이 되시오. 성공한 후에는 함께 부귀를 누리리라."

"미미하나마 견마의 정성을 다 바치겠습니다만, 장수들이 복종하지 않을까 걱정이오."

종회가 명령하듯 말한다.

"내일은 정월 대보름이니, 고궁에 많은 등불을 밝히고 모든 장수를 잔치 자리에 불러들여 마시겠소. 그때 만일 복종하지 않는 자가 있거든 모조리 참해버리시오."

강유는 마음속으로 은근히 기뻤다.

이튿날, 종회와 강유는 모든 장수들을 잔치에 오라 하여 함께 술을 마신다. 술이 몇 순배 돌았을 때였다. 종회가 술잔을 잡고 대성 통곡한다.

모든 장수가 놀라며 우는 까닭을 물으니, 종회는 대답한다.

"곽태후께서 세상을 떠나실 때 남기신 조서가 여기 있다. 사마소는 남궐에서 임금을 죽인 무도한 역적 놈이니, 조만간에 우리 위나라를 가로챌 것인즉 나에게 그놈을 치라는 내용이시다. 너희들은 각기 여기에 서명하고, 함께 힘써 이 일을 성공시키자!"

장수들은 놀라 서로 얼굴만 쳐다본다.

종회는 칼집에서 칼을 쭉 뽑아 든다.

"명령에 복종하지 않는 자는 참하리라."

모든 장수는 겁이 나서 하는 수 없이 서명한다.

종회는 그들을 궁중에 감금하고, 군사들을 시켜 엄중히 감시했다.

강유가 권한다.

"내가 보기에는 모든 장수가 복종하지 않으니, 모조리 구덩이 속에 끌어 묻어버리십시오."

종회가 대답한다.

"내 이미 궁중에 구덩이 하나를 파게 했고 큰 몽둥이 수천 개를 준비하라 했으니, 만일 복종하지 않는 자가 있으면 쳐죽여 묻어버리리라."

이때, 종회의 심복 부하인 구건이 곁에서 들었다. 구건은 또한 호군 호열 밑에 있던 옛 부하였다. 그런데 이때 호열은 여러 장수들과 함께 궁중에 감금되어 있었다. 그래서 구건은 궁중에 몰래 들어가서 종회가 한 그 끔찍한 말을 호열에게 알려줬다.

호열은 깜짝 놀라 울며 사정한다.

"내 아들 호연胡淵이 지금 군사를 거느리고 외방에 가 있으니, 종회의 이런 흉악한 뜻을 어찌 알 수 있으리요. 그대는 지난날 내 밑에 있었던 정리를 생각해서 이 소식을 아들에게 알려만 준다면, 나는 죽어도 한이 없겠노라."

"장군은 지난날 나에게 많은 은혜를 베푸셨습니다. 염려 마십시오. 내가 알아서 잘하리다."

하고, 구건은 도로 나와 종회에게 가서 고한다.

"감금당한 장수들이 물과 음식을 얻어먹기가 불편한 모양입니다. 주공께서는 한 사람을 시켜 그들의 편리를 보아주도록 분부하십시오."

종회는 원래 구건의 말이면 잘 들어주던 터였다.

"그럼 네가 그들을 잘 살펴라. 이는 너에게 중대한 일을 맡기는 것이니, 결코 나의 비밀을 누설하지 마라."

"주공은 안심하소서. 제가 사람을 엄격히 다루는 법을 알고 있습니다."

이에 구건은 호열과 친한 사람 한 명을 몰래 그곳으로 끌어들여 상면시켰다. 호열은 밀서 한 통을 써서 그 사람에게 주고 부탁했다.

그 사람은 그 밀서를 가지고 급히 호연이 주둔하고 있는 영채로 달려가서, 자세한 내용을 말하며 그 밀서를 전했다. 호연은 부친의 비밀 서신을 읽자 크게 놀라, 마침내 모든 영채에 그 서신을 돌리고 사태를 낱낱이 알렸다.

영채의 모든 장수는 각기 노기 충천하여, 호연의 영채로 몰려와서 대책을 상의한다.

"우리가 죽으면 죽었지 어찌 반역한 신하를 따르겠는가!"

호연이 말한다.

"정월 18일에 우리는 함께 성도로 쳐들어가서 이러이러히 합시다."

감군 위관은 호연의 계책을 반기며, 즉시 군사를 정돈하는 한편, 구건을 시켜 호열에게 거사할 일을 알렸다.

호열은 함께 갇혀 있는 모든 장수들에게 이 소식을 귀띔해줬다.

어느 날, 종회는 강유를 불러 묻는다.

"어젯밤 꿈에 수천 마리 큰 뱀이 몰려와서 나를 물었으니, 길조인지 흉조인지 모르겠도다."

강유가 대답한다.

"꿈에 용이나 뱀을 보면 다 길한 징조입니다."

종회는 그 말을 믿고 기뻐한다.

"구덩이도 몽둥이도 이미 준비됐으니, 모든 장수를 끌어내어 그 뜻을 하나하나 물어보면 어떻겠소?"

"그놈들은 다 속으로 복종하지 않고 있소. 그대로 오래 뒀다가는 우리에게 큰 해가 될 테니, 이 기회에 빨리 죽여버리십시오."

장수들의 반란으로 불타는 성도

　종회가 머리를 끄덕인다.

　"그럼 그대가 무사들을 거느리고 가서, 위나라 장수들을 몽땅 죽여버리시오."

　강유는 명령을 받고 곧 행동을 개시하려는데, 갑자기 가슴이 쑤시고 아파서 쩔쩔매더니 그만 땅바닥에 쓰러져 기절한다. 주위 사람들이 급히 부축해서 일으키니, 반 식경이나 지나서야 겨우 깨어났다.

　그때 궁 밖에서 아우성 소리가 물 끓듯한다.

　종회가 사람을 시켜 알아오도록 했을 때, 함성이 진동하며 사면팔방에서 무수한 군사가 들이닥친다.

　강유가 종회에게 말한다.

　"저건 필시 모든 장수들이 발악하는 것이니, 먼저 그들부터 모조리 참하십시오."

마침 군사 한 사람이 달려 들어와 고한다.

"군사들이 이미 안으로 들어섰습니다."

종회는 정전正殿의 문을 닫아걸게 하고, 군사들을 지붕 위로 올려 보내어 기와를 벗겨 싸우게 했다.

서로 싸우며 수십 명이 죽었을 때, 궁 바깥 사방에서 불이 일어나고, 정전 문이 부서지면서 바깥 군사들이 몰려들어온다. 종회는 친히 칼을 뽑아 들고 달려드는 자들을 선 자리에서 몇 명 죽이다가, 어지러이 날아드는 화살에 맞아 쓰러지니 모든 장수가 그 목을 선뜻 베어 들어올린다.

강유는 칼을 뽑아 정전 위에서 오고 가며 닥치는 대로 쳐죽이는데, 점점 가슴이 쑤시고 아파서 하늘을 우러러 크게 외친다.

"나의 마지막 계책이 성공하지 못한 것은 바로 하늘의 뜻이로다!"

하고 마침내 칼로 자기 목을 쳐서 죽으니, 이때 그의 나이 59세였다.

이날 궁중에서 죽은 자가 수백 명이었다.

위관이 명령한다.

"모든 군사는 각기 자기 영채로 돌아가서, 천자의 칙명이 내리실 때까지 기다려라."

감금당했던 모든 장수들은 나와서 강유의 가족을 잡아들여 몰살했다.

원래 등애의 부하였던 사람들은 종회와 강유가 죽자, 마침내 등애를 빼앗아오려고 밤낮없이 뒤쫓아갔다.

이 사실을 듣자 감군 위관이 말한다.

"음, 그래! 등애를 잡은 사람은 바로 나다. 그자가 살게 되는 날이면 나는 죽어도 묻힐 곳이 없으리라."

호군 전속이 나선다.

"지난날 강유江油 땅을 공격했을 때 등애는 나를 죽이려 했으나, 그때 모든 장수가 사정해줘서 목숨을 유지했습니다. 내 이제 그때의 원한을 갚겠소이다."

위관은 매우 감동하며, 즉시 전속에게 군사 5백 명을 내주어 떠나 보냈다.

전속이 군사를 거느리고 전속력으로 달려 면죽 땅에 이르렀을 때였다. 먼저 간 등애의 부하 군사들이 등애 부자를 함거에서 모셔 내리고, 마침 성도로 돌아오고 있었다.

등애는 지난날 자기 수하에 있던 군사들이 오는 것을 보자 안심하고 접근하여 소식을 물으려는데, 전속의 칼이 한 번 번쩍하는 순간 등애의 목이 떨어져 굴렀다. 그 아들 등충도 제대로 손 한 번 놀리지 못하고 군사들 틈에서 죽음을 당했다.

후세 사람이 등애를 탄식한 시가 있다.

어려서부터 능히 계책을 잘 짜고
출중하여 군사를 잘 썼도다.
노려보면 지리를 알고
얼굴을 쳐들면 천문을 읽었도다.
말을 달려 산허리를 끊었고
병사를 몰고 가니 돌길이 열렸네.
공을 이루고도 죽음을 당했으니
그 넋은 한강의 구름에 감돌더라.
自幼能籌畵
多謀善用兵
凝眸知地理

仰面識天文

馬到山根斷

兵來石徑分

功成身被害

魂澘漢江雲

또 종회를 탄식한 시가 있다.

어려서부터 천재라는 말을 듣더니
일찍이 비서랑이 됐도다.
그 묘한 계책에 사마소는 귀를 기울였고
그 당시 자방(장양)이란 말을 들었도다.
수춘 땅에서 능력을 드날린 일이 많고
검각 땅에서 씩씩한 기상을 나타냈도다.
옛사람처럼 부귀 공명을 떠나지 않았기 때문에
떠도는 넋이 고향을 슬퍼하더라.

髫年稱蚤慧

曾作秘書郎

妙計傾司馬

當時號子房

壽春多贊畫

劍閣顯鷹揚

不學陶朱隱

遊魂悲故鄉

또 강유를 탄식한 시가 있다.

천수 땅은 영걸을 자랑하고
양주 땅은 기이한 인재를 낳았도다.
그 족보를 따지면 강태공姜太公의 후손이며
병법은 제갈무후에게서 이어받았도다.
대담하여 두려운 것이 없고
씩씩한 마음은 맹세코 변할 줄을 몰랐도다.
성도에서 그 몸이 죽던 날
한나라 장수로서 애달픔이 많았더라.
天水誇英俊
涼州産異才
系從尙父出
術奉武侯來
大膽應無懼
雄心誓不回
成都身死日
漢將有餘哀

강유·종회·등애는 이미 죽었고, 장익 등이 또한 난군亂軍 속에서 죽고, 태자 유선과 한수정후漢壽亭侯 관이關醒(관운장의 자손)는 위나라 군사들에게 죽음을 당했다.

이에 군사들과 백성들이 일대 혼란을 일으켜 서로 치며 짓밟으니 죽은 자가 무수했다.

10여 일 후에야 가충이 먼저 와서 방문을 내걸어 백성들을 안정시키니, 그제야 조용해졌다.

위관에게 성도를 지키도록 맡기고 드디어 후주를 낙양으로 압송해 가니, 겨우 상서령 번건과 시중 장소, 광록대부 초주, 비서랑 극정 등 몇 사람만이 뒤따라간다. 요화와 동궐은 병들었다 핑계하며 몸져누웠다가, 그 후 울화병으로 다 죽었다.

이때가 위나라 경원 5년(264)이었는데, 다시 함희咸熙 원년으로 개원했다.

그 해 봄 3월에 오나라 장수 정봉丁奉은 촉이 이미 망한 것을 보고, 마침내 군사를 거두어 동오로 돌아왔다.

중서승中書丞 화핵華覈이 오주 손휴에게 아뢴다.

"우리 오와 촉은 입술과 이처럼 긴밀한 사이입니다. 입술이 망하면 이도 성할 수 없습니다. 신이 생각건대, 사마소는 머지않아 우리 오를 칠 것이니, 폐하는 미리 방비하소서."

오주 손휴는 육손의 아들 육항陸抗을 진동대장군으로 봉하고 형주목으로 삼아 양강襄江 입구를 지키게 하고, 좌장군 손이에게 남서南徐 모든 고을의 요충지를 지키게 하고, 또 장강長江 일대에 군사를 주둔하고, 영채 수백 개소를 설치하며 노장 정봉에게 총지휘하게 했다. 이는 물론 위군이 쳐들어올 경우에 대비한 것이다.

이때, 건녕建寧 태수 곽과霍戈는 성도가 함락됐다는 소식을 듣자, 소복素服하고 서쪽을 바라보며 3일 동안 방성통곡했다.

모든 장수들이 묻는다.

"한나라 주인이 천자의 지위를 잃었는데, 왜 속히 항복하지 않습니까?"

곽과가 울며 대답한다.

"길이 멀고 끊어져서 우리 주인이 어떻게 되셨는지를 모르겠다. 만일 위주가 우리 주인을 예의로써 대우한다면, 그때 이 성을 내놓고 항복한 대도 늦지는 않으리라. 그러나 만일 우리 주인을 위기에 몰아넣고 모욕한다면, 주인이 욕을 당하면 신하는 죽어야 한다는 옛말도 있으니 어찌 항복할 수 있겠느냐?"

모든 장수는 그 말을 옳게 여기고, 사람을 몰래 낙양으로 보내어 후주의 소식을 알아보게 했다.

한편, 후주가 압송되어 낙양에 이르렀을 때는, 사마소도 이미 장안에서 돌아와 있었다.

사마소가 후주를 꾸짖는다.

"귀공은 황음 무도하여 어진 사람을 몰아내고 정치에 실패했으니 죽어야 마땅하다!"

후주는 얼굴이 흙빛으로 변하여 어쩔 줄을 모른다.

문무 관원들이 아뢴다.

"촉주는 이미 나라의 기강을 잃었으나, 다행히도 속히 항복했으니 용서해주는 것이 마땅한 줄로 아뢰오."

이에 사마소는 유선(후주)을 안락공安樂公으로 봉하여, 주택을 하사하고 매달 경비를 대주고, 비단 만 필과 잔심부름 시킬 아이와 시비 백명을 내주었다. 또한 그 아들 유요劉瑤와 지난날 촉나라 신하였던 번건·초주·극정 등을 모두 후작侯爵으로 봉했다. 후주는 은혜에 감사하고 궁에서 나왔다.

사마소는 환관 황호가 촉을 좀먹고 백성을 해쳤다 하여, 무사들을 시켜 거리로 끌어내어 능지처참했다.

한편, 곽과는 후주가 칭호를 받고 안전하다는 소식을 듣자, 비로소 수하 군사를 거느리고 와서 항복했다.

이튿날, 후주는 친히 사마소의 부중에 가서 절하며 감사했다. 사마소는 잔치를 베풀어 대접하는데, 먼저 위나라 음악과 춤을 보여준다. 지난날 촉나라 관리들은 추연히 슬퍼하건만, 후주는 기뻐한다.

사마소는 다시 촉나라 사람을 시켜 촉나라 음악을 들려준다. 지난날 촉나라 관리들은 다 눈물을 흘리는데, 후주는 즐거워 웃기만 한다.

술이 얼근히 취했을 때, 사마소가 가충에게,

"사람이 저렇도록 무심할 수 있을까. 비록 제갈공명이 살아 있대도 저런 자를 도울 수는 없을 것이다. 더구나 강유가 어찌 도울 수 있으리요."

하고 후주에게 가까이 오라 하여 묻는다.

"서촉이 그립지 않은가?"

후주가 대답한다.

"이렇듯 즐거우니 그립지 않습니다."

잠시 후에 후주가 옷을 갈아입으러 나가니, 극정이 복도까지 뒤따라와 울면서 아뢴다.

"폐하는 어찌하여 촉이 그립지 않다고 하셨습니까. 만일 다시 묻거든 울면서 '조상의 무덤이 먼 촉 땅에 계시기 때문에 서쪽 하늘을 바라보면 자연 슬퍼집니다. 그래서 하루도 생각하지 않는 날이 없습니다' 하고 대답하십시오. 그러면 진공(사마소)은 반드시 폐하를 촉으로 돌려보낼 것입니다."

후주는 단단히 명심하고, 다시 잔치 자리로 돌아와서 술에 좀 취했을 때였다.

사마소가 또 묻는다.

"촉 땅이 그립지 않은가?"

후주는 극정이 일러주던 말 그대로 대답하고 울려고 하는데, 눈물이 나오지 않는지라, 그만 눈을 감아버린다.

사마소가 되묻는다.

"어째서 극정이 하던 말과 같은가?"

후주는 눈을 홉뜨며 놀란다.

"참으로 그러합니다."

사마소와 좌우 사람들은 모두 후주를 보며 웃었다. 사마소는 이때부터 후주의 성실성을 믿고, 다시는 의심하지 않았다.

후세 사람이 탄식한 시가 있다.

> 환락을 좇아 즐거워하며 가득히 웃을 뿐
> 망한 것도 생각하지 않으며 눈곱만큼도 슬퍼하지 않더라.
> 다른 나라에서 쾌락하며 자기 나라를 잊었으니
> 알리라, 후주가 얼마나 못난 사람인지를!
> 追歡作樂笑顏開
> 不念危亡半點哀
> 快樂異鄕忘故國
> 方知後主是庸才

조정 대신들은 사마소가 촉을 평정했으니 그를 왕으로 높여야 한다며 위주 조환에게 표문을 올렸다.

이때 조환은 명색만 천자일 뿐 아무런 주장도 못했고, 정치는 사마씨가 맘대로 하는 판국이라 감히 따르지 않을 수 없어서, 마침내 진공 사마소를 진왕晉王으로 봉하고, 죽은 그 아비 사마의를 선왕宣王으로, 역시 죽은 그 형 사마사를 경왕景王으로 높였다.

사마소의 아내는 원래 왕숙王肅의 딸로, 소생으로는 아들 둘이 있었다.

큰아들 사마염司馬炎은 뛰어난 인물로, 일어서면 머리카락이 땅에까지 드리워지고 두 손은 무릎 밑까지 닿고 총명하고 영특하고 대담해서, 그 도량이 비범했다. 둘째 아들 사마유司馬攸는 성격이 온화하고 공손하며, 검박하고 효성과 우애가 지극했다.

사마소는 둘째 아들인 사마유를 매우 사랑했고, 형님 사마사가 자식 없이 죽자 그쪽 양자로 세워 그 뒤를 잇게 했다.

사마소는 입버릇처럼 '천하는 바로 내 형님의 것이다' 하고 말했다. 그래서 그는 진왕이 되자 둘째 아들 사마유를 세자로 세우려 했다.

산도山濤가 간한다.

"맏아들을 폐하고 어린 아들을 세우는 것은 예법에도 어긋나거니와 상서롭지 못한 일입니다."

가충, 하증, 배수도 또한 간한다.

"맏아드님은 총명하고 신무神武하여 세상에 뛰어난 인물이며, 뭇사람의 인망을 한 몸에 받아 하늘의 뜻을 나타내고 있으니 결코 남의 밑에서 신하 노릇을 할 상이 아닙니다."

사마소는 주저하며 결정을 내리지 못하는데, 태위 왕상과 사공 순의가 간한다.

"옛날에 동생을 세웠다가 국가가 혼란한 적이 많았으니, 바라건대 전하는 깊이 생각하소서."

이에 사마소는 마침내 큰아들 사마염을 세자로 책봉했다.

한 대신이 사마소에게 아뢴다.

"금년, 양무현襄武縣에서 한 사람이 하늘에서 내려왔는데, 키는 2장丈이 넘고 발자국 길이만도 3척 2촌이고 머리는 백발이고 수염은 푸르고 노란 홑옷을 입고 노란 두건을 쓰고 여두장藜頭杖을 짚고 있는데, 스스로 말하기를, '나는 바로 백성들의 왕이다. 이제 와서 너희들에게 고하나니, 천하가 왕을 바꾸면 당장에 태평하리라'고 말하며, 3일 동안 시정 거리를 돌아다니다가 문득 사라졌다고 합니다. 이는 바로 전하를 위한 상서입니다. 그러니 전하는 12면류관冕旒冠을 쓰시고 천자의 정기를 세우고, 출입하실 때는 경필警蹕(벽제闢除)의 위의를 갖추시고 여섯 마리의 말이 이끄는 금근거金根車를 타시고, 왕비를 황후로 높이고 세자를 태자로 삼으소서."

사마소는 내심 기뻐하며 왕궁으로 돌아가서 막 음식을 먹으려 하는데, 갑자기 중풍증中風症에 걸려 말도 못한다.

이튿날, 병세가 위독한지라, 태위 왕상, 사도 하증, 사공 순의가 와서 문안하니, 사마소는 능히 말도 못하고 겨우 손을 들어 세자 사마염을 가리키고는 죽었다. 이때가 8월 신묘일辛卯日이었다.

하증이 말한다.

"천하 대사가 다 진왕에게 있었으니 즉시 세자를 진왕으로 삼고, 그런 뒤에 장사지낼 절차를 세우십시오."

이날 사마염은 즉시 진왕의 위에 오르고, 하증을 진晉 승상丞相으로, 사마망을 사도로, 석포를 표기장군으로, 진건을 거기장군으로 삼고, 죽은 부친을 문왕文王으로 높여 장사지냈다.

사마염이 가충과 배수를 궁으로 불러들여 묻는다.

"옛날에 조조가 '만일 하늘의 뜻이 내게 있다면 나는 주나라 문왕처럼 되리라'고 말했다더니, 과연 사실인가?"

가충이 대답한다.

"조조는 대대로 한나라 국록을 먹은 처지이기 때문에, 사람들에게 역적질했다는 누명을 듣지 않으려고 그런 말을 했으니, 이는 분명 그 아들 조비로 천자를 삼으려는 속셈이었습니다."

사마염이 계속 묻는다.

"과인의 부왕父王은 조조와 비교할 때 어떠한가?"

가충이 대답한다.

"조조는 비록 그 공로가 천하를 덮고 아래론 백성들이 그 위엄을 두려워했으나, 아무도 그 덕을 느끼지 못했습니다. 그 아들 조비는 창업을 계승했으나, 부역賦役이 과중했고 난리로 동분서주하기에 바빴으니 어느 해건 편한 날이 없었습니다. 그 후 우리 선왕(사마의)과 경왕(사마사)께서 누차 위대한 공로를 세워 은혜를 펴고 덕을 베푸시니 천하의 인심이 존경한 지 오래며, 더구나 문왕(사마소)으로 말하자면 서촉을 평정하여, 그 공로가 천하에 가득했으니, 어찌 조조 따위와 비교하리까."

사마염이 단호히 말한다.

"조비도 오히려 한나라의 뒤를 이어받았는데, 과인인들 어찌 위의 계통을 계승하지 못할 것 있으리요!"

가충과 배수가 두 번 절하며 아뢴다.

"전하께서는 마땅히 조비가 한나라를 계승한 옛일을 본받아, 다시 수선대受禪臺를 쌓고 천하에 포고하시어 대위에 오르소서."

사마염은 크게 흐뭇해한다. 이튿날 허리에 칼을 차고 대내로 들어간다.

당시 위주 조환은 날마다 조회도 열지 않고, 심신이 산란하여 행동거지에 두서가 없었다.

사마염이 바로 후궁으로 들어가자, 조환은 황망히 용상에서 내려와 영접한다.

사마염이 앉더니 묻는다.

"위의 천하는 다 누구의 힘으로 유지되고 있습니까?"

조환이 대답한다.

"진왕의 부친과 조부祖父께서 주신 바요."

사마염이 웃는다.

"내가 보건대 폐하의 문文은 능히 도를 논할 만한 정도가 못 되며, 무武는 능히 국가를 경영할 만한 정도가 못 되는데, 어째서 슬기롭고 덕 있는 자에게 자리를 양도하지 않소?"

조환은 너무 놀라 입을 다물며 감히 말도 못한다.

곁에서 황문시랑 장절張節이 꾸짖는다.

"진왕의 말은 잘못이다. 옛날에 위魏 무조황제武祖皇帝(조조)께선 동쪽을 소탕하고 서쪽을 평정하고 남쪽을 정벌하고 북쪽을 쳐서, 이 천하를 쉽사리 얻은 것이 아니며, 더구나 오늘날 천자께서는 오로지 덕이 있을 뿐 아무 죄도 없으신데, 어째서 남에게 양도하란 말이냐!"

사마염이 벌컥 화를 낸다.

"이 나라 사직은 바로 대한大漢의 사직이었다. 조조가 천자를 앞에 내세워 천하 제후들을 호령하다가, 마침내 스스로 위왕이 되어 한나라 황실을 빼앗은 것이다. 나의 조부·부친 3대는 위를 보좌해왔다. 오늘날 천하를 유지하고 있는 것은 결코 조씨의 힘이 아니며, 실로 우리 사마씨의 힘이란 것은 온 세상이 다 아는 바다. 내 어찌 오늘날 위의 천하를 계승하지 못하리요!"

장절이 단호히 말한다.

"그 따위 짓을 한다면, 이는 나라를 빼앗는 역적이다."

사마염은 노기 충천하여,

"나는 한나라의 원수를 갚아주려는 것이다. 어째서 옳지 못하리요"

하고 무사들에게 명령하여 그 당장에 장절을 몽둥이로 어지러이 패 죽였다.

조환이 무릎을 꿇고 흐느껴 울면서 고하건만, 사마염은 벌떡 일어나 정전 밖으로 나가버린다.

조환이 가충과 배수를 돌아보고 묻는다.

"사태가 이미 급박하니, 이를 어찌하면 좋을까?"

가충이 대답한다.

"큰 운수는 끝났으니 폐하는 하늘의 뜻을 거역하지 마시고, 마땅히 한漢 헌제獻帝의 옛일을 본받아 수선대를 쌓고 대례를 갖추어, 진왕에게 대위를 양도함으로써 위로는 하늘의 뜻에 합치고 아래로는 만백성의 뜻을 따르시면, 폐하는 앞으로 아무 근심 걱정이 없으리다."

조환은 하는 수 없이 그러기로 하고, 마침내 가충에게 명하여 수선대를 쌓고, 12월 갑자일甲子日에 친히 국가를 전하는 옥새를 받들고 수선대 아래에 서서, 모든 문무 관원을 모았다.

옛사람이 탄식한 시가 있다.

> 위는 한나라를 먹었고, 진은 조씨를 먹었으니
> 하늘의 운수는 돌고 도는지라 피할 길 없네.
> 가련하다, 장절은 충성 때문에 죽었으니
> 한 손으로 어찌 높은 태산을 떠받치리요.
> 魏呑漢室晋呑曹
> 天運循環不可逃
> 張節可憐忠國死
> 一拳怎障泰山高

진왕 사마염은 수선대에 올라가서 대례를 받고, 조환은 수선대에서 내려와 관복을 입고 문무 백관의 맨 앞에 섰다.

사마염은 수선대 위에 단정히 앉고, 가충과 배수는 칼을 잡고 그 좌우에 늘어서서 조환에게 '두 번 절하고 땅에 엎드려 명령을 들으라' 한다.

가충이 선고한다.

受禪臺前魏國山河隨水去

司馬復奉受禪臺

金庸城外晉朝鐘皷通人來

조환의 자리를 빼앗은 사마염

"한나라 건안建安 25년(230)에 위가 한으로부터 천하를 양도받은 지도 이미 45년이 지났다. 이제 위는 하늘의 복록이 끝났으며 하늘의 뜻이 진晋에 있으니, 사마씨의 공덕은 더욱 높고 높아 하늘과 땅에 가득한지라. 바로 황제의 바른 위에 오르사 위의 계통을 계승하시고, 너를 진류왕陳留王으로 봉하나니 금용성金墉城에 가서 살되, 천자의 조서가 내리지 않는 한, 결코 도성으로 들어오지 말라."

조환은 슬피 울며 감사하고 떠난다.

태부 사마부가 조환의 앞을 막고 절하며 통곡한다.

"신은 일단 위의 신하가 된 이상 끝내 위를 배반할 수는 없습니다."

사마염은 그 광경을 보고는, 곧 사마부를 안평왕安平王으로 봉했다. 그러나 사마부는 두 임금을 섬기지 않겠노라 거절하고 물러갔다.

이날 문무 백관들은 대 아래에서 두 번 절하고 크게 산호만세山呼萬歲 (임금에게 축하하는 뜻으로 부르던 만세)를 외친다.

사마염은 위를 이어받아 국호를 대진大晋이라 하고, 태시太始 원년이라 개원하여, 천하에 대사령을 내렸다. 이리하여 위는 마침내 망했다.

옛사람이 탄식한 시가 있다.

진나라가 하는 짓도 위왕과 같아서

진류왕의 말로도 한 헌제 꼴이 됐도다.

거듭 수선대 앞에서 천하를 양도하는 일이 되풀이됐으니,

그 당시를 돌아보건대 애달플 뿐이로다.

晋國規模如魏王

陳留懿跡似山陽

重行受禪臺前事

回首當年止自傷

진나라 황제 사마염은 사마의에게 시호를 바쳐 선제宣帝로 높이고, 큰아버지뻘인 사마사에게 시호를 바쳐 경제景帝로, 부친 사마소에게 시호를 바쳐 문제文帝로 높이고, 칠묘七廟를 세워 조상들을 빛냈다.

그 칠묘란 한나라 정서장군征西將軍 사마균司馬鈞과 그 아들 예장豫章 태수 사마양司馬亮, 그 아들 영주穎州 태수 사마준司馬雋, 그 아들 경조윤京 兆尹 사마방司馬防, 그 아들 선제 사마의, 그 아들 경제 사마사와 문제 사 마소를 모신 일곱 사당이었다.

천하 대사를 이미 정하고, 날마다 조회를 열어 오를 칠 계책을 상의 하니,

한나라의 모든 성은 이제 옛 주인을 잃었고

오나라 강산도 장차 변하려 한다.

漢家城郭已非舊

吳國江山將復更

오의 운명은 어떻게 될 것인가.

제120회

노장은 두예를 천거하여 새로운 계책을 바치고
손호는 항복하고 삼분 천하를 하나로 통일하다

오주 손휴는 사마염이 마침내 위의 제위를 빼앗아 차지했다는 소식을 듣자, 머지않아 그들이 오로 쳐들어올 것을 알고 근심하던 나머지 병이 들어 눕게 됐다.

이에 승상 복양흥樞陽興(복양이 성이고 이름은 흥이다)을 불러들이고, 태자 손만孫8을 나오라 하여 복양흥에게 절을 시킨다. 그런 뒤에 오주 손휴는 복양흥의 팔을 잡고 손으로 태자 손만을 가리키면서 죽었다. 즉 승상 복양흥에게 태자를 부탁한 것이었다.

궁에서 나온 복양흥은 모든 대신과 상의하고 태자 손만을 임금으로 삼으려 하는데, 좌전군左典軍 만욱萬彧이 나선다.

"손만은 어려서 능히 정사를 감당할 수 없습니다. 그러니 오정후烏程侯 손호를 임금으로 모셔야 합니다."

좌장군 장포도 주장한다.

"손호는 재주와 지식과 총명과 결단력을 구비한 어른이니, 능히 제왕이 되셔야 합니다."

승상 복양흥은 결정짓지 못하여, 다시 후궁에 들어가서 주태후朱太后께 이 일을 아뢰었다.

주태후가 대답한다.

"나는 한갓 과부라 어찌 사직에 관한 일을 알리오. 경들이 잘 알아서 처리하시오."

이리하여 복양흥은 마침내 손호를 모셔다가 임금으로 삼았다.

손호의 자는 원종元宗으로, 대제大帝 손권의 태자 손화의 아들이었다.

그 해(264) 7월에 손호는 황제의 위에 오르고, 원흥元興 원년이라 개원했다. 그는 태자 손만을 예장왕豫章王으로 봉하고, 죽은 자기 부친 손화에게 시호를 바쳐 문황제文皇帝로 높이고, 친어머니 하何씨를 태후로 높이고, 노장 정봉丁奉을 좌우대사마左右大司馬로 삼았다.

다음해에 다시 연호를 감령甘露 원년으로 고쳤다.

손호는 날로 횡포가 심하고 술과 여색에 둘러싸여, 중상시 잠혼岑昏만 총애했다. 복양흥과 장포가 간하자, 손호는 격분하여 두 사람을 참하고 그 삼족까지 몰살했다. 이때부터 조정의 신하들은 다 입을 봉하고 다시는 간하는 자가 없었다.

또 연호를 보정寶鼎 원년으로 고치고, 육개陸凱와 만욱을 좌·우승상으로 삼았다.

이때 손호는 무창 땅에 있었다. 그래서 양주 백성들은 장강을 따라 곡식과 모든 물건을 진상하느라 무진 고통을 겪어야만 했다. 뿐만 아니라 손호는 매사에 호화롭고 사치했기 때문에 나라도 개인도 다 경제 사정이 궁했다.

육개가 간하는 상소문을 올렸다.

이제 아무 재앙도 없으면서 백성들은 빈곤하고, 아무것도 해놓은 것 없이 국가 재정이 텅 비었으니 신은 그윽이 통탄하나이다. 옛날에 한나라 황실은 이미 쇠하여 천하가 솥발처럼 셋으로 나뉘더니, 오늘날 조씨(위)와 유씨(촉)가 진실을 잃었기 때문에 모두 진晉(사마씨)의 소유가 됐은즉, 이는 바로 목전에서 밝혀진 징험이로소이다. 어리석은 신은 폐하를 위하여 국가를 아낄 따름입니다. 원래 무창은 토지가 험한데다가 메말라서, 왕자가 도읍할 땅이 아니므로 또한 동요에도 '차라리 건업 땅 물을 마실지언정寧飲建業水 무창의 생선은 먹지 말며不食武昌魚, 차라리 건업 땅에 돌아가서 죽을지언정寧還建業死 무창 땅에 머물러 살지 말라不止武昌居'는 노래가 있을 정도입니다. 이 어린아이들의 노래야말로 백성들의 마음과 하늘의 뜻을 밝힌 것입니다. 이제 나라에는 1년 쓸 비용이 없을 정도로 밑바닥이 드러난 실정인데도 관리들은 가혹하게 백성들에게서 세금을 뜯어낼 뿐, 조금도 구호하지 않고 있습니다. 대제(손권) 때는 궁녀가 백 명도 못 됐는데, 경제景帝(손휴) 이후로 궁녀가 천 명 이상이나 늘었습니다. 이는 재물을 소모하는 극심한 예입니다. 또 폐하를 모시는 좌우 사람들은 무리를 이루고 사당을 조직하며 서로 시기하며 충신을 해치고 어진 인물을 막으니, 이는 다 정치를 좀먹어 백성을 병들게 하는 자들이라. 바라건대 폐하는 부역을 덜고, 가혹한 과세를 폐하고, 궁녀의 수효를 줄이고, 훌륭한 문무 백관을 뽑으신다면, 하늘은 기뻐하며 백성은 존중하고, 따라서 국가가 편안하리다.

상소문을 보자 손호는 이맛살을 찌푸리고, 또 대규모 토목 공사를 일으켜 소명궁昭明宮을 짓는데, 문무 고관들에게까지도 각기 산에 들어가서 좋은 나무를 골라 베어 오도록 했다. 또 술객術客 상광尙廣이라는 자를 불러들여, 천하를 차지할 수 있는 일을 점쳐보라 분부한다.

상광이 아뢴다.

"좋은 점괘가 나왔으니, 경자년庚子年(손호는 진나라 태강太康 원년에 항복했으니, 그 해가 경자년이었다)에는 폐하께서 낙양으로 들어가시리다."

손호는 희색이 만면하여, 중서승 화핵에게 말한다.

"선제(손휴)께서는 경의 말을 듣고, 모든 장수를 각 방면으로 파견하여 장강 일대에 영채 수백 개소를 설치하시어 군사를 주둔시키고, 노장 정봉에게 총지휘를 하도록 맡겼음이라. 짐은 장차 옛 한나라 땅을 차지하고 촉주의 원수를 갚아줄 작정인데, 어느 곳으로 먼저 쳐들어가야 할까?"

화핵이 간한다.

"이번에 촉주는 성도를 지키지 못하여 사직이 무너졌으니, 장차 사마염은 반드시 우리 오를 차지하려고 쳐들어올 것입니다. 폐하께서는 마땅히 덕을 닦아 백성들을 안정시키는 것이 무엇보다도 상책입니다. 만일 억지로 군사를 움직이는 날이면, 이는 삼베 옷 차림으로 타오르는 불을 끄려는 것과 같아서, 도리어 자기 몸을 불태울 것입니다. 그러니 폐하는 깊이 살피고 살피소서."

손호는 버럭 화를 내며,

"짐은 기회를 놓치지 않고 대업을 성취하려 하는데, 너는 이렇듯 재수 없는 말을 하느냐. 지난날의 체면을 보지 않는다면 당장에 네 목을 참하라 호령할 것이다."

하고 무사를 꾸짖어 화핵을 전문殿門 밖으로 몰아냈다.

화핵은 궁에서 나와,

"아깝고 아깝구나! 이 아름다운 강산이 머지않아 딴사람의 소유가 되겠구나!"

탄식하고, 마침내 은거하여 다시는 세상에 나오지 않았다.

이에 손호는 진동장군 육항에게,

"군사를 양강 입구에 집결시키고, 양양으로 쳐들어갈 기회를 엿보아라."

하고 명령을 보냈다.

이 일은 즉시 첩자에 의해 낙양으로 보고됐다.

진주晉主 사마염은 오의 육항이 양양 땅을 침략할 것이라는 소식을 듣자, 모든 신하들과 함께 상의한다.

가충이 반열에서 나와 아뢴다.

"신이 듣건대 오나라 손호는 덕 있는 정치를 할 생각은 없고 오로지 황음 무도한 짓만 한다 하니, 폐하께서는 도독 양호羊祜에게 조서를 보내어, 군사를 거느리고 항거하다가 오나라 국내에서 변이 일어나거든, 즉시 기회를 놓치지 말고 쳐들어가라 하십시오. 그러면 동오를 얻는 것은 손바닥을 뒤집는 것보다도 쉬우리다."

사마염은 흡족하여, 즉시 칙사에게 조서를 주어 양양 땅으로 보냈다.

이에 양호는 조서를 받고 군사와 말을 점검하여 적을 맞이할 준비를 완료했다. 뿐만 아니라 이때부터 양호는 양양 땅을 수비하면서 군사와 백성들의 인심을 샀다. 오나라 사람으로서 항복해왔다가 다시 돌아가고자 하는 자가 있으면 다 돌려보내줬다.

또 순라군巡邏軍을 줄여 밭 8백여 경頃을 개간하는 데 썼기 때문에, 그가 처음 왔을 때는 군사가 백일 간 먹을 양식도 없었는데, 이해 연말에는 군사들이 10년 먹을 양식을 수확하기에 이르렀다.

양호는 장막에 있으면서도 늘 가벼운 갖옷[輪]과 품 넓은 띠를 띠고 투구나 갑옷은 입지 않았으며, 좌우에서 호위하는 군사는 10여 명 정도만 됐다.

어느 날 부장이 장막으로 들어가 양호에게 품한다.

"정탐꾼이 돌아와서 보고하는 말에 의하면, 요즘 오군이 모두 사기를 잃었다고 하니, 이 기회에 그들의 무방비 상태를 습격하면 크게 이기리다."

양호가 웃는다.

"너희들은 육항을 얕보느냐. 그는 지혜와 꾀가 출중한 사람이다. 전번에 그가 오주의 분부를 받고 서릉西陵을 쳐서 점령하고 보천步闡과 그 수하 장수 수십 명을 참했을 때도, 나는 미처 그들을 구출하지 못했다. 육항이 적군의 장수로 있는 한 우리는 스스로 지키기만 하다가 그들 속에서 변이 일어나기를 기다려 그때 쳐들어가야지, 일의 형세를 살피지 않고 경솔히 나아간다면 이는 싸움에 패하는 길이니라."

모든 장수는 양호의 말에 복종하고, 다만 각자 경계를 지키기만 했다.

어느 날, 양호는 모든 장수를 거느리고 사냥하러 갔다가 역시 사냥하러 나온 육항을 바라보게 됐다.

양호가 영을 내린다.

"우리 군사는 적의 경계를 침범하지 말라."

이에 모든 장수는 진나라 땅에서 사냥하고, 오나라 경계에 들어가지 않았다.

육항이 바라보며 탄식한다.

"양호 장군의 군사는 기율이 저러하니, 우리가 함부로 치지 못하리라."

해가 저물자 그들은 각기 물러갔다.

양호는 본영으로 돌아오자, 잡은 짐승들을 일일이 살펴보라 하고, 오나라 사람의 화살에 죽은 짐승들은 가려내어 다 돌려보냈다. 짐승들을 받은 오나라 군사들은 기뻐하며, 이 일을 육항에게 고했다.

육항은 심부름 온 사람을 불러오라 하여 묻는다.

"양호 장군은 술을 드시느냐?"

"반드시 좋은 술이라야 마시나이다."

육항이 웃는다.

"내가 오래 전부터 좋은 술이 있어 아끼고 있었다. 이제 너에게 줄 테니, 가서 장군께 절하고 바치거라. 그리고 '이 술은 육항이 손수 만들어 두고 마시는 술인데, 어제 사냥하던 때의 정표로 특히 보냅니다' 하고 나의 말을 전하여라."

그 사람은 술을 받아가지고 돌아갔다.

좌우 사람들이 육항에게 묻는다.

"장군께서 적의 장수에게 술을 보낸 뜻은 뭣입니까?"

"그가 덕으로써 나를 대하는데 내 어찌 답례하지 않을 수 있으리요."

이 말을 듣고 좌우 사람들은 모두 놀랐다.

한편, 그 사람은 돌아가서 양호를 뵙고, 육항이 묻던 말과 술을 주기에 받아온 경과를 세세히 보고한다.

양호가 웃으며,

"그도 내가 술을 하는 걸 알고 있더란 말이지?"

하고 그 술을 따라 마시려 한다.

부장 진원陳元이 간한다.

"그 술에 독이 들었을지도 모르니, 도독께서는 마시지 마십시오."

양호는 웃으며,

"육항은 나에게 독약을 보낼 사람이 아니니, 의심하거나 염려하지 마라."

하고 병을 기울여 그 술을 다 마셨다.

이후로 양호와 육항은 서로 사람을 보내어 수시로 문안하였다.

어느 날, 그날도 육항은 사람을 보내어 양호의 안부를 물었다.

양호가 그 심부름 온 사람에게 묻는다.

"육항 장군께서는 그간 안녕하신가?"

"우리 도독께서는 병환으로 며칠 동안 출입을 못하고 계십니다."

"추측건대 장군의 병은 아마도 나와 같은 병일 것이다. 마침 내가 복용하려고 지어놓은 약이 있으니, 이 약을 갖다 드려라."

그 사람은 약을 받아가지고 돌아가서 육항에게 바쳤다.

모든 장수가 말한다.

"양호는 우리의 적입니다. 이것은 반드시 해로운 약일 것입니다."

육항이 머리를 흔든다.

"그렇지 않다. 양호 장군이 어찌 사람을 독살할 리가 있겠는가. 너희들은 의심하지 마라."

하고 마침내 약을 먹었다. 이튿날로 병은 깨끗이 나았다.

그제야 모든 장수는 절하며 축하했다.

육항이 타이른다.

"그가 오로지 덕으로써 나를 대하는데, 내가 오로지 폭력으로써 그를 대한다면, 이는 그가 장차 싸우지 않고서도 우리를 굴복시키는 결과가 될 것이다. 지금은 각기 경계를 지킬 따름이지, 조그만 이익을 위해서 조급히 서둘러서는 안 된다."

모든 장수들은 명심했다.

홀연, 오주 손호가 보낸 칙사가 왔다.

육항이 영접해 들이고 온 뜻을 물으니, 칙사가 대답한다.

"천자께서 장군에게, '급히 진격하고, 진나라 군사가 먼저 쳐들어오는 일이 없도록 하라'는 칙명이시오."

육항이 말한다.

"너는 먼저 돌아가거라. 내 곧 표문을 지어 상소하리라."

칙사가 돌아간 뒤에, 육항은 상소하는 글을 지어 건업으로 보냈다.

가까이 모시는 신하가 육항에게서 온 상소문을 바친다.

오주 손호가 뜯어보니, 그 내용은 아직 진을 칠 수 없다는 자세한 형편이 적혀 있고, 폐하께서는 더욱 덕을 닦아 형벌을 줄이며 국내를 편안히 하도록 힘쓰고, 싸우는 일에 골몰하지 마시라는 권고였다.

오주 손호는 상소문을 내던지며,

"짐이 듣건대 육항이 변경에 주둔하면서 적과 서로 상종한다더니, 과연 그렇구나!"

하고 다시 칙사를 보내어 육항의 병권을 거두고, 그를 사마司馬 벼슬로 끌어내렸다.

그 대신 좌장군 손기孫冀를 보내어 모든 군사를 통솔하게 했다. 아무도 감히 이 일을 간하는 자가 없었다.

오주 손호는 연호를 건형建衡 원년(269)으로 개원하고, 봉황鳳凰 원년(272)에 이르기까지 매사를 제멋대로 휘둘렀다. 어찌나 군사들을 들볶았던지, 계급의 고하를 막론하고 원망하지 않는 자가 없었다.

승상 만욱과 장군 유평留平, 대사농大司農 누현樓玄 세 사람은 손호의 횡포와 무도함을 보다못해 바른말로 간하다가 모두 죽음을 당했다. 이리하여 전후 10여 년 사이에 죽음을 당한 충신만도 40여 명이나 됐다.

손호는 출입할 때마다 완전 무장한 기병 5만 명이 전후 좌우로 호위했으니, 모든 신하는 겁이 나서 어쩔 도리가 없었다.

한편, 양호는 육항이 파직당하고 손호가 민심을 잃은 것을 알자, 이제야 오를 칠 때가 됐다 하여 마침내 낙양으로 표문을 보냈다.

대저 기회는 하늘이 주시지만, 성공은 반드시 사람의 힘에 의해서 이루어지는 것입니다. 오늘날 강江과 회淮가 비록 수비를 튼튼히 하고 있지만 촉의 검각 땅만큼 험하지 않으며, 손호의 횡포는 유선(후주)보다도 극악하고, 오의 백성들의 고생은 지난날 촉 땅 백성들보다도 극심합니다. 그런데 우리 대진大晉의 병력은 지난날보다도 더 강력해졌으니, 이때에 천하를 평정하지 않고 그냥 군사를 주둔시켜 길이 지키기만 한다면, 천하를 공연히 난리로 빠뜨리고, 오랜 세월을 유지하지 못하리다.

지금이야말로 오를 쳐야 한다는 간곡한 내용이었다.

사마염은 표문을 읽고 매우 동감하며 즉시 군사를 일으키려 하는데, 가충 · 순욱 · 풍통馮統 세 사람이 극력 간한다.

"지금은 오를 칠 때가 아닙니다."

그래서 사마염은 결단을 내리지 못하다가, 다시 기회를 기다리기로 했다.

이 소식을 전해 듣자 양호는,

"세상에 뜻대로 되지 않는 것이 십중팔구로다. 이제 하늘이 주시는데도 받으려 하지 않으니 참으로 애석하구나!"

하고 탄식했다.

함녕咸寧 4년(278) 되던 해에, 양호는 낙양으로 돌아갔다. 그는 궁에 들어가서, '고향에 내려가서 병을 조섭하겠습니다'라고 아뢰고 벼슬을 내놓았다.

사마염이 청한다.

"경은 짐에게 국가를 편안케 하는 좋은 방법을 가르쳐주시오."

양호가 대답한다.

"이미 손호의 횡포와 학정은 극도에 달했으니, 지금은 싸우지 않고도 이길 수 있습니다. 그러나 불행히도 손호가 죽고 오에 어진 임금이 새로 서는 날이면, 오는 폐하의 땅이 되지 않을 것입니다."

사마염은 크게 깨닫는다.

"경이 지금이라도 군사를 거느리고 가서 치면 어떻겠소?"

"신은 늙고 병들어서 이 일을 감당할 수 없습니다. 폐하는 지혜와 용기를 겸비한 인물을 물색하소서."

하고, 양호는 드디어 하직하고 돌아갔다.

이해 11월에 양호는 큰 병이 들어 위독했다.

사마염은 어가를 타고 친히 양호의 집으로 문병 가서 병상 앞에 이르렀다.

양호가 눈물을 흘린다.

"신은 만 번 죽는대도 폐하께 능히 다 보답하지 못하리다."

사마염도 또한 운다.

"짐은 경이 건의한 대로 오를 치지 않았던 일을 후회하고 있소. 지금 누가 경의 그 뜻을 이어받을꼬?"

양호가 눈물을 머금고 말한다.

"신은 이제 죽습니다. 어리석은 소견이나마 다 말씀 드리지 않을 수 없습니다. 우장군 두예杜預가 이 일을 맡을 만하니, 오를 칠 때에는 반드시 그를 쓰십시오."

"착한 인물과 어진 인재를 추천하는 것은 자고로 아름다운 일이로다. 경은 짐에게 사람을 천거하면서도 어찌하여 그대 생각은 말하지 않는가?"

"벼슬은 조정에서 받았지만, 개인적인 생각으로 보답하고 싶지는 않습니다."

病中薦士誰能至死篤忠貞

眼底識人自信平生精藻鑑

羊祐病中薦杜預

병중에 두예를 천거하는 양호(오른쪽). 왼쪽 가운데는 사마염

말을 마치자 양호는 숨을 거두었다.

사마염은 대성 통곡하고, 궁으로 돌아가는 즉시 양호에게 태부太傅 거평후鉅平侯 벼슬을 추증追贈했다.

남주南州(형주) 땅 백성들은 양호가 죽었다는 소식을 듣자, 지난날의 그의 덕을 사모하여 철시撤市하고 통곡했다. 강남 땅 경계를 지키는 모든 장수와 군사도 또한 통곡했다.

양양 땅 사람들은 지난날에 양호가 그곳 현산峴山에 올라가서 놀기를 좋아했던 일을 생각하고, 산에다 사당을 짓고 비석을 세워 계절마다 제사를 지냈다. 그곳을 왕래하는 사람이면 비문을 읽고 울지 않는 자가 없는지라, 그래서 그 비석을 타루비墮淚碑라 했다.

후세 사람이 찬탄한 시가 있다.

새벽 해 높이 오르고 진의 신하를 생각하니
옛 비석은 쓸쓸한데 현산은 봄이더라.
소나무 사이마다 남은 이슬 연방 떨어지니
아마도 그 당시 사람들의 눈물인가 하노라.
曉日登臨感晉臣
古碑零落峴山春
松間殘露頻頻滴
疑是當年墮淚人

　진주晉主(사마염)는 양호의 유언대로 두예를 진남대장군鎭南大將軍으로 삼고 형주 일대의 군사를 총지휘하도록 보냈다.

　두예는 원래 사람됨이 숙달되고 노련한데다가, 학문을 매우 좋아해서, 특히 좌구명左丘明의 『춘추전春秋傳』을 애독했다. 그는 밤낮으로 『춘추전』을 곁에 두었으며, 출입할 때면 반드시 아랫사람에게 들려 말 앞에 세우고 다녔기 때문에, 그 당시 사람들은 그에게 좌전벽左傳癖이라는 별명까지 붙였다. 그는 진주의 명령을 받들어 양양 땅에 가서, 백성을 사랑하고 군사를 극진히 기르며 오를 칠 준비를 했다.

　이때 오나라에는 정봉도 육항도 다 죽고 없었다.

　오주 손호는 잔치 때마다 모든 신하가 정신을 잃고 취하도록 강제로 술을 먹였다. 또 소위 황문랑黃門郞이라는 열 사람을 두어 모든 관리의 잘못을 규탄하게 하고, 잔치가 끝난 뒤에는 그 잘못이 드러난 관리를 잡아내고 그 얼굴 가죽을 벗기거나 그 눈알을 뽑아내니, 모든 백성은 공포에 떨었다.

　이에 진나라 익주 자사 왕준王濬이 진주에게 오를 쳐야 한다는 상소문을 올렸다.

손호는 황음 무도하기 짝이 없으니 속히 정벌하소서. 만일 하루 아침에 손호가 죽고 새로이 어진 임금이 서는 날이면, 우리에게 강한 적이 되고 맙니다. 신이 전함을 만들어둔 지도 이미 7년이 되어 날로 썩는 중이며, 또 신의 나이 70이니 죽을 날이 멀지 않았습니다. 이상 말씀 드린 세 가지 중에서 한 가지만 어긋나도 싸우기 어려우니, 바라건대 폐하는 기회를 잃지 마소서.

진주 사마염은 상소문을 읽고, 드디어 모든 신하들과 의논한다.
"왕준이 상소한 내용이 지난날 양호의 뜻과 같으니, 짐은 이제 결심했노라."
시중侍中 왕혼王渾이 아뢴다.
"신이 듣건대, 손호가 북쪽으로 쳐 올라오려고 군사를 정돈하고 준비를 갖추고 기세를 올려서 싸우기 어렵다 하니, 다시 1년만 기다렸다가 그들이 지치거든, 그때에 쳐들어가야 비로소 성공할 수 있습니다."
진주는 그 말을 옳게 여기고 군사를 동원하지 말라는 조서를 내렸다. 그는 후궁으로 물러가서 비서승秘書丞 장화張華와 함께 바둑을 두는데, 신하 한 사람이 와서 고한다.
"변경에서 표문이 왔습니다."
진주가 받아 뜯어보니 바로 두예의 표문이었다.

지난날 양호 장군은 조정 신하들과 미리 의논하지 않고, 비밀리에 계책을 폐하께 아뢴지라. 그래서 조정 신하들은 반대했거니와, 대저 일이란 이해부터 따져야 합니다. 이번에 거사하면 십중팔구의 이익이 있고, 그 손해는 공을 세우지 못해도 그만이라는 그런 정도입니다. 가을로 접어들면서부터 오를 쳐야 할 사태가 날로 무르익어가는데, 이제 만일 이 일을 중지한다면, 장차 어찌하실 요량입니까. 손호가 겁을 먹고 도읍을 무창 땅으로 옮기고, 강남 일대의 모든 성을 완전히 수리하고 백성들을 멀리 옮긴다면, 우리는 적의 성을 공격할 수 없으며, 벌판에서 곡식을 약탈할 수도 없습니다. 그렇게 되는 날이면 내년이 아니라 내후년이 된대도 기회는 다시 오지 않습니다.

진주가 표문을 다 읽었을 때, 장화는 돌연 바둑판을 밀어놓고 일어서서 두 손을 모으며 아뢴다.

"폐하는 신성 신무神聖神武하여 나라는 윤택하고 군사는 강합니다. 그러나 오주는 음탕하고 학대가 심해서, 백성들은 근심에서 헤어나지 못하며 나라는 지칠 대로 지쳤습니다. 이럴 때 오를 치면 고생하지 않고 평정할 수 있으니, 바라건대 폐하는 더 이상 주저하지 마소서."

진주는

"경의 말이 이해를 꿰뚫어 봄이로다. 짐이 다시 뭣을 의심하리요!"

하고, 곧 정전에 나가서 명령을 내린다.

"진남대장군 두예는 대도독이 되어 군사 10만 명을 거느리고 강릉江陵으로 나아가고, 진동대장군 낭야왕 사마주司馬梨는 도중蔬中으로 나아가고, 정동대장군 왕혼은 횡강橫江으로, 건위장군 왕융王戎은 무창으로, 평남장군平南將軍 호분胡奮은 하구夏口로 나아가되, 각기 군사 5만 명씩 거느리고 다 같이 두예의 지휘에 따르라."

또 용양장군龍塗將軍 왕준과 광무장군廣武將軍 당빈唐彬에게 장강을 따라 동쪽으로 진격하라는 영을 내리니, 수군과 육군이 도합 20여만 명이요 전함 수만 척이 출동했다. 그리고 관남장군冠南將軍 양제楊濟는 양양 땅에 가서 주둔하여, 각 방면의 모든 군사를 조절하라 분부했다.

이 소식은 즉시 첩자에 의해 동오로 보고됐다.

오주 손호는 깜짝 놀라 황급히 승상 장제張悌와 사도 하식何植과 사공 등수呻修를 불러들이고 적군을 물리칠 일을 상의한다.

장제가 아뢴다.

"거기장군 오연伍延을 도독으로 삼아 군사를 거느리고 강릉에 가서 두예를 맞이하여 싸우게 하고, 표기장군 손흠孫歆에게 군사를 주어 하구에 가서 그 방면의 적군을 막도록 하십시오. 신은 감히 장수가 되어 좌장군 심형沈瑩, 우장군 제갈정과 함께 군사 10만 명을 거느리고 우저牛渚 땅에 주둔하며 각 방면의 군사들을 후원하리다."

손호는 그 말을 좇아 마침내 장제에게 군사를 주어 떠나 보냈다.

그리고 후궁으로 들어갔으나, 얼굴에 근심이 가득하였다.

평소 총애하는 신하 중상시 잠혼이 천연스레 묻는다.

"폐하께서는 어찌하여 수심이 완연하십니까?"

"진나라 군사가 대거 쳐들어온다기에 각 방면으로 군사를 보내긴 했으나 어찌하리요. 적장 왕준이 군사 수만 명을 거느리고, 전함을 완전히 갖추고 강물을 따라 내려오는 기세가 매우 날카로운지라. 그래서 짐은 근심하노라."

잠혼이 속삭이듯 아뢴다.

"신에게 한 가지 계책이 있으니, 적장 왕준의 모든 전함을 다 산산조각으로 부숴버리겠습니다."

손호가 매우 기특하여 그 계책을 물으니, 잠혼은 아뢴다.

"우리 강남엔 철鐵이 많으니, 길이는 백 장丈, 무게가 2, 30근씩 되는 쇠고리를 엮어 백여 가닥의 쇠사슬을 만들어서, 장강의 요긴한 곳마다 가로질러 펴놓으십시오. 그리고 다시 길이 1장 남짓한 철추鐵錐(쇠로 만든 송곳) 수만 개를 만들어 강물 속에 배치하십시오. 만일 진나라 배가 바람 따라 몰려오다가 철추와 쇠사슬에 부딪히면 즉시 부서질 테니, 그들이 어찌 강을 건널 수 있겠습니까."

손호는 무릎을 치며, 영을 내려 모든 장인匠人을 동원하여 강변에서 밤낮을 가리지 않고 쇠사슬과 철추를 만들게 하여 강에 적절히 배치시켰다.

한편 진나라 도독 두예는 군사를 거느리고 강릉으로 나오자, 아장牙將 주지周旨에게 명령한다.

"너는 수군 8백 명을 거느리고 조그만 배들을 타고 몰래 장강을 건너가서, 밤중에 낙향樂鄕 땅을 습격하고, 산과 숲이 있는 곳에 정기를 많이 세우되, 낮이면 포를 쏘고 북을 치고, 밤이면 각처마다 불을 올려라."

주지는 명령을 받자 군사를 거느리고 장강을 건너가서, 드디어 파산巴山에 매복했다.

이튿날, 두예는 수륙 대군을 거느리고 동시에 나아가는데, 전방의 파발꾼이 말을 달려와서 보고한다.

"오주가 오연을 육로로, 육경陸景을 수로로 보내고, 손흠을 선봉으로 삼아 지금 그들이 세 방면으로부터 몰려오고 있습니다."

두예가 군사를 거느리고 그냥 전진하니 어느새 손흠의 전함들이 닥쳐오는지라, 양편 군사간에 접전이 벌어졌다.

이윽고 두예가 문득 후퇴하니, 손흠은 군사를 거느리고 상륙하여 끈질기게 쫓아간다. 근 20리쯤 뒤쫓아갔을 때였다.

한 방 포 소리가 탕! 터지자, 사방에서 진나라 군사가 일제히 나타나 우르르 달려든다. 당황한 오군이 급히 뒤돌아서서 달아나니, 두예는 기회를 놓치지 않고 밀어내듯 마구 죽인다.

수많은 군사를 잃은 손흠이 도망쳐 성 근처로 돌아가자, 미리 와서 매복하고 있던 주지의 군사 8백 명은 오나라 패잔병들 속에 섞여 들어가,

성 위에서 불을 올린다.

손흠은 소스라치게 놀라,

"북쪽에서 온 모든 진군은 날아서 장강을 건너왔단 말이냐!"

하고, 다시 성에서 후퇴하려다가, 주지의 대갈일성大喝一聲과 함께 두 토막이 나서 말 아래로 떨어졌다.

육경은 전함 위에서 강남 언덕에 한 줄기 불꽃이 치솟고 파산 산 위에 '진 진남대장군 두예晉鎭南大將軍杜預'라고 쓴 큰 기가 바람에 펄펄 나부끼는 것을 바라보자 깜짝 놀라, 급히 언덕으로 달아나다가, 진나라 장수 장상張尙이 말을 타고 달려와서 내리치는 칼에 목이 달아났다.

오연은 각 방면의 군사가 모두 패한 것을 알자, 성을 버리고 달아나다가, 진나라 복병에게 사로잡혀 결박을 당하고, 두예에게 끌려갔다.

두예가 명령한다.

"저런 적장은 살려둬도 쓸 데가 없다. 속히 참하라."

무사들은 달려들어 오연의 목을 쳐죽였다.

이리하여 진나라 군사는 마침내 강릉 땅을 완전히 점령했다.

이에 원沅과 상湘(둘 다 동정호洞庭湖로 들어가는 큰 하수河水) 일대로부터 바로 황주黃州에 이르기까지의 모든 고을의 수령들은 싸우기도 전에 인수를 바치며 항복했다.

두예는 각 고을로 사람을 보내어 백성들을 위로하며 추호도 노략질하지 않고, 다시 전진하여 무창 땅을 공격하니 또한 항복한다.

두예는 군사들의 위엄을 크게 떨치며, 드디어 장수들을 불러모으고 건업 땅 칠 일을 상의한다.

호분이 말한다.

"백년 적군을 일조에 다 항복받을 수는 없으며, 요즘 한참 봄물이 불어나니 오래 머물 수도 없습니다. 그러니 겨울이 되기를 기다려 다시 공격하기로 합시다."

두예가 대답한다.

"옛날에 악의樂毅(전국 시대 연燕나라 장수)는 제수濟水 서쪽에서 일대 결전을 벌여 강적 제齊나라를 평정했다. 이제 우리 군사는 널리 위엄을 떨치며 대쪽을 쪼개는 듯한 기세로 그냥 쳐들어가기만 하면, 적군은 저절로 무너지고 공격할 필요도 없을 것이다."

마침내 각 방면의 장수에게로 격문을 보내어,

"일제히 건업 땅으로 집중 공격하라."

는 영을 내렸다.

이때 진나라 용양장군 왕준은 수군을 거느리고 강물을 따라 내려오는데, 전방의 척후병이 와서 보고한다.

"오나라 사람들이 쇠사슬을 만들어 강을 막고, 또 물 속에 수많은 철추를 설치하여 방비하고 있습니다."

왕준은 크게 웃는다. 마침내 큰 뗏목 수십만 개를 만들고, 그 위에 풀로 만든 사람들을 세워 갑옷을 입힌 다음 무기를 들려 떠내려 보내니, 오군은 그것을 살아 있는 사람들로 알고 일제히 달아나는데, 찌르는 철추가 모조리 뗏목에 달라붙어서 함께 떠내려간다.

또 뗏목 위에다 큰 횃불을 만들었는데, 길이는 10여 장이요 크기는 10여 아름씩이나 되며 또 기름을 잔뜩 먹였기 때문에, 쇠사슬에 부딪히기만 하면 쇠를 태워 녹이니 잠시 동안에 모두 토막이 나서 끊어진다.

이에 양로兩路의 수군이 큰 강을 따라 내리미니, 가는 곳마다 승리를 거둔다.

한편 동오의 승상 장제는 좌장군 심형과 우장군 제갈정에게 진나라 군사를 맞이하여 싸우라는 명령을 내렸다.

심형이 제갈정에게 근심스럽게 이야기한다.

"상류上流의 우리 군사들이 막아내지 못했으니 적군은 반드시 이리로 올 것이오. 마땅히 힘을 다하여 싸우시오. 다행히 이기면 강남은 저절로 안정되겠지만, 이제 강물을 건너가서 싸우다가 불행하게 패하는 날이면 만사는 끝장이오."

"귀공의 말 그대로요."

하고 제갈정은 말하는데, 수하 사람이 말을 달려와서 고한다.

"적군이 강물을 따라 내려옵니다. 도저히 대적할 수 없는 기세입니다."

심형과 제갈정은 깜짝 놀라 황망히 장제에게 가서 상의한다.

제갈정이 참다못해 묻는다.

"우리 동오가 위급하거늘, 왜 달아날 생각은 하지 않소?"

장제가 울면서 대답한다.

"우리 오나라가 망할 것은 누구나 다 아는 바요. 이제 임금과 신하가 다 항복하고, 한 사람도 나라를 위해 죽지 않는다면, 이 또한 창피한 일이 아니겠소."

마침내 장제와 심형은 군사를 거느리고 가서 싸우니 진나라 군사가 일제히 포위한다.

진나라 부장 주지가 선두를 달려 오나라 진영으로 쳐들어가니, 장제는 맞이하여 혼자서 분연히 싸우다가 쌍방의 격전 속에서 죽고, 심형은 주지의 칼에 죽으니, 오나라 군사는 사방으로 흩어져 달아난다.

후세 사람이 장제를 찬탄한 시가 있다.

　　두예가 파산에 큰 기를 나타내니
　　강동의 장제가 충성으로 죽는 때더라.
　　이미 왕의 운수는 버림받아 남방 땅에서 끝나니

목숨을 아껴 의리를 저버릴 수 없었음이라.

杜預巴山見大旗

江東張悌死忠時

已穿王氣南中盡

不忍偸生負所知

진나라 군사는 이미 우저 땅을 완전히 점령하여 깊이 오나라 안으로 쳐들어간다.

이에 왕준은 급히 낙양으로 사람을 보내어 그간의 승리를 보고했다.

진주 사마염은 승전보를 듣고 매우 기뻐한다.

가충이 아뢴다.

"우리 군사는 오랫동안 남방에서 수고하고 있으니, 수토水土가 맞지 않아 반드시 풍토병이 생길 것입니다. 그러니 마땅히 군사들을 소환하시어 다음날에 다시 도모하소서."

장화가 맞선다.

"이제 대군이 이미 적의 소굴 안으로 들어갔고 오나라는 넋을 잃었으니, 한 달 안에 손호를 반드시 사로잡을 텐데, 이제 와서 경솔히 군사를 소환한다면 지금까지의 모든 공로가 다 수포로 돌아가오. 참으로 애석한 일이오."

진주 사마염이 미처 대답도 하기 전에 가충은 장화를 꾸짖는다.

"너는 하늘의 시기와 지리의 이익도 모르고, 망령되이 공훈만 탐하여 우리 군사를 곤경에 쓸어넣으려 하느냐. 너를 죽인대도 천하에 사죄할 길이 없겠다."

사마염이 말한다.

"이번 일은 다 짐의 뜻으로 하는 것이다. 장화는 짐과 의견이 같을 뿐인데, 어째서 서로 말다툼을 하느냐?"

이때, 두예의 표문이 도착했다. 사마염이 그 표문을 받아 뜯어보니, 급히 군사를 진격시켜야 한다는 내용이었다.

마침내 결심한 사마염은 원정 중인 모든 군사에게 진격 명령을 내렸다. 이에 왕준 등 모든 장수는 칙명을 받고 수로와 육로로 일제히 벼락치듯 쳐들어가니, 오나라 사람들은 진나라 깃발을 바라만 보고도 항복한다.

오주 손호는 오의 군사가 연방 패한다는 소식을 듣고 대경 실색했다.

모든 신하가 고한다.

"북쪽 군사가 날로 가까워오는데, 우리 강남의 군사와 백성들은 싸우지도 않고 항복하니, 장차 어찌하리까?"

손호가 묻는다.

"왜 싸우지 않는다더냐?"

"오늘날 이렇게 된 것은 다 잠혼의 죄입니다. 청컨대 폐하는 그를 죽이소서. 그러면 신들이 성밖에 나가서 죽을 각오로 싸워 결판을 내겠습니다."

손호가 대답한다.

"한낱 환관 따위가 어찌 나라를 망치리요. 그런 말 말라."

모든 대신이 크게 외친다.

"폐하는 촉을 망친 자가 황호라는 것을 모르십니까!"

그들은 손호의 명령도 기다리지 않고, 일제히 궁 안으로 몰려들어가서 잠혼을 난도질하여 죽이고, 그 살을 씹었다.

도준陶濬이 아뢴다.

"신이 거느리는 배는 다 작으니, 바라건대 군사 2만 명과 큰 배만 주시면 거느리고 가서 족히 적을 격파할 수 있습니다."

손호는 그 말을 좇아 마침내 모든 어림군御林軍을 도준에게 내주며 상류에 가서 적을 격퇴하라 하고, 전장군 장상張象에겐 수군을 거느리고 장강을 내려가서 적군을 격퇴하라 명령했다.

두 장수가 군사를 거느리고 출발하려는데, 갑자기 서북쪽에서 바람이 크게 일어난다. 오나라의 모든 기치는 능히 서 있지를 못하여 다 배안으로 거꾸로 넘어져 박힌다. 이 광경을 본 군사들은 불길한 생각이 들어서, 배를 타기도 전에 사방으로 흩어져 달아난다. 장상을 따르는 겨우 수십 명의 군사만이 남아 적군을 상대하게 됐다.

한편, 진나라 장수 왕준은 돛을 높이 달고 삼산三山을 지나는데, 주사舟師가 고한다.

"풍파가 매우 심해서 배가 갈 수 없으니, 바람이 좀 자거든 가사이다."

왕준이 버럭 화를 내며 칼을 뽑아 들고 꾸짖는다.

"우리는 바로 석두성石頭城을 점령하게 됐는데, 어째서 멈추자는 거냐!"

마침내 일제히 북을 치며 큰 기세로 나아가니, 오나라 장수 장상이 자신의 군사를 거느리고 와서 항복하겠노라 청한다.

왕준이 장상에게 분부한다.

"그대가 진실로 항복했다면, 즉시 앞장서서 공로를 세워라."

장상은 자기 배에 돌아가 바로 석두성 아래로 가서 성문을 열라 외친다. 성문이 열리자 그는 진나라 군사를 끌고 들어갔다.

손호는 진나라 군사가 이미 성안에 들어왔다는 보고를 듣고 스스로 칼을 뽑아 자살하려 든다. 중서령中書令 호충胡沖과 광록훈光祿勳 설형薛瑩이 아뢴다.

"폐하는 어찌하여 촉주 유선처럼 안락공安樂公이 되려 하지 않으십니까?"

이에 손호는 그 말을 좇아 또한 자기 몸을 결박하게 하고, 널을 지고 문무 대신들을 거느리고 왕준의 군사가 있는 데로 가서 항복했다.

왕준은 손호의 결박을 풀어주며 그 널을 불질러버리고, 왕에 대한 예의로써 대우했다.

후세 당나라 사람은 시를 지어 이 일을 탄식하였다.

왕준의 누선이 익주로 내리미니
금릉의 왕운王運은 캄캄한 가운데 끝났도다.
천 길 쇠사슬은 강 속에 조각조각 가라앉고
한 조각 항복의 기가 석두성에서 나오는도다.
인간 세상은 몇 번이나 지난 일에 마음 아파야 하느냐
산은 옛모습 그대로 싸느란 강물을 베개하여 누웠도다.
이제 천하가 한집안이 된 날을 맞이했건만
지난날의 성터는 갈대 소리만 쓸쓸한 가을이로세.

王濬樓船下益州

金陵王氣黯然收

千尋鐵鎖沈江底

一片降旗出石頭

人世幾回傷往事

山形依舊枕寒流

今逢四海爲家日

故壘蕭蕭蘆荻秋

이리하여 동오의 4주州 83군郡 323현縣과 호구戶口 52만 3천과 군리軍吏 3만 2천 명과 군사 23만 명과 남자, 여자, 늙은이, 어린것 도합 2백 30만 명과 곡식 280만 곡斛과 배 5천여 척과 후궁의 궁녀 5천여 명이 다 진나라 소유가 됐다. 큰일이 정해지자, 방문을 내걸어 백성을 위로하며

天權地裂石頭城上豎降旗

水湧風狂洋子江心獻怨皷

王濬計取石頭城

왕준의 군문으로 내려가 항복하는 손호(오른쪽에서 네 번째)

국고와 모든 창고를 봉封했다.

　사태가 이 지경이 되자, 이튿날 오나라 도준의 군사는 싸우지도 않고 저절로 무너졌다. 이에 낭야왕 사마주와 왕융의 대군이 속속 당도하여, 왕준의 큰 공훈을 축하하고 기뻐 날뛴다.

　이튿날, 두예가 또한 당도하여 삼군을 대대적으로 호궤한 다음, 곳간의 곡식을 내어 오 땅 백성들에게 골고루 나눠주니 백성들은 비로소 안심했다.

　다만 건평建平 태수 오언吳彦이 끝내 항거하다가, 오나라가 망했다는 소식을 확인하고서야 비로소 항복했다.

　왕준은 표문을 낙양으로 보내어 완전 승리를 보고했다.

　낙양의 조정은 오를 완전히 평정했다는 소식을 듣자, 임금과 신하가

다 함께 축하한다.

진나라 사마염은 술잔을 잡더니 눈물을 흘리며 말한다.

"이는 태부 양호의 공이로다. 그러나 친히 보지 못하고 죽었으니 애석할 따름이다."

표기장군 손수孫秀는 조정에서 물러나와 남쪽 하늘을 바라보고 통곡한다.

"옛날에 토역장군討逆將軍(손책孫策)은 젊었을 때 한낱 교위校尉의 신분으로서 오나라의 기초를 세웠는데, 이제 손호는 강남 일대를 몽땅 남에게 내줬으니, 유유하구나 푸른 하늘아, 그 어찌 된 사람인고!" 손수는 손권의 동생 손광孫匡의 손자로, 손호의 제위 당시 건형建衡 2년(270) 이래로 진나라에 망명 와서 살던 사람이다.

이윽고 왕준은 군사를 거느리고 개선하고, 오주 손호를 낙양으로 데려왔다. 이때가 태강太康 원년 여름 5월이니 서기 280년이었다.

손호는 정전에 올라가, 머리를 조아리며 진나라 황제를 뵙는다.

진제 사마염이 앉을자리를 지시하고 말한다.

"짐은 이 자리를 마련해놓고 경을 기다린 지 오래노라."

손호가 대답한다.

"신도 남방에서 또한 이런 자리를 마련해놓고 폐하를 기다렸소이다."

진나라 황제가 크게 웃는다.

가충이 손호에게 묻는다.

"듣건대 귀공은 남방에 있으면서, 사람 눈알을 뽑기가 일쑤고 곧잘 사람의 얼굴 가죽을 벗겼다고 하니, 그건 어떤 경우에 쓰는 형벌이었나요?"

손호가 대답한다.

"신하로서 임금을 죽이거나 또는 간특하고 교활하며 충성이 없는 자에게 그런 형벌을 내렸을 뿐이다."

"……."

가충은 부끄러워서 아무 말도 못한다. 원래 가충은 위의 신하로서 진을 위해 충성한 사람이었다.

진나라 황제는 손호를 귀명후歸命侯로 봉하고, 그 자손들을 중랑中郎으로 삼고, 따라서 항복한 오의 대신들을 모두 열후로 봉하고, 오의 승상 장제는 싸우다가 죽었는지라 그 자손에게 벼슬을 봉했다.

이번에 혁혁한 공로를 세운 왕준에게는 보국대장군輔國大將軍이라는 칭호를 내리고, 그 밖의 모든 장수와 군사들에게도 그 공로에 따라 벼슬을 봉하고 많은 상을 하사했다.

이때부터 삼국은 다 진제 사마염에게로 돌아갔으며, 천하는 하나로 통일됐다.

이른바 '천하대세는 합한 지 오래면 반드시 나뉘며, 나뉜 지 오래면 반드시 합한다'는 바로 그것이었다.

그 후 후한後漢 황제였던 촉주 유선은 진나라 태시泰始 7년(271)에 세상을 떠났고, 위주 조환은 태안太安 원년(302)에 세상을 떠났으며, 오주 손호는 태강太康 4년(283)에 세상을 떠났다.

지난날 삼국의 주인들은 다 제 명대로 살다가 죽은 것이다.

후세 사람이 고풍古風 한 편을 지어 자초지종自初至終을 읊었다.

한 고조가 칼을 뽑아 함양으로 들어가니
타오르는 붉은 해가 동쪽에서 솟음이라.
광무제光武帝가 용처럼 일어나서 대통을 이루니
해는 날아서 하늘 한복판에 올랐도다.
애달프구나! 헌제가 천하를 이어받은 후로

태양은 서쪽 함지 곁에 떨어졌도다.

하진은 꾀가 없어 환관들이 소란을 떨고

양주 땅 동탁이 조정에 자리를 잡았도다.

왕윤은 계책을 세워 역당들을 죽이고

이각과 곽사가 칼과 창을 일으켰도다.

이에 사방에서 도둑이 개미 떼처럼 몰려드니

천하의 간특한 영웅들이 매처럼 날아오르도다.

손견과 손책은 강남 땅에서 일어나고

원소와 원술이 하량 땅에서 일어났도다.

유언 부자는 파촉을 근거 삼고

유표의 군사는 형·양에 주둔했도다.

장연과 장노는 남정 땅에서 패권을 잡고

마등과 한수는 서량 땅을 지켰도다.

도겸·장수·공손찬은

각기 씩씩한 재주를 발휘하여 한 지방씩 차지하고

조조는 전권을 잡아 승상부에 거처했도다.

조조는 영특하고 준걸한 인재를 모아 문무로 쓰면서

위엄은 천자를 떨게 하여 모든 제후를 명령하되

용맹한 군사를 거느리고 중원을 진압했도다.

누상 땅 현덕은 원래 황실의 후손으로서

관우, 장비와 의형제를 맺고 천자를 돕고자

동분서주하며 집 없음을 한탄하니

거느린 장수와 군사가 넉넉지 못해서 떠도는 신세였도다.

남양 땅을 세 번이나 찾아갔으니 그 정이 어찌 그리도 깊었던고.

와룡선생은 한 번 보자 천하를 나누어

먼저 형주를 차지하고 뒤에 서천을 차지하니

왕업의 기초가 천부(서측)에 있었도다.

오호라! 3년 만에 유현덕이 세상을 떠나게 되니

백제성에서 외로운 아들을 부탁하던 그 심정 어떠했으랴!

공명은 여섯 번이나 기산 앞으로 쳐들어가

혼자 몸으로 하늘을 돕고자 애썼도다.

뉘 알았으리요, 운수가 이에 이르러 끝나니

장성이 한밤중에 산기슭에 떨어졌도다.

강유가 홀로 높은 기상과 힘만 믿고서

아홉 번이나 중원을 쳤지만 헛수고였도다.

종회와 등애가 군사를 나누어 거느리고 진격하니

한나라 강과 산이 다 조씨의 소유가 됐도다.

조비, 조예, 조방, 조모와 겨우 조환의 대에 이르러

사마씨가 또한 천하를 가로챘도다.

황제 자리를 넘겨받는 대 앞에 구름과 안개는 일어나고

석두성 아래는 물결도 없었도다.

진류왕과 귀명후歸命侯와 안락후安樂侯여

그들의 왕후 공작은 한때 나라를 가졌던 사람들이로다.

혼란한 세상일이란 무궁무진하고

하늘의 운수는 아득해서 벗어날 수 없도다.

솥발처럼 나뉘었던 삼국도 이미 한바탕 꿈이었거니

후세 사람들은 옛일을 애도한다면서 공연히 떠들어대는도다.

高祖提劍入咸陽

炎炎紅日升扶桑

光武龍興成大統

金烏飛上天中央

哀哉獻帝紹海宇

紅輪西墜咸池傍

何進無謀中貴亂

涼州董卓居朝堂

王允定計誅逆黨

李杆郭解興刀槍

四方盜賊如蟻聚

六合奸雄皆鷹揚

孫堅孫策起江左

袁紹袁術興河梁

劉焉父子據巴蜀

劉表軍旅屯荊襄

張燕張魯覇南鄭

馬騰韓遂守西涼

陶謙張繡公孫瓚

各逞雄才占一方

曹操專權居相府

牢寵英俊用文武

威震天下令諸侯

總領被頓鎮中土

樓桑玄德本皇孫

義結關張願扶主

東西奔走恨無家

將寡兵微作羈旅

南陽三顧情何深

臥龍一見分豈宇

先取荊州後取川

覇業王圖在天府

嗚呼三載逝升遐

白帝託孤堪痛楚

孔明六出祁山前

願以隻手將天補

何期曆數到此終

長星半夜落山塢

姜維獨憑氣力高

九伐中原空領勞

鍾會鄧艾分兵進

漢室江山盡屬曹

丕叡芳悛菅及奐

司馬又將天下交

受禪臺前雲霧起

石頭城下無波濤

陳留歸命與安樂

王侯公爵從根苗

紛紛世事無窮盡

天數茫茫不可逃

鼎足三分已成夢

後人憑弔空牢騷

【끝】

해 설

2

『삼국지연의』 깊이 들여다보기

『삼국지연의』 깊이 들여다보기

우리나라에서 흔히 말하는 '삼국지三國志'는 나관중羅貫中(1328~
1398)이 지은 『삼국지연의三國志演義』를 뜻한다. 그러나 정확히 말하면
『삼국지연의』는 나관중 한 사람만의 창작물이 아니다. 우선 진晉나라
때 진수陳壽(233~297)가 쓴 정사正史 『삼국지』가 『삼국지연의』의 모태
가 되었고, 여기에 당唐 · 송宋의 속강俗講과 송 · 원元의 잡극雜劇이 더해
졌다. 게다가 나관중의 글이 저술된 뒤에도 후대 사람들이 그의 소설에
첨삭을 가하여 다양한 판본을 탄생시켰다. 이 글에서는 '삼국지'가 어
떻게 형성되고 변화했는지에 대해 살펴보고 『삼국지연의』의 실체에 좀
더 가까이 접근해보고자 한다.

1. 『삼국지연의』의 형성 과정

1) 진수의 『삼국지』와 배송지의 주

『삼국지』는 위魏(220~265), 촉蜀(221~263), 오吳(222~280) 삼국의
역사를 나라별로 기록한 기전체紀傳體 역사서로, 위를 중심으로 씌어져

있다. 이는 진晉이 위로부터 선양禪讓이라는 형태로 정권을 이양받은 나라이고, 또 진수가 진을 섬기는 입장에 있었기 때문이다. 따라서 『위지魏志』에는 「제기帝紀」가 있지만 『촉지蜀志』와 『오지吳志』에는 없다. 선양이 원래 유덕한 제왕이 그 자리를 다른 성姓의 유덕한 자에게 이양한다는 뜻을 갖고 있는 만큼, 전대의 제왕을 헐뜯는 것은 결국 자기 자신을 헐뜯는 꼴이 되기 때문이다.

『삼국지』는 『사기史記』, 『한서漢書』, 『후한서後漢書』와 함께 4대 역사서로 꼽힌다. 그 이유는 단순히 그 격조 높은 문장에 있는 것만이 아니다. 전국 시대戰國時代의 재도래를 연상시키는 후한말後漢末 격동의 시대가 낳은 다양한 유형의 인간상이 그려지고 있기 때문이다.

또한 진수의 『삼국지』에는 남조南朝 송 배송지裴松之(372~451)의 주注가 달려 있다. 송 문제文帝는 『삼국지』의 내용이 지나치게 간략한 것을 애석하게 여겨 배송지에게 주를 달게 하였다. 그는 어환魚螺의 『위략魏略』 외 140여 종의 사서에 근거하여 본문의 부족한 부분을 보충하였고, 풍부한 일화로 난세 영웅들의 입체적인 이미지를 파악할 수 있게 하였다. 『삼국지연의』도 이 주가 있었기 때문에 비로소 완성된 것이라 할 수 있다.

2) 당 · 송의 속강

앞에서 말했듯이 『삼국지연의』는 진수의 『삼국지』와 같은 역사서 뿐만 아니라 당 · 송에 걸쳐 발달한 야담, 연극 등 대중 예술도 함께 녹아 들어가 있다. 대중 예술의 근원은 바로 당나라 때 생긴 '속강俗講'이다. '속강'은 본래 불교의 교의를 민간에 전파하기 위해 생겨난 설교의 한 형식인데, 경전의 낭송과 통속적인 불교 설화에 의한 경전 해설이 기본이었다. 그리고 점차 불교를 벗어난 설화를 테마로 하는 '속강'으로 바뀌게 된다. 다시 말해 승려에 의해 절에서 행해지던 '속강'이 길거리로 나오게 되자 불교 설화의 영역을 탈피하여 민간의 고사나 영웅 이야기로 확장되었던 것이다. 그런 가운데 삼국 시대의 영웅들도 함께 등장했다.

예를 들면 당의 시인 이상은李商隱(812~858)은 「교아시驕兒詩」에서 "혹은 장비의 오랑캐 수염을 비웃고, 혹은 등애의 더듬거리는 말을 웃는다"라고 하였다. 이 시는 사랑하는 아이가 떼쓰는 모습을 노래한 것인데, 여기에서 예로 든 등애의 말 더듬는 버릇은 정사正史에도 기재되어 있으므로 예외로 치더라도, 장비의 오랑캐 수염에 대해서는 정사에서 그 기록을 찾아볼 수 없다. 그러나 야담에서는 장비의 수염이 '제비 턱에 호랑이 수염'이라 하여 이후 그의 트레이드마크가 되었던 것이다.

또 북송北宋(960~1127) 때가 되자, 서민 사회의 발달과 함께 빠르게 발전한 대중 예술 분야에 '강사講史'(남송대南宋代에는 '연사演史'라고도 했다)라는 야담가野談家가 등장했다. 그리고 이 야담가들 중에는 물론 '삼국지' 전문 야담가도 있었다(맹원로孟元老, 『동경몽화록東京夢華錄』). 그 내용은 알려져 있지 않지만, 소식蘇軾(1036~1101)의 필기 속에서 그 성격의 일부를 상상할 수 있다.

왕팽王彭(소식의 지인으로, 문장이 뛰어난 하급 무관)이 다음과 같이 말했다. "아이들의 장난이 너무 심하여 각 가정에서는 이를 보다못해 용돈을 주어 야담 구경을 시켜주곤 했다. 아이들은 삼국지 이야기를 들을 때마다 유비가 지면 한숨을 내쉬고, 심지어 울기까지 하는 아이도 있다. 반면 조조가 지면 좋아서 싱글벙글한다. 세월이 아무리 흘러도 소인과 군자의 영향이 사라지지 않는다는 것은 바로 이런 것을 두고 하는 말일 것이다." (『지림志林』)

이것을 「교아시」에서의 장비 묘사와 함께 생각해보면, 당에서 송에 이르는 동안, 지금 우리가 보고 있는 삼국에 관련된 이야기의 골격이 일단 갖춰졌다는 사실을 알 수 있다.

3) 『전상삼국지평화』

위에서 언급한 야담들은 2백 년 후에『전상삼국지평화全相三國志平話』(이하『평화』)라는 책으로 묶여졌다. 이것은 원말元末 건안建安 연간에 우虞라는 사람이 간행한 것으로 상·중·하 세 권으로 구성되어 있다. '전상全相'이란 삽화가 들어가 있다는 뜻으로 각 페이지 펼친 면에서 위쪽 3분의 1이 삽화로 되어 있고, 아래에 본문이 있다. 후한말부터 제갈양諸葛亮의 사망까지가 주로 다루어지며, 진晉의 천하 통일로 마무리된다. 나중에 나온『삼국지연의』와 큰 차이 없이 도원결의를 비롯한 주요 장면이 모두 수록되어 있다. 굳이 차이가 있다면 서두에 사마중상司馬仲相의 명토冥土 재판이 들어 있다는 것과, 원래는 흉노족이었던 오호 십육국 시대 전조前趙의 유연劉淵을 유비의 일족으로 하여, 그가 진晉을 멸망시키고 한의 천하를 회복했다는 이야기로 결말을 지었다는 것이다.

『평화』는 그 맥락이 나중에 나온『삼국지연의』와 크게 다를 바는 없지만, 양은 약 10분의 1에 지나지 않고, 지명·인명에 오자가 많으며, 또 뜻이 통하지 않는 곳이 더러 있다. 이런 점에서 루쉰魯迅은 "그 조잡한 면모를 보면 야담가가 이용한 '만담책漫談冊'이 아닐까 하는 생각이 든다. 길게 늘려 구연하고, 변화를 많이 주면 청자의 흥미를 끌 수 있기 때문이리라. 그러나 매 페이지마다 꼭 그림이 들어 있는 걸 보면 역시 사람들에게 열람시키기 위한 것이다"(『중국소설사략』제12편)라고 하였다. 야담가의 대본인지 아닌지는 차치하고라도, 적어도 이것이 당시의 야담가가 이야기한 '삼국지' 야담의 실체를 전해주는 것이라는 사실만은 분명하다.

4) 나관중의 『삼국지연의』와 홍치본

『평화』를 개편하여 한 편의 소설을 완성시킨 사람이 바로 나관중이다. 그는 14세기 중엽의 원말 명초 사람으로 태원太原 태생이다. 그의 저서로는 『삼국지연의』 외에도 『수당사전隋唐史傳』, 『잔당오대사연의殘唐五代史演義』, 『삼수평요전三遂平妖傳』 등이 있고, 극작가로도 알려져 있다.

『삼국지연의』의 정확한 제목은 『삼국지통속연의三國志通俗演義』이다. '연의'란 사실史實(의義)을 부연敷衍(연演)한다는 의미로, '삼국지 이야기'라고도 번역할 수 있을 것이다.

최초의 『삼국지연의』에는 홍치弘治 7년(1494)에 용우자庸愚子라는 이가 쓴 서문이 있어서 일반적으로 '홍치본弘治本'이라 불린다. 『삼국지연의』는 전 24권으로 1권을 10절로 나누어 240절, 각 절에 1구句의 표제가 붙어 있다. 이것은 정사의 체재에 따른 것으로, 기존에 민중의 것이었던 삼국지 이야기를 지식인의 읽을거리로 만들고자 한 의도를 나낸 것이라 할 수 있다.

나관중은 『평화』나 야담·희곡 등을 통해 전해지고 발전된 삼국지 이야기를 정사에 근거하여 검토하고, 그 서민적인 발상에 기초를 둔 자유분방한 영웅들의 활약 장면 등, 피가 되고 살이 되는 장면은 대담하게 살려내는 반면, 분명한 오류는 바로잡고, 미신적 요소나 지나치게 황당무계한 장면은 신중하게 쳐냈다. 이런 과정에서 『삼국지』, 『후한서』, 『진서晉書』, 『십칠사상절十七史詳節』 등 많은 자료가 인용됨으로써 양적인 면에서도 『평화』의 열 배에 달하는 일대 장편 소설이 완성된 것이다. 『삼국지연의』에서 다루는 기간은 후한後漢 영제靈帝 말년(184)부터 진

晉 무제武帝의 태강太康 원년(280)에 이르는 97년 간으로 『평화』와 같다. 단 『평화』의 서두인 사마중상의 재판 부분은 완전히 삭제하고, '후한의 환제桓帝 몰락하고, 영제 즉위하다. 당시 나이 열두 살'과 같이 간결하게 처리했다.

5) 이탁오본과 모종강본

『삼국지연의』는 홍치본 이후에도 여러 종류의 판본이 나와 여러 차례 손질되거나 삽화가 덧붙여졌다. 그러나 그 절節을 나누는 방식은 대개 홍치본을 따르고 있었다. 즉 홍치본에서는 24권의 각 권을 10절씩 나누었으므로 도합 240절이 된다. 그 후의 판본도 권수의 차이는 있으나 240절이라는 점에서 똑같았다. 그러나 명대明代의 『이탁오 선생 비평삼국지李卓吾先生批評三國志』(이탁오본李卓吾本)는 권을 별도로 나누지 않고 두 절을 합하여 1회로 하여 전부 120회로 하고 평론을 달았다.

이탁오본을 계승 발전시킨 것이 청대淸代의 『모종강 비평본 제일재자서 수상삼국지연의毛宗崗批評本第一才子書繡像三國志演義』(모종강본毛宗崗本)였다. 모종강본에는 김성탄金聖嘆(1608~1661)의 서문과 「성탄외서聖嘆外書」라는 권두 글이 실려 있어 김성탄의 비평본인 것처럼 되어 있으나 여기에 대해서는 위작이라는 주장이 많다. 모종강본은 『비파기琵琶記』의 평자인 모륜毛綸이 이탁오본을 개편하여 아들 모종강의 명의로 강희康熙 18년(1679)경 완성했다고 보아야 옳을 것이다.

모륜은 정사에 의거하여 홍치본의 과오를 바로잡고 사관史官·후인後人과 주정헌周靜軒의 시를 빼고, 당송 시인의 작품들을 첨가하였다. 모종강본은 이탁오본의 각 회 제구題句에 문제가 있는 것을 조정했을 뿐만 아니라 이탁오의 평을 삭제하고 모씨 자신의 평을 넣어 홍치본의 면목을 일신하였다. 그리하여 이 모종강본만이 그 후 지금까지 널리 보급,

애독되고 있는 것이다.

2.『삼국지연의』의 실체

1)『삼국지연의』와 사실史實

『삼국지연의』에 대해서는 종래 다양한 논평이 있어왔다. 예를 들면 "『삼국지통속연의』는 …… 정사에 의거해 소설을 채용하고, 문장을 다듬어 유행을 따르면서도, 속되지도 황당하지도 않고, 쉽게 읽히고 쉽게 몰입할 수 있으며, 역사가의 고리타분한 문장이 아닐 뿐만 아니라 엉터리에다 장난이나 치는 듯한 부분이 없고, 백 년 동안의 사건을 다루며 그 모든 것들을 개괄하고 있다"(명대明代 고유高儒의『백천서지百川書志』)와 같은 평이 있는가 하면, "사실에 너무 의존하여 진부하다"(명대 사조제謝肇淛의『오잡조五雜組』)라든가, 또 "70퍼센트가 사실, 30퍼센트가 허구로 독자는 왕왕 헷갈리게 되고, 사대부 중에도 도원결의를 비롯한 그 외의 사건들을 고사(역사상의 사실)로 이용하는 자가 있다"(청대 淸代 장학성章學誠의『병진답기丙辰栖記』)와 같은 평도 있다.

작자가 인물을 창조하는 데, 정사나 배송지의 주를 활용한 것에 대해 생각해보자. 우선 제4회에 동탁 암살에 실패한 조조가 고향으로 도망치는 대목이 있다.『위지魏志』「무제기武帝紀」에서는 이것에 대해, "동탁은 태조太祖(조조)를 추격하여 효기교위驍騎校尉로 삼아, 자신의 협력자로 만들려고 했다. 태조는 이에 성명을 바꾸고 몰래 동쪽(고향)으로 도망치려 했다"라 했고, 이어서 중모현中牟縣에서 체포되는 대목이 나오는데, 여기에 다음과 같은 주가 들어가 있다.

(a) 태조는 동탁이 반드시 실패한다고 예상하고 있었기 때문에, 관직을 받지 않고 고향으로 도망치려고 했다. 그 도중에 성고成皐 땅에 사는 친구인 여백사呂伯奢를 찾아갔을 때 마침 백사는 집에 없었다. 그 아들과 식객들이 태조의 말과 소지품을 보고 빼앗으려 덤벼들자, 태조는 칼을 휘둘러 몇 명을 베어 죽였다.

『위서魏書』(진의 왕침王沈)

(b) 태조가 여백사를 찾아갔을 때 여백사는 외출하고 없었지만, 자식들이 그를 맞이하며 대접할 준비를 했다. 태조는 자신이 동탁의 명령을 어기고 왔기 때문에 그들이 자신을 죽이려고 하지는 않을까 의심이 들어 그날 밤 그들을 베어 죽이고 그 집에서 나왔다.

『세어世語』(진의 곽반郭頒)

(c) 태조는 식기 가는 소리를 듣고, 자신을 죽이려 한다고 생각하여 마침내 그날 밤 그들을 죽였다. 그리고 냉정하게 "내가 다른 사람을 배신하는 일은 있어도, 다른 사람이 나를 배신하는 건 용서할 수 없다"고 말하고는 그 자리를 떠났다.

『잡기雜記』(진의 손성孫盛)

이 세 개의 주 가운데 작자는 특히 (b), (c)를 사용했을 뿐만 아니라 여백사 살해의 이야기까지 덧붙여 냉혹하고 비정한 조조라는 이미지를 만들어냈다. 게다가 진궁陳宮이라는 양심적인 인물을 등장시켜서, 이 이미지를 한층 더 강조하는 조작을 한 것이다.

정사『삼국지』에 기재되고,『평화』에서 초보적인 형태가 만들어진 것을 과감히 확대한 전형적인 예는 제37회의 '유현덕, 세 번 초려를 찾아가다'라는 부분일 것이다. 유비가 양양襄陽 교외의 초막에서 사마휘를 만나고 '복룡伏龍·봉추鳳雛'라는 복선을 깐 시점부터, 서서가 등장했다가 허도許都 행이 결정되고, 마침내 제갈양이라는 이름이 등장하며, 그 후 세 번에 걸친 와룡강臥龍岡 행이라는 식으로 서서히 절정을 향해 고조되어 간다. 그 이야기 전개의 절묘함으로 볼 때 작자의 예사롭지 않은 필력이 유감없이 발휘되고 있는 부분이라는 것을 알 수 있다. 그런데 여기서 재미있는 것은 작자가 이 부분에서도 배송지의 주를 교묘하게 이용하고 있다는 점이다. 주에서는 유비가 사마휘를 찾아가 의견을 묻자, 사마휘가 "이 지역에 복룡·봉추가 있다"고 하고, 그게 누구냐고 묻자 "제갈양·방통이다"라고 대답한다. 작자는 이 후반부의 답변을 숨기고, 서서가 군사들을 멋지게 지휘하는 모습을 보여주는 것으로 제갈양에 대한 기대감을 보다 크게 만든다. 지극히 용의주도한 설정이라 할 수 있다.

약간 다르긴 하지만 이런 사실史實의 사용 방법은 제23회에서도 볼 수 있다. 길평이 동승에게 가담하여 조조를 독살하려다가 실패하고 죽는 장면인데, 정사에 의하면 동승 일당의 모반도 사실이고, 길평의 모반도 사실이다. 단 동승의 음모는 소설과 같이 건안 5년에 발각된 것이지만, 길평은 18년 후인 건안 23년 경기耿紀의 모반(제69회)에 가담하였다가 죽는다. 동승, 길평 두 사람을 동지로 만든 것은 이미 『평화』에서도 있었지만, 작자는 여기에 동승이 꿈에서 조조에게 칼부림을 하기도 하고, 길평이 참혹한 고문을 당하는 장면 등을 추가해, 30퍼센트의 사실을 70퍼센트의 허구로 멋지게 살리고 있다.

『삼국지연의』에는 이 외에, 사실史實에 나타나지 않는 중요한 인물 두 사람, 초선과 주창이 등장한다. 초선은 『위지』「여포전呂布傳」에 "동탁은 늘 여포에게 중각中閣(궁중의 작은 문)을 지키라고 했는데, 여포는 동탁의 시녀와 밀통을 하였고, 그것이 발각될까 두려워 늘 불안에 떨었다'라는 대목이 있는데, 여기에서 힌트를 얻어 만들어진 것이라 여겨진다. 초선에 대해서는 그 외에도『촉지』「관우전」의 주에, 조조와 유비가 하비下邳에서 여포를 포위했을 때 조조는 관우가 여포의 아내를 차지하는 것을 용인했지만, 성을 함락한 후 그 아름다움을 보고 마음이 바뀌어서 자신이 빼앗아버렸다는 글이 있다.『삼국지연의』제8회는 전자의 설화를 도입한 것이다.

주창의 경우는『오지吳志』「노숙전魯肅傳」에서 볼 수 있다. 이는『삼국지연의』제66회 '관운장은 칼 한 자루만 가지고 회합에 참석하다'에 해당하는 부분이다. 여기서 관우를 따르는 장사를 주창이라 하였는데, 그 이름은 원나라 사람 노정魯貞의「한수정후비漢壽亭侯碑」에 '적토마를 타고 주창을 데리고 가다'와 맞는다고(청의 양장거梁章鉅,『낭적속담浪跡續談』) 하는 것으로 보아 일찌감치 야담 등에 등장했던 것 같다. 그의 이름은『평화』에서도 볼 수 있는데, '관공단도회關公單刀會' 대목에서는 나오지 않고, 관우가 죽은 후 기산祁山에서 목우木牛와 유마流馬를 지휘하는 부장으로 등장한다. 이것은 당시의 설화에서는 아직 그가 관우의 부하로서 정착되지 않았다는 것을 나타내는 것인지도 모른다.

2)『삼국지연의』의 정통론

진수의『삼국지』가 위를 한의 정통 후계자라고 했음에 반해 나관중의『삼국지연의』는 촉을 정통 후계자로 보고 있다. 이 점에 대해서는『삼국지연의』가 오랫동안 민중 속에서 발전해온 삼국지 설화의 골자를 그대로 답습했다는 것 외에, 당시 지배 계급의 사상이었던 정통관과의 관계도 고려할 필요가 있다. 삼국지 설화가 촉을 지지하게 된 것은 물론 민중의 '판관 옹호判官擁護'의 심정을 반영한 것이고, 그것이 촉나라 사람을 한층 이상화 혹은 미화하는 역할을 해왔다는 것은 부정할 수 없다.

한편 이러한 민중의 심정적인 촉 정통론과는 다른 측면도 있다. 즉 지식인 사이에서도, 위·촉의 정통성을 둘러싼 논쟁이 오래 전부터 계속되어왔다. 바로 '정통론正統論'이라는 사학상의 논쟁이다.

'정통론'이란 오행 사상五行思想에 근거하여 왕조 교체의 정당성을 입증하려는 것으로 한대에 시작된 것인데, 한漢·위魏 시대는 동진東晉 때 습착치習鑿齒의『한진춘추漢晉春秋』이래 계속 쟁점이 되어왔다. 습착치는 중원을 차지하고 진(서진)의 황통을 계승했다는 북방 이민족의 주장에 대해 후한(유씨)→촉→진(사마씨)→동진東晉이라는 계승 관계를 주장한 것이다. 이 설은 그대로 남북조 시대에도 이어져서 남조 각국의 정통설의 논거가 되지만, 한민족의 통일 국가가 재현된 당·송 시대에는 다시 위 정통설이 대세를 차지하기에 이르렀다. 그러나 송이 금金에 멸망당한 후 고종이 임안臨安에서 재건한 이른바 남송 시대가 되자, 주희朱熹의 명분론에 의한 촉 정통설이 나와(『통감강목通鑑綱目』) 주자학의 성행과 함께 정설이 되어, 그 정통관은 지배 계급에 의해 봉건제 옹호를 위한 적절한 명분으로, 도구로 민중에게 강요되었다.

동진·남북조·남송, 즉 한민족의 국가가 중원에서 쫓겨난 시기에 촉을 정통으로 하는 설이 생겼다는 점에서 보면, 이는 모두 자기가 속하는 국가 권력의 강화를 위해 이루어진 것이지만, 그것에 민족주의의 일정한 반영이 있었다는 건 결코 지나친 말이 아니다. 그럼 그때까지 민중 사이에서 이루어져온 삼국지 설화의 경우는 어떠했을까. 역시 거기에서도 민족주의의 반영을 볼 수 있다. 삼국지 설화가 강사講史(장편 역사 야담)로 성립된 것이 남송이라는 것은 앞에서도 말했는데, 이 시기의 강사에 새로운 읽을거리로서「악비전岳飛傳」이 나타났다는 것은 주목할 만하다. 악비는 진회秦檜와의 관계로, '판관 옹호'적 성향이 강한 민중에게는 적절한 대상이었겠지만, 동시에 금金나라에 저항했던 영웅 악비를 환영하는 민중의 마음 밑바닥에 단순한 '판관 옹호'로 한정지을 수 없는 민족주의가 깃들여 있다는 것은 명백하다. 그리고 이러한 민중적 민족주의는 삼국지 설화의 적국敵國에 해당하는 위를 침략자 금나라에 비유한 것인지도 모른다.

또한 원말元末 빈농의 아들에서 출세하여 홍건紅巾의 난의 지도자로 원을 멸망시킨 명의 태조 주원장朱元璋이 종종 조조에 비유되었다는 것에서도 충분히 추측할 수 있다. 나관중은 주원장과 동시대 사람이었으며, 원말의 반란 지도자 가운데 한 사람인 장사성張士誠과도 관계가 있었다는 설에 의하면 더욱 그러하다. 그리고 지식인인 그가 주희 이후의 정통설에서 벗어나지 못했다는 것은 『삼국지연의』에서 강조한 군신君臣의 의와 같은 것을 보아도 명백하게 알 수 있다. 그러나 이러한 경향은 당시 저자의 지식인으로서의 한계로 인해 그다지 크지 않았다. 그보다는 오히려 민중 사이에서 유행하고 있던 촉 정통설이 『삼국지연의』에서 비로소 융합되었고 그 결과 그때까지만 해도 항간의 예능에 지나지 않았던 삼국지 설화를 수준 높은 독서인 계층의 감상에도 적합한 품격 높은 역사 소설로서 재생시켰다는 점이야말로 더욱 높게 평가해야 할 것이다.

---

* 이 글은 편집자가 일본 헤이본샤平凡社에서 출간된 타츠마 요시스케 역 『삼국지연의』의 해설 부분을 참조하여 작성하였다.

三國志

演義 부록

10

◉ — 일러두기

1. 「나오는 사람들」은 역자가 직접 작성한 것이다.
2. 「간추린 사전」은 『삼국지연의』 전문 연구가 정원기 교수의 자문을 토대로 구
   성하였다.

나오는 사람들

극정郤正 | **?-278** | 자는 영선令先. 촉의 중신. 비서랑 벼슬에 있을 때, 환관 황호의 농간으로 궁지에 몰린 강유에게 답중에서 둔전할 것을 권하여 그의 안전을 돕는다.

두예杜預 | **222-284** | 자는 원개元凱. 진의 명장. 명장 양호의 추천으로 두각을 나타낸다. 지략이 뛰어난 자로 진 황제 사마염의 명을 받아 오를 정벌한다.

등애鄧艾 | **197-264** | 자는 사재士載. 위의 명장. 문무를 겸비한 장수로 촉의 강유와 좋은 적수가 되어 싸운다. 후일 종회와 길을 나누어 촉을 칠 때 경쟁하여 후주의 항복을 먼저 받았다. 그러나 그를 의심한 사마소에게 죽음을 당한다.

문앙文鴦 자는 아앙阿鴦. 위의 장수. 문흠의 아들로 사마사의 전횡에 격분한 부친이 사마사를 치고자 군사를 일으켰을 때 용맹을 떨쳤다. 불과 18세의 나이로 무예가 뛰어나 감히 그를 대적할 자가 없었다. 결국 사마사에게 패하여 오에 항복하였다가, 후일 진에 귀순한다.

문흠文欽 | **?-257** | 자는 중약仲若. 양주 자사로 있을 때 사마사가 제 마음대로 황제를 폐립하는 것을 보고 격분하여 관구검과 함께 군사를 일으킨다. 그러나 사마소에게 패하여 오에 항복하였는데, 뒤에 제갈탄이 사마소를 칠 때 그를 돕다가 제갈탄에게 죽음을 당한다.

부첨傅僉 | **?-263** | 촉의 장수. 강유를 따라 위를 쳤는데, 무예가 뛰어나 여러 위장을 죽이는 등 용맹을 떨친다. 촉이 망할 때 양평관을 지키며 용맹하게 싸웠으나, 힘이 다하자 자결한다.

사마염司馬炎 | **236-290** | 자는 안세安世. 진의 초대 황제. 사마소의 장자. 어려서부터 총명하고 웅지가 있었다. 부친의 뒤를 이어 진왕이 되었다가, 마침내 위를 없애고 황제가 된다. 이어 촉·오를 차례로 멸하여 천하를 통일한다.

사마의司馬懿 | **179-251** | 자는 중달仲達.

위의 권신. 지략이 뛰어난 장수로 제갈양의 최대 적수였다. 군권을 장악한 이후 위를 침입한 제갈양을 여러 차례 잘 막아 낸다. 이후 조상을 몰아내고 위의 권력을 장악하여 진나라 건국의 기초를 닦는다.

성제成濟 | ?-260 | 위의 장수. 사마소의 심복으로, 그의 사주를 받아 위주 조모를 시해한다. 그러나 사마소에 의해 죄를 모두 뒤집어쓰고 일가가 몰살당한다.

손준孫峻 | 219-256 | 자는 자원子遠. 오의 권신. 손권의 총애를 받았는데, 오만 방자하여 제갈각을 제거한다. 이후 권력을 잡아 갖은 횡포를 부린다.

손침孫綝 | 231-258 | 자는 자통子通. 오의 권신. 손준의 종제로 등윤·여거·왕돈 등의 중신을 죽였을 뿐만 아니라, 황제 손양을 폐하고 손휴를 즉위시키는 등 횡포가 심하였다. 그러나 정봉에게 일족이 몰살당한다.

양호羊祜 | 221-278 | 자는 숙자叔子. 위의 명장. 지략이 뛰어난 장수로 사마소의 두터운 신임을 받았다. 인의로써 군사를 다스려 군사들에게 깊은 존경을 받았다. 오의 명장 육항이 오주 손호에게 쫓겨나자 오를 치도록 권하였으나, 대신들의 반대로 뜻을 이루지 못하고 물러난다. 죽기 전에 두예를 천거한다.

여대呂岱 | 161-256 | 자는 정공定公. 오의 중신. 대사마. 손권을 평생 지성으로 섬겼다. 손권이 죽을 때 특히 태자 손양을 그에게 부탁한다.

왕경王經 | ?-260 | 자는 언위彦緯. 위의 충신. 사마소가 무도하게 심복 성제를 시켜 위주 조모를 시해하는 것을 보고 꾸짖다가 그 노모와 함께 의롭게 죽었다.

왕준王濬 | 206-286 | 자는 사치士治. 진의 대장. 수군을 거느리고 잠혼이 설치해 놓은 쇠사슬을 뗏목으로 끊어 공을 세운다. 뒤에 보국대장군이 된다.

유심劉諶 | ?-263 | 유선의 다섯째 아들. 나라가 기울어 부친 유선이 위에 항복하려 하자 울면서 반대하였다. 그러나 이미 대세가 기운 것을 깨닫고, 세 아들과 부인을 죽인 후 자신도 자결한다.

유염劉琰 | ?-234 | 자는 위석威碩. 촉의 대신. 재색이 뛰어난 아내 호씨와 후주 유선의 사이를 의심하여 군사를 시켜 아내를 때리게 했는데, 이 일이 화근이 되어 참형당한다.

육항陸抗 | 226-274 | 자는 유절幼節. 오의 대장. 육손의 아들로 지략이 뛰어난 장수. 그가 국경을 지키는 동안 진군도 감히 오를 넘보지 못한다. 오주 손호의 횡포를 보다못해 간하다가 파직당한다.

잠혼岑昏 | ?-280 | 오의 환관. 오주 손호를 도와 갖은 횡포한 짓을 다하였다. 진군이 오를 진격하자, 오의 장수들에 의해 능지처참당한다.

장절張節 위의 문신. 사마염이 제위를 찬탈하려 하자 그를 꾸짖다 의롭게 죽음을 당한다.

정봉丁奉 | ?-271 | 자는 승연承淵. 오의 장수. 손권 수하의 명장으로 수많은 전장에서 큰 공을 세운다. 눈 속에서의 단병접전으로 특히 유명하다.

제갈각諸葛恪 | 203-253 | 자는 원손元遜. 오의 승상. 제갈근의 아들로 어려서부터 총명하였으며, 손권이 특히 총애하였다. 병권을 잡은 후 그의 권세가 너무 높아지자, 손준이 오주 손양을 꾀어 그와 그의 일족을 몰살한다.

제갈상諸葛尙 촉의 장수. 그 부친 제갈첨을 따라 선봉장으로 출전하여 용맹을 떨쳤으나, 부친이 전사하는 것을 보고 적군 속으로 뛰어들어 장렬하게 죽는다.

제갈탄諸葛誕 | ?-258 | 자는 공휴公休. 위의 장수. 정동대장군. 사마사를 도와 큰 공을 세운다. 권신 사마소가 황제를 마음대로 폐위하는 것을 보고 격분하여 의군을 일으켰으나 패하여 죽는다.

조방曹芳 | 231-274 | 자는 난경蘭卿. 3대 위주. 조예의 뒤를 이어 황제가 되나 사마씨에 의해 허수아비 노릇을 한다. 뒷날 사마소에 의해 황제 자리에서 쫓겨난다.

종회鍾會 | 225-264 | 자는 사계士季. 위의 지략이 뛰어난 장수. 사마소가 그의 인품을 높이 사 중용하였다. 뒷날 등애와 함께 촉을 멸망시키는 데 결정적 역할을 한다. 그러나 그에게 딴 뜻이 있음을 안 사마소에게 주륙을 당한다.

주이朱異 | ?-257 | 오의 장수. 위의 제갈탄이 사마소를 의로써 치고자 군사를 일으킬 때 오주의 명으로 출전하였다. 그러나 여러 차례 패한 끝에 오의 권신 손침에게 죽음을 당한다.

환의桓懿 오의 충신. 손침이 권세를 오로지하여 대신들을 죽이고, 더욱이 오왕 손양을 폐위할 때도 감히 나서서 말 한마디 하는 자가 없었는데, 이때 환의 혼자 나서서 준절히 손침을 꾸짖다가 의로운 죽음을 당한다.

황호黃皓 촉의 환관. 간신으로서 갖은 횡포를 부렸으며, 강유도 그의 모함으로 한때 위험한 고비를 맞는다. 촉의 멸망 후 사마소에게 능지처참을 당한다.

간추린 사전

◉ ─ **한지창읍**漢之昌邑

사마사는 위주 조방을 폐위하기 위하여 그를 창읍왕에 비유하였다. (109회)

이는 전한의 창읍왕昌邑王 유하劉賀를 가리킨다. 한 무제의 손자이며 소제의 조카이
다. 소제가 죽자 아들이 없어, 곽광霍光이 창읍왕을 영접하여 황제로 세웠다. 그러나
그는 황음 무도하여 재위 27일 만에 폐위되었다.

◉ ─ **노소공불인계씨**魯昭公不忍季氏

위주 조모가 왕침, 왕경, 왕업과 사마소를 칠 일을 논의하려 하자, 왕경은 노 소공의
일을 언급하여 조모에게 자중할 것을 간하였다. (114회)

춘추 시대 노魯나라의 대부 계손씨季孫氏가 국정의 실권을 장악하게 되자 노나라 군
주는 다만 허명虛名만 가지게 되었다. 후에 노 소공昭公이 이런 상황을 더 이상 참을
수가 없어 군사를 파견하여 계손씨를 공격하였다. 그 결과 소공은 싸움에 패하여 제
齊나라로 달아났다.

◉ ─ **조고**趙高

황호가 농간하여 권력을 휘두르자, 강유는 조고의 예를 들어 빨리 황호를 죽일 것
을 간하였으나, 후주는 이를 거부하였다. (115회)

진秦나라 환관으로 조서를 고쳐 진 시황始皇의 큰아들 부소扶蘇를 자살하게 하고 막
내아들 호해胡亥를 이세二世로 세웠다. 후에 다시 어린 이세 황제를 속여 대권을 훔

쳤으며, 다시 이세 황제를 죽이고 자영子孾을 진왕秦王으로 세웠다. 그러나 후에 자영에게 죽음을 당하였다.

◉ — 대부종불종범여어오호大夫種不從范蠡於五湖

　　종회가 등애 부자를 잡아 낙양으로 보내자, 강유는 문종의 고사를 들어 종회에게 사세에 맞게 기민하게 대처할 것을 간하였다.(119회)

대부 종種은 바로 춘추 시대 조趙나라의 대부인 문종文種을 말한다. 그와 범여范蠡는 모두 월왕越王 구천勾踐의 대신으로 구천을 도와 오나라를 멸망시켰다. 오나라를 멸한 후, 범여는 오호五湖(지금의 태호太湖)로 물러나 은거하였는데, 가기 전에 문종에게 월왕의 사람됨이 음험하여 오래 같이 일하면 좋지 않을 것이니 일찍감치 떠나도록 권하였으나 문종은 믿지 않았다. 오래지 않아 과연 월왕은 참언을 듣고 문종에게 칼을 내려 자결하도록 했다.

◉ — 종적송자유從赤松子遊

　　종회가 등애 부자를 잡아 낙양으로 보내자, 강유는 장양의 고사를 들어 종회에게 사세에 맞게 기민하게 대처할 것을 간하였다.(119회)

한 왕조가 건립된 후, 공신 한신韓信 · 팽월彭越 등이 연이어 죽음을 당하자, 개국 공신 장양張良은 시기와 화를 피하기 위해 공명과 부귀를 버린 채 적송자赤松子를 따라가 도를 배우고자 하였다. 적송자는 고대 신화와 전설 중의 선인仙人으로 신농神農 때의 우사雨師였는데 나중에 도교道敎에서 신봉하는 선인이 되었다고 전해진다.

◉ — 악의제서일전樂毅濟西一戰

　　진의 장수 두예가 동오를 침략하려 할 때, 부장 호분이 겨울을 기다려 천천히 도모할 것을 간하자, 두예는 악의의 고사를 인용하여 즉시 진격을 명하였다.(120회)

전국 시대 연燕나라 명장 악의樂毅는 조趙 · 초楚 · 한韓 · 위魏 · 연燕 등 다섯 나라의 군사를 거느리고 제수濟水의 서쪽에서 제나라 군사를 대파했다. 제수는 옛날 황하의 지류로 하남河南 제원현濟源縣 왕옥산王屋山이 그 근원지이다.

전투 형세도

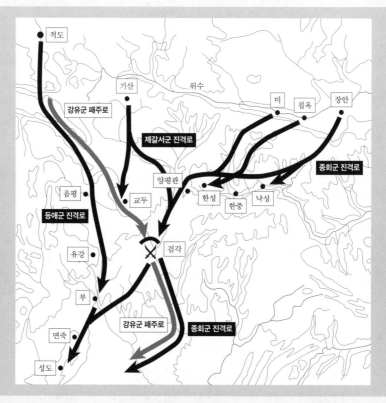

【 위의 촉 평정전 】

가 평嘉平 5년(253) 비의가 암살된 후, 촉의 군사를 장악한 강유는 제갈양의 유지를 계승하여 여러 차례 진천秦川으로 출병한 위군과 교전했다. 그러나, 단곡段谷의 전투에서 패하고, 국력이 쇠미해졌으며, 환관 황호와의 대립으로 후주 유선과도 불화하게 되자, 성도成都를 벗어나 답중沓中에 주둔했다. 한편 위의 사마소는 경원景元 4년(263), 등애, 종회 등에게 대군을 주어 촉의 음평陰平, 양평관陽平關 등 다섯 방면으로 진격을 개시했다. 이를 알아챈 강유가 본국에 지원군을 요청했으나, 황호의 방해로 실패했다. 이로 인해 고립된 강유군은 요새인 검각劍閣까지 퇴각했다. 종회, 호열이 강유와 촉의 군대를 견제하는 사이에 등애가 이끄는 위군 본대는 성도의 북쪽 면죽綿竹까지 일거에 추격하였고, 위군의 세력을 두려워한 유선은 한 차례의 싸움도 없이 항복하고 말았다.(118회)

주요 참전 인물
위군 ― 등애, 종회, 제갈서, 호열, 위관.
촉군 ― 강유, 요화, 장익, 동궐.

三國志演義 ⑩

구판 1쇄 발행 2000년 7월 20일
개정신판 1쇄 발행 2003년 7월 8일
개정신판 6쇄 발행 2023년 3월 30일

지 은 이 | 나관중
옮 긴 이 | 김구용
펴 낸 이 | 임양묵
펴 낸 곳 | 솔출판사
책임편집 | 임우기
편   집 | 윤진희 윤정빈 임윤영
경영관리 | 이슬비

주   소 | 서울시 마포구 와우산로29가길 80(서교동)
전   화 | 02-332-1526
팩   스 | 02-332-1529
이 메 일 | solbook@solbook.co.kr
블 로 그 | blog.naver.com/sol_book
출판등록 | 1990년 9월 15일 제10-420호

ISBN 978-89-8133-657-8 04820
ISBN 979-11-6020-016-4 (세트)

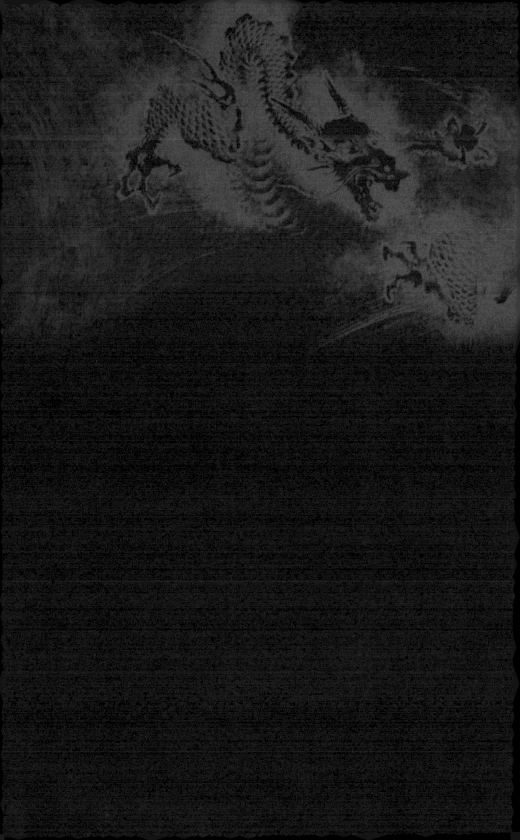